함께여서 행복한 길

함께여서 행복한 길

초판 1쇄 발행 2021년 6월 5일

지은이 박동록
펴낸곳 크레파스북
펴낸이 장미옥
책임편집 정미현·노선아
디자인 김지우

출판등록 2017년 8월 23일 제2017-000292호
주소 서울시 마포구 성지길 25-11 오구빌딩 3층
전화 02-701-0633
팩스 02-717-2285
이메일 crepas_book@naver.com

인스타그램 www.instagram.com/crepas_book
페이스북 www.facebook.com/crepasbook
네이버포스트 post.naver.com/crepas_book

ISBN 979-11-89586-33-1(03810)
정가 16000원

이 도서의 국립중앙도서관 출판예정도서목록은
서지정보유통지원시스템 홈페이지(http://seoji.nl.go.kr)와 국가자료
종합목록 구축시스템(https://nl.go.kr/kolisnet)에서 이용하실 수 있습니다.

함께여서 행복한 길

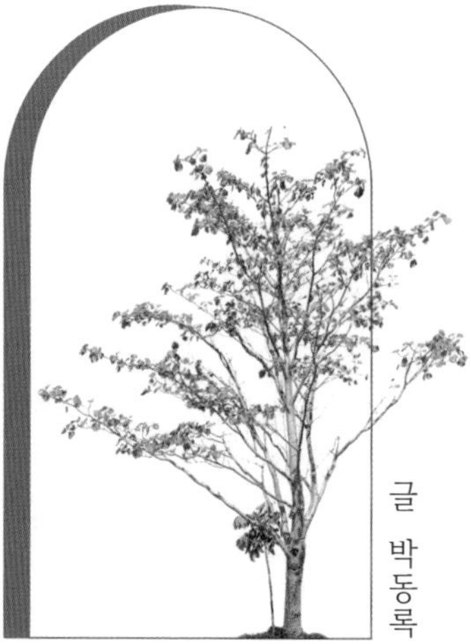

글 박동록

크레파스북

목차

1장

출생 배경과 청소년기

동록이라는 이름을 얻다	008
그곳이 차마 잊힐 리야	023
그래도 공부가 길이다	034

2장

함께하는 날들

교사의 길에 서다	060
배움으로 가르치고 가르침으로 배우고	080
그 꽃을 보았네	097
어머님의 소천	114
꿈을 사랑하는 시간	119
자형의 승천에 부쳐	130
모시는 사람이 부럽다	137
샘바다마을을 찾아보고	141
내 아내는 등신불	149
조상님 묘의 이장을 마치며	159
어버이 살아실 제 섬기기를 다하여라	170
뿌린 대로 거두리라	177
힘들 때 한 번씩 읽어 준다면	182

3장

더 넓은 세상으로

호주 연수록 188
서부 유럽 여행기 210
스페인(에스파냐) 여행 294

4장

아직 충분히 젊다

퇴임해도 멈추지 않는다 368
신뢰의 언덕 387
청소가 즐겁다 392
가장 큰 선물 398
포도주 빚기 60돌 406
산이 좋아 산에서 사노라네 412

5장

이처럼 고마운

내 인생의 언덕이었던 친구들 422
내게는 언제나 강하신 아버지께 428
아버지는 우리 가족 모두입니다 432
나의 고향 제남리 435
우산 437
신발 438
하모니카 439
행복한 하루 440
오해와 진실 사이 446
딸의 편지 452
그리움 454
귀향 456

1장

출생 배경과 청소년기

01. 동록이라는 이름을 얻다

나는 일제 침략기인 1944년 전라북도 김제군 용지면 남정리 288번지*에서 태어났다. 이곳은 고조부 때부터 살아온 것이 아닌가 생각한다. 주위에 조상 묘가 여기저기 있고, 용지면 옆골 마을이나 백산면 일대에 밀양박씨 청제공파가 산재해 사는 것으로 보아 그렇다.

내 이름 동록(東錄)은 '동쪽에서 이름을 날린다'는 뜻으로 선친께서 작명해주셨다. 선친이 일제에 쫓겨 산속으로 피난 생활을 할 때, 새벽 동틀녘에 내 출생 소식을 듣고 동방에서 훌륭한 사람이 되라고 그렇게 작명하셨다. 내 이름은 끝소리에 두 개의 무성 자음이 있어 부르기에 좋지 않다. 그래서 그런지

* 현재 전주시 완산구 남정동 288번지

지금까지 성경에서 '구리에 낀 녹'이란 뜻의 동록(銅綠)과 '동쪽 산자락'이란 뜻의 동록(東麓) 외에 동명이인을 찾아보지 못했다.

먼저 나의 뿌리부터 살피려 한다. 고조부 박재근 님은 장자 상속의 관습에 따라 덕동에 사셨던 증손인 박윤성 7촌 아저씨께서 모셨기 때문에 별로 아는 바가 없다. 다만 증조부님은 어렸을 때 아버지를 따라 성묘를 다녔던 기억이 난다.

증조부 박정선** 님은 고조부 박재근 님의 둘째 아들로 태어나셨고, 슬하에 1남 3녀를 두신 것으로 안다. 증조부님과 조부님은 45년의 나이 차이가 나신다. 조부님이 어렸을 때 조실부모하시고 작은아버지 밑에서 자라셨다는 이야기를 아버님에게서 들은 일이 있었는데, 그 이유를 알겠다. 조부님이 1890년생이고 증조부님이 1845년생이므로 45세에 득남한 셈이 되니, 그때 평균 수명으로 본다면 조실부모한 것은 당연한 현상이다.

족보명 만림. 음력 1845년 3월 22일생이시다. 밀양박씨 청제공파 족보 제10권 621쪽 참조

조부님에겐 세 분의 누이(나로서는 대고모)가 있었다. 한 분은 김제시 황산면 하목에 사셨고, 한 분은 전주시 용정동 그리고 한 분은 군산시 지경쯤에 사신 것으로 안다. 조부님이 살아계실 때 우리 집에 자주 오셔서 친정집 장손인 나를 매우 귀여워하셨다.

조모님 김해 김씨는 김제시 용지면 영등리가 친정 마을이다. 1897년 12월 4일(음)생으로 조부님보다 7세 연하이며, 슬하에 1남 4녀를 두었고, 1937년 7월 16일(음) 40세에 별세하셨다. 증조부님과 조모님의 묘는 각각 다른 곳에 묻혀 있다가 아버님이 원동 뒷산에 시아버지가 위, 며느리가 아래로 위치하게 이장하셨다. 땅 주인의 말에 의하면 쌀 한 가마니를 주고 사서 이장했다는데, 법적인 절차를 밟지 않아 남의 땅에 묻히는 바가 되었다. 증조부님과 조모님의 이장 배경은 어머님에게서 들었다. 딸 둘에 나까지 3대 독자가 되다 보니 명당을 찾아 이장하면 혹시나 아들을 더 얻을 수 있을까 하는 마음에서였다고 한다. 또 가난을 면해볼 수 있을까 하는 기대감도 있었다고 한다.

그 후 다시 2018년 11월 증조부님은 임실군 신평면 선산에 재이장했고, 조모님은 고향 땅에 조부님과 합장했다.

조부님 박공칠(족보명 박헌영)

고향에 대한 기억은 네 살 때부터다. 일제 강점기 수리시설로 만들어 놓은 원동보에서 농사철이면 실개천을 따라 물을 흘려 보냈다. 실개천은 마을 가운데를 가로질러 내려갔는데, 우리 집은 바로 그 실개천 아래 낮은 곳에 있었다. 우리 집 옆에는 동네 우물이 있었는데, 지대가 낮아 물이 매우 많이 솟아났다. 또 우물 옆에는 우리 텃논이 있었다. 가을이면 누렇게 익어가는 아름다움이 지금도 눈에 선하다.

조부님에 대한 기억도 네 살 때부터다. 어렸을 때 나의 대소변 뒤치다꺼리를 해주신 것이 기억난다. 방에서는 내 밑의 갓난아기가 울곤 했다. 그 애는 곧 죽었다. 그래서 바로 밑의 동생 정례와 나이 차이가 다섯 살이다.

우리 전답은 텃논 말고도 덕동 부락을 넘어가는 곳에 상당히 좋은 밭이 있었다. 그 밭 옆 묘지가 있는 곳에는 억새가 많았다. 외삼촌들이 그 풀을 베다가 여러 번 혼났다는 이야기도 들었다. 그 당시 그 억새는 매우 좋은 땔감의 하나였다.

만경강 끝자락에도 논이 있었다. 그 논 옆에는 방죽이 있었고, 그곳에서 할아버지와 고기를 잡은 일이 여러 번 있었다. 이러한 논밭은 조부님께서 논 쟁기질을 하셔서 번 돈으로 손수 장만하신 것으로 안다. 숙부님 집에서 자랐으니 그 당시 형편으로 조카까지 논밭을 물려줄 리 없었을 것이다. 조부님은 매우 근면성실하시고, 성격이 급하시고, 자립심이 강하신 분이셨던 것 같다. 고아로 성장해 살기 위해서 그리되셨을 것이다.

아버지에 대한 젊은 시절의 이야기는 별로 없다. 내 아버지는 기미년 3·1 독립 만세를 부르짖던 해, 조부 박공칠(당시 30세)과 조모 김해 김씨(당시 23세) 사이에서 둘째로 태어나셨다. 일제 치하에서 성장하셨지만, 근면성실하신 부모님 덕으로 굶주림 같은 가난은 면하신 것 같다.

열여덟 살 때 어머니를 잃고, 19세 때 내 어머니이신, 한 살 아래인 방정희 님과 결혼하셨다. 아버님 고향과 어머님 고향은 1킬로미터도 되지 않는 낮은 언덕배기 사이에 있었다. 외삼촌이 네 분이나 되어, 2대 독자였던 아버님은 처남들이 많아 결혼이 이루어졌다고 한다. 아무리 남녀 간의 교제가 드문 시대라 해도 로맨스가 있었는지 모르겠다.

두 분의 금슬은 매우 좋았다. 그 어려운 가정에서도 어머님은 항상 아버님이 훌륭하시다 여기셨고, 한 번도 말다툼하시는 것을 보지 못했다. 내가 가끔 아버지에 대한 불만을 말하면 "네 아버지만큼만 하라"고 말씀하셨다.

내 고향 제남리는 멀리 동남쪽에 위치한 모악산이 어머니 품처럼 마을을 둘러싸고 있으며, 금이 많이 난다는 김제군 금구면을 상류로 둔 곳이다. 따라서 상류 쪽에서 사금을 많이 캤고, 고향 땅 하류까지 그 잔류가 떠내려 왔다. 홍수가 나면 동네 앞개울까지 내려와, 그 개울에서 사금을 상당히 채취했다고 한다. 청소년 시절에 그 금을 채취해서 살림에 보태 쓰고 효도도 했다는 이야기를 들었다.

아버님은 키가 170센티미터로 나보다 컸고 잘생기셨다. 마음 쓰시는 것이 바다처럼 넓으셔서 친화력이 있었고, 기억력도 좋으며, 한문 초서 글씨가 대단하셨다. 나는 선친이 별세하시면 그 글재주가 묻힐 것을 안타깝게 여겼다. 오지랖이 넓으신 것인지 남의 일에는 앞장서서 해결해 주셨다. 그러나 일제치하라 제대로 재능도 꽃피우지 못하고 일제의 감시 속에서 사셨다.

이 시대적인 불운에 설상가상으로 찾아온 비극은 조모님의 별세였다. 일제라는 어려운 시대에도 조부님의 성실성으로 안정적이던 가정에 먹구름이 드리운 사건이었다. 조모님은 아버지가 18세 때 40세의 나이로 별세하셨다. 어머님의 말씀으로는 마당에 곡식을 말리고 있을 때 비가 내렸는데, 그때 곡식과 멍석 치우는 일을 매끄럽게 처리하지 못해 할아버지께서 화를 내어 그로 인해 병환으로 별세하셨다고 한다. 사소한 일에 대한 할아버님의 뚝심이 한 가정의 비극을 초래하는 원인이 되었다. 이러한 성격의 유전자는 내게도 나타나 어머님의 핀잔을 자주 들은 기억이 있다.

조모님이 별세하시자마자 조부님은 바로 계조모님을 맞이하셨고, 그 계조모님으로부터 두 딸을 더 얻어 고모님이 여섯 분이 되었다. 그러나 그 조모님도 두 딸을 낳고 타계하셨다. 인생의 세 가지 불행 중 하나가 중년상처(中年喪妻)라고 하는데, 그 뒤로도 조부님은 여러 조모님을 맞이하셨다고 들었다. 아버님은 그 뜻을 다 받아 조모님을 얻어 드릴 정도로 효심이 깊었다.

이러한 가정 구조는 한 집에 두 부부 가정이 존립하기 어려웠고, 불화가 잦은 것은 불 보듯 뻔하다. 그래서 어머니에 대한 시집살이가 대단했을 테고, 조부모님과 부모님이 합쳤다가 분리되고, 분리되었다가 합치는 것이 반복되어 점점 가난한 살림살이가 되었을 것이다.

그런 예의 하나로 1949년 부모님과 두 누나 그리고 나와 정례까지 합친 여섯 식구가 아무 대책도 없이 충청남도 공주시 동해동으로 이사했다.

누나의 말로는 《정감록 비결》에 나온 예언대로 6·25동란이 일어날 것을 예측하고 그곳을 피난처라 생각하고 미리 이사했다고 하는데, 계모가 있는 집안엔 불화가 잦았을 것이고, 그로 인해 고모도 사시는 공주 동해동으로 이사를 간 것 같다.

공주로 이사 후 아버님은 생업에는 어떤 도움도 주지 않고 3년 동안 한학만 공부하신 것으로 안다. 아버님 말씀에 의하면 사서삼경을 책장을 덮어 놓고 외우셨다 하니 그 경지를 헤아리지 못하겠다. 내 기억으로도 아버지의 달필 초서를 많이 보았다. 그러니 기반이 없는 여섯 식구를 먹여 살리기 위해 어머님의 고생이 얼마나 깊었을지 짐작이 간다. 박지원의 소설 〈허생전〉과 다르지 않겠지만, 그 소설에 딸린 자식 이야기는 나오지 않는다.

공주시 동해동에서 지낸 추억으로는 큰누나와 산에 올라가 마를 캐다가 넘어져 산 밑으로 데굴데굴 굴러떨어진 것, 동네 아이들과 자치기 놀이를 하며 논 것, 뱀을 죽이자 그 뱀이 다시 살아나 해칠 것이라는 친구의 말에 공포를 느끼고 죽은 뱀을 가루가 되도록 쪼아 놓은 일이 있다. 뱀을 쪼고 있을 때 유구장에 다녀오는 사람한테서 어제 북한군이 쳐들어왔다는 이야기를 들은 기억이 난다. 때는 1950년 6월 25일이었나 보다. 산골 마을이라 골짜기에 내가 있고, 그 냇가에서 가재를 잡은 추억도 있다.

피난처라 하지만 그곳에도 북한군이 왔었다. 동네에 내려와서 밥을 요구하자 살기 위해 밥을 해준 사람도 있었다고 들었다. 하루는 고모 집으로 심부름을 가는데, 뛰어가는 내게 따발총 갈겨대는 소리를 들었다.

3년 후 1952년 고향 부근 춘포면 간리 고모 집으로 임시 귀향해 몇 개월 살다가 할아버님과 다시 합가하였다. 전쟁이 한창 심하던 때 동네 구장을 하면서 길준이 외삼촌 징집에도 관여한 것으로 안다. 휴전 후에는 새마을교육에도 참여하고, 내가 초등학교 1학년 때 좋은 노트를 사준 일도 기억난다.

부친 박화규(족보명 박남배)

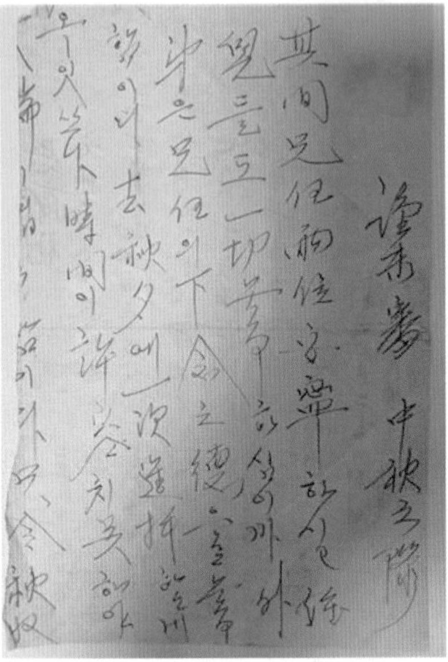

아버님의 필적

아버님 필적 풀이

감(淦)미심(未審)(강물이 아직 남아 있는) 중추지제(中秋之際)(한 가을에) 형님 안녕하시고 영아(嬰兒)(자녀)들도 일체(一切) 무사하십니까? 외제(外弟)(전주시 용정동 대고모의 아들. 아버지로서는 고종사촌이며, 우리 집이 그 분으로서는 외가이다. 내가 어렸을 때 뵌 적이 있다)는 형님의 하념지덕(下念之德)(아랫사람을 염려하는 덕)으로 무사합니다. 거추석(去秋夕)(지난 추석)에 일차 봉변(逢만날 봉 抃손뼉치다 변)하려 했으나 시간이 허용치 못하여 나는 1944년 4월 27일에 태어났다. 조부(1남 3녀)와 부친(1남 6녀)이 독자였던 집에 아들인 나의 출생은 집안의 큰 경사였다. 내가 태어난 뒤에도 여동생만 내리 셋이 태어났으니 나는 조부나 고모 그리고 부모님께 기쁨의 대상이었다. 그런 탓으로 할아버지의 사랑은 유난히 깊었고 교육열도 강하셨다. 그 몇 가지 예로 동네 아이들과 놀고 있는 나를 불러 큰 소리로 책을 읽게 하시곤 했으며, 중학교 입학 시 등록금으로 쓴다며 송아지를 사서 기르기도 하셨다. 고모님은 물론 세 분의 대고모님들도 친정집 독자라고 매우 사랑하셨다.

아버지 25세, 어머니 24세 때 태어난 나는 타고난 건강 체질이었다. 더욱이 동네에 내 또래 아이들이 10여 명이었던 터라 우리는 손이 새까매지도록 자치기, 공놀이, 썰매 타기, 팽이치기, 공기놀이 등 시대적 가난 속에서도 즐거운 유년 시절을 보내다 보니 저절로 건강해졌다. 또한 먼 거리 등하교 길은 기초 체력을 다지는 데 소금 역할을 했을 것으로 생각된다. 그 덕으로 이 글을 쓰는 69세 때까지 감기 한 번 걸리지 않았고, 40여 년간 직장생활하면서 병가 한 번 내지 않았다. 나는 가끔 집사람한테 나하고 살면서 소화제 한 번 사러 약국에 간 일이 있느냐고 묻곤 한다.

태어날 때부터 사랑을 많이 받고 자란 나는 모든 생활이 즐거웠다. 그렇게 또래 집단과 즐겁게 놀던 어느 날, 나는 학교 선생님 손에 이끌려 용동국민학교에 입학했다. 1953년, 그때 내 나이 9세였다.

6·25동란 중 혼란한 상태라 교육 행정이 엉망이었던 것 같다. 입학해 보니 나보다 나이가 3, 4세 많은 동급학생도 있었다. 3킬로미터를 혼자 등하교하니 가끔 학교 주위에 살던 아이들한테 얻어맞곤 했다. 요즘으로 말하면 학교 폭력이다. 그럴 때마다 울곤 했는데, 그때는 할아버지께서 학교에 가셔서 교장에게 항의하곤 하셨다.

새까맣게 때가 묻은 손이 터지도록 놀기만 하던 내가 첫 수업에 배운 것은 아라비아숫자였는데, 숫자 5를 '2'로 쓴 기억이 난다. 요즘은 대여섯 살에 한글을 알고 입학한다 하니 격세지감이다. 기초 생활의 준비도 되지 않았던 그때 그 시절을 생각한다면 어쩔 수 없는 일이다. 40여 년 교육자의 길을 걸어온 사람의 경험으로, 오늘날 과욕을 부려 큰 노력과 교육비를 들이는 지금의 교육이 낫다고만은 할 수 없다고 생각한다.

교육의 투자는 성과가 바로 나타나지 않는다. 교육은 지적 교육만이 교육이 아니고 덕육과 체육도 있으며 그 외 수많은 부수적인 것이 따른다. 내 경우 시골 동네 뒷동산에서 새까만 손이 터지도록 뛰놀던 그 생활이, 여름에 땀 흘리며 또는 추운 겨울에 장갑이나 양말을 신지 않고 등하교하면서 얻은 극기나 아름다운 자연에 쌓아온 정서가 기초 체력을 튼튼하게 해 평생 감기 한 번 걸리지 않으며 살아갈 수 있게 했고, 살면서 부딪치는 역경을 이겨낼 수 있게 한 활력소가 되지 않았나 생각된다.

여기 정지용의 시 〈향수〉를 빌어 어렸을 때 생활을 패러디해본다.

뒷동산 여기저기 있는 무덤
우리들의 야구 베이스
야구공은 고무공

그 야구 놀이를 차마 꿈엔들 잊힐 리야.

앞 시냇가 모래밭
엎치락뒤치락

씨름은 깊어가고

그 놀이를 차마 꿈엔들 잊힐 리야.

삼각형 그물 위에
새우보다
펄펄 뛰는 피리들

그 고기잡이 놀이를 차마 꿈엔들 잊힐 리야.

양지바른 집 담에
전후(戰後) 탄피 모아
벽에 부딪쳐 따먹기를 하는

그 놀이를 차마 꿈엔들 잊힐 리야.

동네 가운데 흐르는
수리용 개울에
종이배 띄우는 뱃놀이

그 뱃놀이를 꿈엔들 잊힐 리야.

02. 그곳이 차마 잊힐 리야

우리 동네 아이들은 백구면 난산리에 자리한 난산국민학교와 용동국민학교의 두 곳으로 나누어 학교에 다녔다. 난산국민학교는 용동국민학교보다 8년 먼저 설립되어 선배도 많고 시설도 좋았다. 그래서 그런지 용동국민학교에 다니는 아이들은 난산국민학교에 다니는 아이들한테 '썩었다 곯았다 용동학교'식으로 놀림을 받았다. 어린 마음에 이것이 얼마나 싫었는지 아버지를 졸라 난산초등학교로 2학년 때 전학을 가 큰누나, 작은누나와 같이 다녔다. 그런데 지금 생각해도 누나와 집에서 같이 등교한 기억이 없다.

모처럼 2학년 때 산수(셈본) 시험을 보았는데, 큰누나를 통해 학급에서 성적이 가장 좋다는 이야기를 들었다. 과외 수업이 없던 그때, 학습 환경도 좋지 않은 상태에서 그렇게 성적이 좋았던 것은 남보다 지능이 높은 관계로 생각된다.

난산초등학교는 집에서 6킬로미터 정도 된다. 나는 그 거리를 혼자 상여*** 집을 지나고, 공동묘지를 지나면서 다녔다. 비바람을 맞으며, 눈을 맞으며, 가을에 운동회 연습이 끝나면 총총한 은하수의 별빛을 바라보며.

그러나 부정적인 일도 많이 했다. 여름철에는 만경강에서 물놀이하며 학교에 가지 않거나 겨울에는 만경강 둑에서 불놀이하며 학교를 빼먹은 것이 한두 번이 아니었다.

용동초등학교 1학년 때 일이다. 하굣길에 동네 보에서 물놀이하는데, 비스듬히 막은 보에 밀려 점점 깊은 물속으로 빨려 들어갔다. 어린 마음에도 이대로는 물에 빠져 죽을 것만 같았다. 그래서 침착히 물속으로 들어가 기어 나온 적이 있다. 물론 그때 난 수영을 배우지 못했었다. 지금 초등학교에서 전 학년에 걸쳐 교육과정으로 수영을 가르치는 것은 매우 바람직해 보인다. 그렇게 모질고 모험적인 생활 탓에 오히려 담력이 길러져 이후 큰 도움이 된 것 같다. 나는 74살이 되는 나이에도 어떤 일이든 겁이 없고 추진력도 좋고 자신도 많다.

그 당시에는 꽃상여를 동네와 많이 떨어진 후미진 곳에 집을 짓고 보관했었다

어렸을 때 학교 창틀에 있는 유리창 굴렁쇠를 빼 스케이트를 만들어 탔다. 지금으로 말하면 쇼트트랙 스케이트와 비슷한데, 그때 당시 나보다 잘 타는 사람을 본 적이 없다. 기운도 셌다. 뒷산을 넘어 학교에 가야 했는데, 그 동네에 살던 이병구와 송 쌍둥이 모두가 나한테 꼼짝 못했다. 쌍둥이 형제가 내 다리를 양쪽으로 잡고 넘기려 해도 넘기지 못했다. 그들은 역으로 우리 동네에 와서 나를 데리고 다시 자기 동네를 거쳐 학교에 가곤 했다. 그것을 알고 막둥이 외삼촌(방창환)이 책망하셨다.

등하굣길에 외갓집 참외막이 있었는데, 참외막을 갈 때마다 외할아버님께서 참외를 주셨다. 그것이 습관적으로 이루어졌다. 어려운 형편에서도 손자라 어쩔 수 없었을 것이다. 그런데 지금 나는 이렇게 잘사는데도 커피 한 잔 대접할 수 없으니 이게 인생인가 보다.

그 참외막이 있는 밭 옆에서 신동옥 아버지와 선친께서 사금을 캐다가 두 집 모두 쫄딱 망했다. 부모님 몰래 농속을 뒤지다 사금 주머니를 방바닥에 흩어지게 한 적이 있다. 또 임금을 주려고 그 당시 전기초 아버님에게서 뭉칫돈을 빌려 농속에 감추어 놓은 것을 훔친 적도 있다. 그때 절대로 자식들한테 매질하지 않으셨던 아버지에게 많이 맞았다. 도벽의 습관을 고치시려는 마음에서였을 것이다.

1953년 정숙이가 태어났다. 내가 3대 독자였기에 아들이기를 매우 바랐었다고 한다. 위로 두 분이 누님들이다 보니 나도 남동생이 태어나기를 바랐다. 그러나 딸이었다.

내가 어렸을 때 우리 집은 집 앞 텃논 두 필지, 동네 뒷산 쪽에 밭 두 필지, 만경강 가장 하류 쪽 한 필지 등 상당한 논밭이 있었다. 그런데 그것들이 언제 없어졌는지 모르겠다. 그때 우리 가족은 조부모, 부모, 누나 둘, 정례와 정숙이를 합쳐 아홉 식구였다.

그 농사로 생활이 어려웠던지 우리 집은 광옥이네 집에서 자주 빚을 얻었고, 곱장리(100퍼센트) 이자로 갚았다. 1955년도쯤 우리 논밭은 모두 없어지고, 이어 금광을 하면서 빚 속에 파묻힌 것 같다. 그때 선친은 동네에서 학식도 있고 인심도 좋으며 풍채도 빠지지 않은 유지급 분이셨는데 어찌 살림을 그리 하셨는가? 실용적인 경제생활은 어두운 편이셨는가? 시대의 희생물인가? 의문을 갖게 한다. 둘 모두인 것 같다. 잔등 너머 외가에 가면 외할머니께서 아버지의 무능함을 많이 탓하셨다. 나는 그 말씀을 듣는 것이 매우 싫었다.

살림이 망할 대로 망한 우리 집은 이웃 동네인 신기촌 부락에 새집을 짓고 구멍가게 겸 주막집을 했다. 우리 집 옆에 정미소가 새로 생겨 그 일꾼들의 밥을 해주고 술과 과자 등을 파니 돈이 돌아 기아 현상은 면할 수 있었다. 아버님은 새로 생긴 사이다며 주스 등을 사서 할아버님께 드리며 "우리 아버님은 이것을 처음 드신다" 하고 자랑스러워하셨다. 사실 그랬다. 처음 나온 음료수였으니까.

1956년 2월 16일 3대 독자였던 우리 집에 종권이가 태어나 할아버님의 눈을 즐겁게 했다. 그런데 그해 조부님이 황달(간염)을 앓으셔서 어린 내가 익산 보화당 약방에서 여러 번 인진쑥을 사러 다녔다. 초등학교 4학년 학생에겐 버스길도 어려운데, 30킬로미터가 넘는 시장으로 약을 사러 보낸 것이 이해가 가지 않는다. 그 당시 나는 그런 일을 할 수 있었던가? 지금도 의심이 간다. 그뿐만 아니라 자고 나면 이웃 동네까지 외상값을 받으러 심부름을 시켰다. 이런 일을 수없이 했다.

그때 선친에 대한 가장 부정적인 이미지를 준 사건이 있었다. 종권이는 12개월 만에 태어났다고 한다. 어머니가 12개월 동안 임신한 상태로 밥장사, 술장사하며 번 돈을 아버지가 하룻밤 노름으로 모두 날린 사건이다. 그 당시 쌀 몇 가마니에 해당하는 돈이었으니 이 일은 두고두고 아버지에 대한 원망과 부정적인 이미지로 남았다. 그래도 어머니는 불평 한마디 하지 않으셨다.

조부님은 내가 초등학교 5학년 때인 1957년 7월 12일(음) 무더운 날씨에 별세하셨다. 종권이가 1년 전에 태어나서 두 번째 손자가 태어났다고 좋아하셨는데 그 기쁨도 잠깐이었다. 그래도 그 당시로는 장수한 편인 66세로 별세하셨다. 현대의학이라면 좀 더 살 수 있었을 텐데 지금 생각하면 아쉬운 일이다.

조문객이 매우 많았다. 아버지의 폭넓은 대인 관계를 증명하는 대목이었다. 조부님의 별세 나이는 지금도 내게 상당히 긍정적인 의미를 부여한다. 내 수명과도 연관될 것이기 때문이다. 어찌되었든 지금 8남매가 모두 생존하고 있으니 장수 유전 인자가 상당히 있는 것 같다.

1958년 2월 아무것도 없는 상태에서 동네 소달구지 하나를 박병수 집에서 외상으로 빌려 밥솥 하나를 싣고 익산시 금강동 신기촌 부락 김병수의 헐은 집으로 이사했다. 선친이 그때 익산시에 들어선다는 녹말 공장에 취직한다는 희망을 안고.

그러나 몇 년이 되어도 취직은 되지 않았다. 우리는 한 달에 이틀 그 집 농사일을 해주는 조건으로 집세를 면했다. 방 두 개에 부엌은 넓은 편이었다. 그러나 포장하지 않은 도로 옆이라 차가 한 번 지나가면 온 집 안이 흙먼지를 뒤집어썼다. 그때 트라우마로 지금도 나는 도로 옆 주변의 집은 정말 싫다.

익산으로 이사 간 것이 6학년 때 2월이라 전학을 갈 수 없어 외갓집에서 다니기로 했다. 지금 생각하면 외갓집 식구도 풀칠하기가 넉넉하지 않았는데 눈치코치 없이 그런 생각을 했는지 의아스럽다. 외갓집 식구야 큰딸 아들이니 어쩔 수 없이 받아들인 것 같다.

초등학교 5학년 때 난산초등학교에서 내가 입학했던 용동초등학교로 다시 전학 갔다. 그 사유는 동네에 나 혼자만 난산초등학교에 다녀 용동초등학교에 다니는 동네 친구들의 유혹도 있었지만, 담임선생님과의 불화가 결정적이었다. 난산초등학교의 담임선생님은 부잣집 아이들에 대한 편애가 심했고, 이에 항의 글을 겁 없이 썼다. 그리고 그때 분단장이었던 학생한테 많이 당했는데, 싸움을 걸어 내가 이기고 그의 말을 듣지 않자 그 학생은 담임선생님께 고자질했고, 그로 인해 담임선생님한테 얼굴이 부어오를 정도로 맞았다. 지금은 있을 수 없는 일이다.

6학년 때 중학교 입시를 위한 합숙도 했다. 없는 형편에 부모님은 그 돈을 어떻게 마련해주었는지 살면서 많이 생각해 보았다. 어려운 가정에서 이렇게 성공한 비결은 어렸을 때 끝없는 사랑을 받은 덕이라 생각한다. 그 덕분에 시골 출신이 원광중학교에 붓글씨 특기 장학생으로 입학했다. 처음 중학교 장학생을 낸 시골 학교라 졸업식 때 졸업생을 대표해서 답사도 읽었다.

입학금과 6개월분 수업료 면제로 입학했지만, 계속해서 수업료를 내지 못해 학업을 이어가기 어려웠다. 매월 내는 수업료가 몇 개월 밀리자 담임선생님에게 아버지의 편지만 내밀었다. 한계에 부딪히자 학업을 중단할 수밖에 없었다. 원래 계획은 작은누나가 직물공장에 다녀 그 월급으로 수업료를 댈 계획이었으나 한 번도 급료를 집에 가져오는 것을 보지 못했다. 6·25 내전의 상흔이 가시지 않은 때라 기업은 영세했고, 노동력은 풍부하여 노동착취가 만연했다.

섣달그믐 어느 날
내일은 정월 초하루 아침
끼닛거리가 없는데
혹시나 보리쌀 두 되 구하기 위해
시장 여기저기 돌아다니다가
공장 다니는 누나한테 가니
월급을 주지 않는다 한다.

주변 구멍가게
아무것이나 집어 드는 누나
그런데 주인은 돈을 주지 않아도
되었다는 듯 승인의 묵념만 했다.

돌아오는 길
눈보라 치는 도로에
무엇이 없을까
두리번거렸지만
하얀 눈에 발자국뿐이었다.

위의 시가 1958년 섣달그믐날의 형편이었다.

가난의 생활은 계속되었다. 가난이 가난을 낳는다는 말은 진리에 가까운 논리다. 가난하니까 남의 돈을 쓰고, 쓰고 난 후에는 이자를 합쳐 갚아야 하고, 돈이 없어 배우지 못해 좋은 취직을 하지 못하고, 돈이 없어 제대로 먹지 못해 영양실조가 되니 병들고, 병이 드니 약값이 들고, 그렇게 대로 이어지는 가난.

1960년에도 죽지 못해 사는 가난한 생활은 계속되었다. 어머니는 연약한 여자의 몸으로 쌀을 사서 머리 위에 이고 집마다 팔았다. 그로 인해 식량은 구할 수 있었다. 땔나무는 내가 논두렁에서 풀을 베어 말려 때거나 마른 풀을 갈퀴로 긁어 떼었다. 어떤 때는 500미터 떨어진 철길에서 조개탄을 줍기도 했다. 겨울철에는 벼를 벤 후 남은 아랫부분을 뽑아 말려 때기도 했다. 공부는 생각할 수도 없었다.

하루는 집에 와 보니 어머님께서 어떤 사주보는 사람한테 무얼 묻는 것이다. 무슨 희망의 말씀을 듣고자 하는 것이리라. 백제의 미륵불이 그래서 성했다. 그 사람 왈 "앞으로 공무원이 되고 잘살 것"이란다. 이 소리에 나는 버럭 화를 냈다. 학교도 다니지 못하고 나무나 하는 주제가 무엇이 되겠느냐고.

1959년 봄철 학업을 그만두었어도 집 바로 옆에 자연 천이 있어 고기도 잡고 땔나무도 베며 소년 시대를 보냈다. 기쁨의 대상으로 태어난 나는 어렸을 때부터 조부님이나 고모님, 외가 식구들 모두로부터 사랑을 많이 받아 천성이 긍정적이고 어떠한 고통도 두려워할 줄 몰랐다.

03. 그래도 공부가 길이다

학업을 중단해야했지만 언젠가는 다시 공부할 수 있을 것이란 희망이 있었다. 무엇이든 새로운 것에 대한 도전 정신도 있었고, 배움의 자세도 좋았고, 해내고자 하는 의지도 높았다. 그때 우리 집에서 동네 우물까지는 상당히 먼 거리였는데, 누나가 둘 있으면서 내가 양철동이로 물을 길어 날랐고, 자연 천에서 물고기를 잡아 자주 매운탕을 끓여 먹었다. 그물이 없어 한 푼 두 푼 돈이 생기는 만큼 실을 사서 그물도 만들었다. 지금 생각해도 그 어린 나이에 그물코를 만들 수 있는 기술을 어떻게 터득했는지 이해가 가지 않는다. 그물이 완성되자 대밭집이 있는 곳에서 큰 대나무를 사 밖에서 끌어 당기는 그물을 만들었다. 겨울에는 물속에 들어갈 수 없으니까 낸 궁여지책이었다. 이러한 생활은 재미가 있으면서도 집안 살림에 많이 보탬이 되었다.

이런 생활을 하던 어느 날 두 살 위인 동네 형이 강의록을 사서 공부하자고 했다. 강의록이란 중·고등학교를 다닐 수 없는 학생을 위한 종합 학습서다. 소속감을 주기 위해 모표와 배지도 사서 부착할 수도 있는데, 학습서를 공부했다고 해서 공적으로 학력을 인정해주지는 않는다. 공인된 학습서도 아니다. 책을 팔기 위한 상술에 지나지 않았다. 그 당시 중·고등학교 학력을 인정해주는 검정고시가 있다는 걸 알 수 없었고, 알고 있었다 하더라도 그 방법으로 공부하지는 못했을 것이다.

5월쯤인가, 어떤 경로인지는 몰라도 남성 야간 중학교에 중간 입학했다. 입학 때가 지났으니 지난해 다녔던 원광중학교 중퇴라는 서류도 제출해야 했는데 행정 체계가 덜 잡힌 때라 그냥 학교에 가서 입학하고 다닌 것 같다. 야간 학교에 다니면서 다시 배운 과목도 있고, 좋은 친구를 만난 덕분에 공부도 열심히 하고 성적도 좋았다. 좋은 친구란 우리나라 초창기 한의대인 경희대 한의대를 나와 지금 용인에서 한의사를 하는 이인균이라는 친구다. 이 친구는 6·25 때 아버지를 잃고 어머니가 외아들로 길렀는데, 힘이 드니 사촌 형****에게 맡겨졌다. 형 밑에서 한약 짓는 것을 뒷바라지하면서 나와 같이 학교에 다녔다. 매우 명석한 친구다. 중학교 졸업식 때 그 친구는 1등을 하고 나는 2등을 했다.

졸업 후 그 친구는 남성고등학교에 진학했지만 나는 고등학교를 진학하지 못했다. 친구는 명문 남성고등학교에서 480명 중 전체 석차 10위권 안에 항상 들어 서울대 공대를 가려 했었다. 그러나 그의 형이 당국에 얼마나 시달렸는지 형의 고집으로 경희대 한의대에 1회로 입학했다. 그 당시 우리나라 한의대는 동양한의대가 있었는데, 그 동양한의대가 경희대의 전신이다.

야간 중학교 동창으로 같은 동산동에 사는 친구로서 비단결 같은 마음을 가진 창균이가 있었다. 야간 중학교라 하교 시간이 밤인 데다가 어린 소년이 5킬로미터 길을 걷는다는 것은 많은 담력이 필요했다. 그래서 창균이와 나는 자연히 함께 하교하는 날이 많았다. 그 친구는 집안 형편도 나보다는 아주 좋

나병 환자였는데 본인의 병을 고치기 위해 스스로 공부해 자격증 없이 한약방을 경영했다

았는데도 야간 중학교를 다니었다. 형제가 많고, 대학 다니는 형도 있어서 형편상 양보한 것 같다.

고등학교를 졸업하고 나는 대학에 진학하고, 그 친구는 손재주가 좋아 그 당시 유행하던 라디오, 전축 등 가전제품 창업을 하였다. 대학 다니면서 어려워 그 친구의 도움을 받은 일도 있었다. 졸업 후 지금까지도 부부 모임을 하고, 서로 의지하면서 산다. 죽마고우며 관포지교다.

친구 강창균과 함께

집 옆의 자연 하천은 산속 계곡물도 아니고 논 속 수로였다. 하천 속의 흙은 모래도 아니고 갯벌이었다. 주변 환경도 깨끗한 편은 아니었다. 그런데도 그 당시는 농약이 없던 터라 오염되지 않아서 겨울에는 그 물을 길어다 먹곤 했다. 그때가 나로서는 사춘기였던 것 같다. 가난하고 이사 온 지 얼마 되지 않아 동네 친구도 없었지만, 여름철에는 물고기 잡으며 자맥질하고, 겨울에는 스케이트 타며 행복했다. 땔나무는 내가 하고 식량은 어머니가 쌀을 사서 고개로 집집이 이고 다니며 팔아 해결했다.

1959년 12월 5일(음), 구자가 태어났다. 식량을 대던 어머니가 아기를 낳았으니 식량 줄이 끊긴 셈이다. 잘 알지도 못하는 어떤 아줌마가 보기에 딱했던지 쌀 두 되를 준 일이 있었다. 50대에 이리고등학교 교사로 근무하면서 그 고마움을 잊지 못해 찾아보았더니 내가 담임을 맡았던 정대식 학생의 어머니였다. 그래도 마음만 먹었지 창피해서 고마움을 표현하지 못했던 것 같다. 왜 그랬는지 이상하다.

어머니는 이레도 다 마치지 못한 상태에서 식구들 식량 때문에 머리에 쌀 포대를 이어야 했고, 구자 젖은 큰누나가 누룽지를 끓여 만든 죽으로 먹이곤 했다.

1960년 아버지께서 사돈의 가게 일부를 얻어 막걸리 장사를 시작했다. 익산시 인화동으로. 그곳은 그 당시 이리시 구 시장의 중심지였다. 그러나 지금처럼 주택이 빽빽하지도 않고 인구 밀도도 높지 않아 장날에는 수없이 많은 사람이 모여들었지만 장날이 아닌 날에는 한가해 읍의 거리 같았다. 가게 옆에는 철공장이 있었는데, 그 공장에 다니는 인부들이 많이 왔었다. 빚을 내어 장사하든, 주조장에서 외상술을 갖다 팔든 장사를 하니 우선 먹고 사는 문제는 해결되었다. 내가 물고기를 잡아 매운탕을 하면 그것이 술 안주거리로 톡톡히 한몫했다.

1960년은 4·19혁명으로 나라가 시끄러웠던 해다. 걸핏하면 학생들이 거리로 나와 데모했다. 심지어 고등학생까지 나와 데모를 했다. 그 당시 가장 유행하던 단어가 데모크라시(Democracy)였다. 민주화 바람이 일면서 언론사가 우후죽순처럼 생겨났다. 모든 주제도, 사설도 온통 데모크라시였다. 모든 국민이 가장 기초적인 식량 문제조차 해결되지 않은 상태인데도 민주, 민주, 민주만 부르짖었다. 어지러운 상황에서 윤보선이 대통령이 되고 장면 씨가 총리인 내각제 정부가 세워졌다. 두 지도자가 강력하게 나라를 이끌어가지 못하니 데모는 계속되고 무정부 상태처럼 보였다.

주장에서 외상으로 대주던 술이 한계에 부딪혔는지 장사는 오래가지 않았다. 나도 일자리를 구해야 했다. 그때 어떤 신문사 신문 배달을 했다. 몇 달 했으나 월급은 한 푼도 받지 못했다. 사주가 동성극장 사장인데, 기자나 나나 누구도 월급을 받지 못한 것 같다. 점심만 몇 번 얻어먹은 것 같다. 어머니는 다시 무엇인가 하셨다. 실을 구해 시골을 오가며 팔곤 하셨다. 어머니가 움직이시면 식량은 어디서든지 구해졌다.

이리시 동산동 신기촌 부락에서 남성중학교까지는 5킬로미터 정도 된다. 밤 10시쯤 수업이 끝나고 그 먼 거리를 혼자 다닌다는 것은 매우 힘든 일이었다. 그래도 시내는 전깃불이 있고 인가가 있으니 그리 무섭지 않았다. 동산동 다리에서 신기촌 부락까지 500여 미터 되는 거리가 매우 무서웠다. 이 거리는 멀리서 차가 오는 것을 보고 그 불빛을 이용해 집으로 달려갔다. 그러한 생활이 담력도 길렀겠으나 정서 함양에는 매우 나쁜 역할을 했다.

여름철에는 수업이 끝나면 조그마한 상자를 이고 얼음과자 장사를 했다. 나무젓가락에 단 얼음을 붙여 파는 것으로 그 당시 유행하던 상품이다. 무더운 여름날 많은 사람이 즐겨 먹곤 했다. 사춘기라 창피해 숨어 다니면서 장사했으나 수입이 짭짜름했다. 적은 돈이나마 학비나 생활에 보탬이 되었다.

중학교 때 잊을 수 없는 친구가 있다. 김희수라는 친구인데, 희수는 친척 집에서 솜 장사를 했다. 시집을 가려면 이불은 꼭 만들어 혼수로 가지고 가야 하니까 솜 장사가 잘 되었다. 장사 수완도 좋았지만, 솜 장사 자체가 큰돈이 오고 가 돈이 많이 모였다. 그 친구에게 익산역 부근 황금당 빵집에서 많이도 얻어먹었다. 그런데 돌연 그 친구가 학교도 마치지 않은 상태에서 기갑부대에 지원 입대했다. 그리곤 월남 가서 어떻게 군 생활을 했는지 뇌수술을 한 뒤 언어 능력이 떨어진 사람이 되었다. 내 신혼생활 때 어떻게 찾았는지 우리 집을 방문해 신혼방에서 하룻밤 자고 갔다. 지금까지 소식이 없는 것을 보니 아마 죽었나 보다. 신세를 많이진 친구인데, 보고 싶고 무엇이든지 많이 사주고 싶다.

어려운 생활 중에도 1962년 2월 중학교를 졸업했다. 우등상도 탔다. 그런데 고등학교를 진학하지 않았다. 중학교 3학년 때 큰누나가 결혼했는데, 서울에 살고 있던 자형의 매제를 통해 전화공장에 넣어 줄 수 있다고 해서 진학하지 않은 것 같다. 그러나 말뿐이었다.

큰누나가 결혼할 때가 되자 옥구 지경까지 가서 대고모의 사위가 하는 농집에서 누나 농을 손수레로 가져왔었다. 급하면 통한다고, 농 살 형편이 되지 못해 걱정이었는데 누나의 시집갈 농을 선친께서 해결하셨다.

고등학교 진학 대신 샤프, 연필을 만드는 곳에 한 달 정도 다녔다. 이어 큰고모의 사위 되는 이성구 자형 밑에서 구두 만드는 기술도 조금 배웠다. 그런데 두 곳 다 한 푼의 급료도 받지 못했다. 누구의 소개로 이리경찰서 정보과에 사환으로 취직했다. 아주 작은 급여였지만 일자리를 얻은 편이다.

그때 같은 동산동이지만 잠상리라는 곳으로 이사했다. 이사 간 집은 면장을 했던 집으로 처음에는 잘 지은 집이었다고 한다. 그렇지만 몰락한 집이라 이엉을 갈지 못해서 비가 오면 지붕이 샜다. 그 이후 전셋집으로 이사했다. 주인이나 새든 사람이나 똑같이 가난했으나 그래도 남향집이고 마당도 있었다.

경찰서에 몇 달 다니다가 10월인가에 형사 한 분한테 부탁해 남성고등학교 야간부에 들어갔다. 형사님이 남성고등학교 이중각 교장 선생님께 말한 덕에 가능했다. 이중각 교장 선생님은 주·야간 두 곳의 교장을 겸임하셨는데, 정보과 형사가 부탁하니 어쩔 수 없이 승인하셨다.

중학교 때 가르쳤던 선생님들이 고등학교에서도 가르쳤기 때문에 선생님들 대부분을 알았다. 중학교 3학년 때 담임이셨던 김홍중 선생님이 고등학교 1학년 담임이 되셨다. 이때 하신 말씀이 "지금 들어와도 따라갈 수는 있지만 몇 달만 지나면 새 학년이 되니 그때 입학하라"는 것이다. 옳은 말씀이다. 그러나 같이 졸업했던 친구들한테 한 학년 뒤처지기 싫어 아무 말 하지 않고 모른 척 입학했다.

학교에 들어가긴 했으나 처음부터 배워야 하는 화학과 독일어는 따라갈 수 없었다. 시간이 있으면 따로 공부해서 따라갈 수 있었겠지만, 직장에서 일하고 저녁도 먹지 못하고 학교에 가니 녹초가 되어 아무 일도 할 수 없었다. 그래도 영어만은 열심히 해서 책을 읽고 해석할 수 있었다. 영문법 기초도 튼튼해 혼자 공부할 수 있었다.

경찰서에 있으면서 공병우 타자기를 배워 형사들이 수집한 정보를 타자하여 경찰서장의 결재를 받고 경찰청에 보고했다. 나는 어렸을 때 선친의 한자 초서를 많이 보아서 형사들이 써 주는 한자를 모두 알아 타자할 수 있었다. 그때 여자 타자수가 있었는데, 내가 그 일을 하니 그 여자 타자수는 자연히 그만두었다. 적은 월급으로 모든 일을 할 수 있는 내가 있으니 그녀는 어쩔 수 없이 직장을 잃은 것이다. 나중에 안 일이지만 그녀가 병사했다는 이야기를 들었다. 몸이 약하기도 했으나 직장을 잃은 상처가 원인인 듯 하다고 그녀의 채용을 도와준 여순경이 말한 기억이 난다. 마음이 매우 아팠다.

내 타자 실력은 매우 좋았다. 교만함도 생겼고 정보과장 말도 잘 듣지 않을 정도였다. 그때 정보과장님은 후에 해양경찰청장도 하시고 국회의원도 하신 전종천 씨였는데, 나보고 그만두라고 했다. 내가 숙이고 무마되었지만, 일이 너무 힘들어 불평이 많았다. 청소며 심부름, 식당 밥 나르기 등 자존심 상하는 일이 많았다. 사춘기 자존심은 엉망이 되었다. 이 일을 벗어나려고 농촌지도소에 타자원으로 취직하려고 노력도 하고, 5급 공무원(현재 9급) 시험에 응시도 하였지만 낙방하였다. 그렇게 1년을 보내고 3학년이 되면서 나는 중대한 결심을 했다. 공주사범대학에 진학하기로 한 것이다.

그때 우리 국어 선생님이셨던 이근조 선생님은 공주사범대학 국어과를 졸업하신 분인데, 남성고등학교 재학 시절부터 시도 잘 쓰고 산문도 잘 써서 그분이 쓴 기행문이 기독교 방송에서도 낭송되는 등 인기가 많으셨다. 후에 중앙대학교 교수를 하셨다는 이야기를 들었다.

공주사범대학은 국립사범대학으로 등록금이 없고 졸업하면 중·고등학교 교사로 발령을 받는다는 정보를 듣고 진로를 그쪽으로 정했다. 또 하나 공주에 고모님이 사시는 것이 입학 동기가 되었다.

우선 공부할 시간을 늘리기 위해 동생 되는 신영일에게 타자치는 일 외의 모든 일을 맡기고 공부를 했다. 목표가 정해지니 그 대학의 입시 공부를 집중적으로 했다. 국어, 영어, 수학, 국사 네 과목이다. 국어 과목은 그 당시 인기 있었던 《새고교국어》라는 참고서로 했다. 그 참고서를 몇 번 읽었는지 모를 정도로 읽었다. 영어 과목은 A. W. 메들리가 지은 700페이지 분량의 영어책을 일곱 번 읽었다. 수학은 책 지은이가 푼 방법이 아닌 다른 방법으로 풀을 정도로 과목을 꿰뚫었다. 국사 과목은 단군에서부터 근대사까지 전체를 꿰뚫을 수 있을 정도로 읽었다.

좌측부터
최백규
황의석
박동록
정병조

2학기가 되면서 직장까지 그만두고 공부에 전념했다. 원광고등학교에 다니는 조병조 군과 남성고등학교 출신 재수생인 최백규 셋이서 공부하기도 했다. 조병조 군은 내가 공주사범대학에 진학하니 공주교대를 지원했다가 낙방하고 군산 수산대학에 입학해서 해양 공무원이 되었다는 이야기를 들었다. 최백규는 부산 수산대학교를 졸업하고 울산 모 고등학교에서 영어 교사로 근무하다 정년퇴임했다.

남성고등학교 주·야간 학생 19명이 공주사범대학에 지원했다. 주간에선 18명이 지원했고, 야간에선 나 혼자 지원했는데, 주·야간 통틀어 나만 유일하게 합격했다. 이는 학교에 커다란 파문을 일으켰다. 내가 지원한 국어과는 20 대 1 정도로 경쟁률이 높았다.

방황하시던 선친에게도 얼마나 희망과 기쁨을 주었던지 생활이 바뀌었다. 고향이나 주위에서도 응원과 격려가 있었다. 사실 시험 보러 갈 때는 차비가 없어서 시계를 전당포에 맡기고 돈을 빌려서 갔는데 입학을 하자 고모들과 집안 어른들이 십시일반 도와주어 첫 달 하숙비(쌀 다섯 말 값)와 입학금 2,200원(쌀 한 가마니 값)을 마련할 수 있었다.

1학년을 힘들게 마쳤다. 경제적인 것도 힘들었지만 야간 학교와 직장생활을 6년이나 했으니 교우 관계가 원만하지 못했다. 시골에서 어렵게 서울 대학교를 합격했지만 같은 서울 대학교 학생이라도 강남 장관 집 아들과 쉽게 동화될 수는 없으리라. 생활을 바꿔 재충전이 필요하다는 것을 느꼈다. 그래서 군대에 지원 입대했다. 3년이 지나면 무엇인가 변화되리라 생각했다. 입대할 때 공병우 타자기를 다룰 줄 아니 좋은 보직을 받으리라 믿었다. 생각했던 대로 11사 부관부에서 702 타자 보직을 받아 복무했다.

이렇게 군 생활하다가 제대하면 복학해도 똑같은 어려움을 겪을 것 같아서 월남에 가기로 결심했다. 다시 휴가를 나와 집에 가 부모님과 상의했다. 어머님은 반대하시고, 아버님은 남자라면 모험도 할 만하다고 말씀하셨다. 원대로 복귀해 같은 사무실에 근무하는 사병계에 부탁해서 오음리에서 1개월간 훈련을 받았다. 그때 막둥이 외삼촌과 분례 누나가 각각 오음리까지 오셨다.

주월한국군 사령부의 702(타자병) 보직을 미리 받고 파월되었다. 주월한국군 야전사령부 작전처로 근무지가 정해졌다. 작고 새까맣고 세파에 시달려 곱지 못한 얼굴로 사무실에 가니 모두가 얕보았다. 작전사령부이니 영관급 장교 20여 명에 대위, 병장, 중사, 공군 중사가 각 한 명인 조직이었다.

영관급 장교 모두가 대단한 실력과 배경을 가진 사람들이었다. 전쟁터에 근무하면 월급도 몇 배이고 경력도 배가 되어 승진은 저절로 된다. 군인 고급 장교 누구도 전쟁을 바라지 않는 사람이 없다고 그 당시 장교들한테 들었다. 전쟁터에서 대위 이상은 전사할 일이 없다고 한다. 불리하면 철수하고, 전쟁터이니 막강한 권력이 있어 그들의 세상인 것이다. 최고의 자부심을 가진 그들이 보잘것 없는 제일 졸병을 무시하는 것은 당연했다.

그러나 일을 맡겨 보곤 모두 혀를 내둘렀다. 민간 2년, 군대 1년 반, 총 3년 반의 타자 실력과 문장력에 그들의 눈이 달라졌다. 영어 실력도 내가 더 좋았고, 사령관한테 보고할 공문을 타이핑하기 위해 가져온 것도 틀린 부분을 내가 바로 잡아 주니 그럴 수밖에 없었을 것이다. 국방부로 보내는 일일 작전 상황보고가 내 손을 거쳐 보내지고, 공군의 명령도 내 손을 거쳐 참모장과 사령관의 결재가 이루어져 전달되었다. 몇 백 페이지의 전역계획이 내 손에 의해 책자로 만들어져 국방부나 사령부 또는 예하 부대로 전달되었다. 그러나 끝없는 일에 불만과 불손이 극해 달하기도 했다.

드디어 올 것이 왔다. 얼마나 격무에 시달렸는지 과로와 신경쇠약에 시달리다 쓰러져 정신병원에 한 달간 입원 치료를 받은 것이다. 그 후유증으로 지금까지 계속 약을 먹고 있다. 마이클 샌델이 쓴 《정의란 무엇인가》라는 책을 보면 정의가 실현되지 않는 하나의 예로 군에서 정신병을 얻으면 겉으로 나타나지 않기 때문에 보상을 받지 못한다고 했는데, 정말 군에서 얻은 병으로 평생 고생하면서도 아무런 보상을 받지 못하고 있다.

그러나 불만스러운 일만 있는 것은 아니었다.

1967년 9월, 내가 월남전에 참전하면서 다달이 전쟁 수당을 받아 집으로 보내줄 수 있었다. 전쟁 수당이 공무원 월급 정도 되다보니 경제적으로 안정을 되찾고 집안도 평안했던 것 같다. 선친은 부끄러움도 모르고 머리카락 장사를 하셨다. 가난하지만 아들이 그 당시 명문으로 볼 수 있는 공주 사범대학에 다닌다는 것이 자긍심을 주었고, 몇 년만 고생하면 중·고등학교 교사를 하는 아들이 있다는 희망에서 그랬던 것 같다. 그런데 그런 것도 보지 못하고 2년 먼저 가셨다.

상하의 나라라 겨울에도 섭씨 40도가 넘는 무더위가 계속되었다. 그러나 전쟁터의 모든 작전 계획과 지시가 내려지는 중대한 곳인지라 우리나라에서는 그 당시 볼 수도 없었던 에어컨의 혜택을 받았다. 걸어서 5분만 가면 아름답고 깨끗한 나트랑 해수욕장이 있어서 점심시간에는 해수욕을 즐기곤 했다. 한 달 전쟁 수당이 54불인데, 하루 부식비가 2.8불이어서 고기며 아이스크림, 과일 등 질 높은 식사를 했다. 파월 기간이 1년이라 귀국할 수 있었지만 귀국해봤자 열악한 한국 부대에서 6개월 더 복무해야 제대하므로 6개월 연장해 근무했다.

상단부터
한국군 야전사령부
나트랑 해변에서(1968년)

그러나 13개월 차에 힘이 들어 병원에 입원했다. 복귀하니 내가 없어 얼마나 힘들었는지 참모셨던 김대영 대령님께서 회식 자리에서 "박 병장 입원했을 때 우리가 얼마나 힘들었는가를 상기해보자"라고 말씀하셨다.

월남에서 현지 제대를 해 민간 사업장 세탁소에서 근무해도 한 달에 400불을 받는다. 어느 병사는 영어가 짧아 내가 대신 입사 원서를 써준 적이 있는데, 그 덕분에 그는 입사해 나보다 여덟 배에 달하는 돈을 벌었다. 월남군은 자국을 위해 전쟁을 하면서 미국 정부로부터 수당을 받았는데, 그 금액이 우리의 세 배였다.

미국 정부로부터 받은 파월 장병의 돈 중 우리가 받은 금액은 10분의 1에 불과했다. 정부 말로는 나머지 돈으로 경부고속도로를 만들고 산업화하는 데 썼다는데, 지금까지도 그 돈이 어디에 쓰였는지 명명백백히 밝히지 못하고 있다.

나는 고엽제후유의증 경도로 보훈 대상자다. 백마부대 30연대에서 7일간 숲을 제거한 곳에서 근무하고, 십자성부대 병원에 입원해 산속 물을 접한 것이 다인데도, 그것이 원인이 되었는지 지루성 피부염이 심하고 당뇨병을 앓고 있다. 고엽제를 직접 맞지 않아도 수인성이 원인이 될 수도 있다는데, 그것이 원인인지 후유증이 생겼다. 그것보다 지나친 업무량으로 신경쇠약이 생긴 게 군에서 입은 더 큰 피해라고 생각한다. 평생 고생하며 힘들게 살고 있다.

월남에서 18개월 근무했더니 제대할 때도 되고 복학할 때도 되어 1969년 3월 3일 귀국했다. 귀국하면 1개월간 휴가를 준다. 쉬어야 했지만 1년을 절약하기 위해 휴가 기간에 학교에 다녔다.

모든 것이 무리였다. 더운 나라에 적응해 돌아오니 3월의 날씨가 추운 나라에 온 것처럼 매서웠다. 낯선 후배들과의 생활도 어려웠고, 수업이 힘든 것은 당연했다. 특히 불어 과목은 학습의 위계를 놓쳐 힘들었는데, 따로 공부할 여력도 없었다. 전공과목인 국어학개론과 언어학개론도 생소한 단어가 많아 이해하기가 힘들었다. 20여 일간 학교를 다니다 다시 군에 복귀했다. 아직 제대가 안 된 것이다.

복귀도 낯설었다. 35사단에 배치된 것이다. 부관부에서 타자치면 될 것을 그 일이 싫어 사단장 위병 생활을 했다. 왜 그리 미련했는지 이해가 가지 않는다. 기존에 있던 사람들은 트집만 잡아 괴롭혔다. 1969년 5월 3일 한 달 만에 제대했다.

다시 학교에 갔다. 40여 일 군에 있는 동안 결석을 한 편이다. 5월 중순에 중간고사도 보았다. 어떻게 시험을 보았는지 모르겠다. 경제적으로 안정되지 않으니 집에 갔다 학교에 갔다를 반복했다. 어떤 때는 학교에 가지 않고 날품을 팔러 간 일도 있었다. 얼마 안 되는 등록금은 여름철 누나네 포도밭에서 일하며 마련했다. 일곱 식구 생활비는 어머니가 시골 집집마다 방문하며 보따리 장사한 것으로 마련하셨다. 피나는 노력이었다.

1969년 12월 30일, 고모 집에 가려고 밖에 나왔는데, 종권이가 아버님이 위독하시다고 했다. 선친은 폐결핵을 앓고 계셨는데 돈이 없어 제대로 치료를 받지 못하셨다. 분뇨를 푸다가 화가 치밀어 피를 토하셨다는데, 미련한 이길성 어머님이 응급처치로 소금을 먹이셨단다.

동이 아버지가 손수레로 아버지를 실었고, 나는 아버지가 늘 다니셨던 제중병원까지 모시고 갔다. 그런데 병원 측에서 집으로 돌아가라고 했다. 하는 수 없이 집으로 돌아오던 중 "아버지" 하고 부르니 "오냐" 하셨다. 그때까지는 숨이 멈추지 않으신 모양이다.

방 두 칸짜리 집에서 전세살이 하였는데, 우리 방 바로 앞에 푸세식 화장실이 있었다. 주인집과 번갈아 분뇨를 퍼야 하는데, 항상 우리 집에서 내가 펐다. 고모 집에 가기 전 불만으로 그 집(주인집)은 한 번도 푸지 않는다고 했더니 듣기에 못마땅하셨던지 선친께서 푸시다가 그런 꼴을 당했다. 가장 큰 원인은 몸이 약하셨기 때문이었겠지만 원망스러웠다. 그 전날 밤 어금니 하나가 빠져 몹시 서운해 하던 중 깨어 보니 꿈이었다. 후에 해몽 책을 보니 어금니가 빠지면 부모가 돌아가신다고 한다.

어머니가 시골로 보따리 장사를 하고 집에 돌아오시니 아버님이 돌아가셨다. 얼마나 허망하고 어이없으셨을까. 돈은 없었지만 두 분의 금슬은 유난히 좋으셨다.

해산(미선)을 앞둔 큰누나가 장례비를 마련했다. 신기촌에 사는 고모부뻘 되시는 분이 염을 하셨다. 장지 선택이 문제였다. 외갓집 산에 모시려 하니 방 씨들이 반대했다. 하는 수 없이 관준이 외삼촌의 골싸기 같은 밭에 모시자고 삼촌께서 제안하셨다. 아무것도 모르는 나로서는 그러시라고 대답했다.

상여를 모시고 오면서도 장지가 정해지지 않았다. 할아버지 묘 아래 공동묘지에 모셨다. 누구의 제안이었는지는 몰라도 그 점은 참 잘한 편이다.

1970년 1월 1일, 고등학교 동창들이 상여를 멨다. 황두율. 김학풍. 이명연. 고형기. 강충원. 강선모. 방규석. 평생 잊지 못할 친구들이다. 장례를 치르고 난 뒤 어머님이 선친께서 먹던 약을 치우면서 약봉지들이 징그럽다고 하셨다. 얼마나 힘드셨으면 그러하셨을까.

선친은 1919년 기미년 음력 12월 26일생이시다. 본명은 복남, 자는 화규, 족보상의 이름은 남배이시다.

1970년 나는 3학년이 되었다. 후배들 모두가 끝없이 순수한 사람들이라 선배 대접을 잘 해주었다. 종권이는 명문 남성중학교에 다니고, 구자와 종현이는 동산초등학교에 다녔으며, 정례는 구시장에 한복집을 차렸다. 네 명의 학비와 생활비는 모두 어머니 몫이었다. 이때 나는 자주 집에 갔다. 왜 그랬는지 모르겠다. 어머니의 힘드신 일도 별로 이해하지 못한 것 같다. 그러나 빗 없이 살아갔다.

그리운 부모님과 누나

여름철이 되면 나는 다시 누나 집 포도밭 일을 돌봐 주었다. 많지 않은 등록금이지만 누나가 해결해 주었다. 지금 생각하면 어머니가 하숙비를 어떻게 해결하셨는지 모르겠다. 한복집을 차린 정례에게서 더러 도움을 받은 것 같다.

2장

함께하는 날들

01. 교사의 길에 서다

4학년 2학기 때 김제여고에서 교생실습을 했다. 졸업하기만 바랐는데, 세월이 약이라 1972년 2월 10일 졸업하고 전라북도 50명의 국어교사 대기 중에서 1등으로 등록되었다. 교생실습으로 인연이 된 김제여·중고에 3월 1일부로 발령을 받았다. 인고의 생활이 끝난 것이다.

학교는 누나 집 백학리에서 자전거로 다녔다. 첫 월급을 받아 자전거도 사고, 자형님 구두도 사드리고, 누나 생활비도 약간 드리고, 집에 큰 괘종시계도 마련했다. 공무원 월급이지만 보충수업비가 있어서 생활이 핀 것이다. 두 번째 월급을 받아서는 넓고 깨끗한 집으로 전세를 얻어 갔다. 정원도 우물도 있는 동산동에서 제일 큰 기와집이었다.

중학교 1학년 담임을 하면서 국어 수업과 고등학교 1학년 말본과 한문 수업을 했다. 말본과 한문은 자신 있는 과목이었다.

총각 선생이 여고생을 가르치고 과목에 자신 있으니 평이 좋은 것은 당연했다. 한문 과목을 다른 선생님과 분담해서 가르쳤는데, 그때만 해도 알맞은 교습서와 자습서가 없어 학습 준비가 쉽지 않았다. 교습서 없는 한문은 주석이 다양해서 매우 힘든 것이다.

1972년도 한문 교과목이 중학교 교육과정으로 선정되었다. 한문 선생이 따로 없던 때라 국어 선생이 한 달간 전북대에서 강습을 받으면 한문 과목 자격증이 주어져 그것으로 한문 과목을 겸임해서 가르쳤다. 한 달간 강습자를 뽑는데, 나이도 어리고 초임이라 힘없는 내게 강습을 가라 했다. 어쩔 수 없이 강습을 받으러 다녔는데, 그것이 전화위복이 되었다. 한 달간 공부하고, 자격증 받고, 강습 받으면서 조두헌 교수가 쓴 한문책 교습서도 받았다.

한문은 문법이 없다. 따라서 주석이 일정하지 않다. 그 때문에 국문법에 준한다는데, 조교수가 국문법을 모르셨는지 선생님이 쓰신 문법 해설이 국문법에 어긋난다고 하자 나는 국문법을 모르신다고 하셨다. 그분은 한문학자이지 국문학자가 아니라서 당연한 대답이었다.

월급을 받으면 일정한 금액을 누나한테 주었는데 몇 달 지나니 누나가 그만 주라고 했다. 누나 형편이 좋은 것도 아닌데 부담이 갔던 모양이다.

가을 어느 날 세권이 형이 영렬이 형과 함께 학교를 방문해 지금의 집사람을 소개해 주었다. 세 번째 만나고 결혼을 결정했다. 어머니와 외삼촌의 승낙이라도 받는 것이 순서인데, 어렸을 때부터 혼자 결정하고 실행하는 게 습관이 되어서 그런 절차도 몰랐다.

아무리 돈이 없다지만 총각 선생 정도 되면 좋은 혼처도 많이 들어왔을 텐데 왜 그리 쉽게 대답했는지 모르겠다. 그리고 주위에 마음에 드는 처녀도 있었는데 일찍 결혼을 정하고 나니 평생 연애 한 번 못 해보고 결혼한 셈이다. 지금 생각하면 집사람과는 하늘이 맺어준 배필이란 생각이 들기는 하지만 아쉬운 건 사실이다.

상단부터
집사람과 약혼 시절
1974년 4월 26일 집사람과 결혼식

1973년 집사람과 약혼하고 방학 때라 의정부에 있었다. 그때 콩 한 바가지가 내 등에 뿌려지는 꿈을 꾸었다. 왜 이런 꿈을 꾸었을까? 하고 곰곰 생각하니 콩은 동그라므로 맞힌 답이 많다는 것을 암시한 것 같다. 그것이 신의 계시였는지는 모르겠으나 그 다음날 종권이가 전주고등학교에 합격했다. 운명적인 일에는 운명적인 꿈을 꾸는 것 같다.

그때 전주고등학교가 명문 학교이긴 했지만 남성고등학교도 좋은 학교였다. 학교에서는 남성고등학교에 진학하기를 바라고 원서를 써주지 않으려고 했다. 정숙이가 학교를 방문해 무슨 큰 벼슬이나 한 것처럼 위세를 부려 전주고등학교에 진학했는데 잘못했다.

전주에 집이 없으니 이사하려고 몇 번 전주 집을 보러 다녔는데, 결국 하숙 아니면 길산이 삼촌 집에서 다녀야 했다. 삼촌 집이나 우리 집이나 모두 어려움만 주었다. 주식(住食)이 편안하지 않으니 본인 학습에도 나쁜 효과를 주었을 것이다. 이 점은 당연히 대학 진학에도 영향을 주었다. 재수까지 했는데 대학에 진학하지 못하니 경제적 손실은 말할 것도 없고, 본인은 물론 집안 식구 모두가 큰 정신적 타격을 받았다. 그때 어떻게 해서든 전주로 이사했어야 했다.

1학년 동안 동산동에서 전주로 통학하면서 어머니나 종권이나 고생이 이만저만이 아니었다. 지금 생각하면 서투른 가정 경영이었다.

1973년 4월 26일 동양예식장에서 집사람과 결혼식을 올렸다. 절약과 검소함이 몸에 배어 신혼여행도 가지 않았다. 아무리 힘들어도 해야 할 일이 있는 건데, 얼마나 힘들게 살았던지 그것도 절약이라고 신혼여행을 가지 않았다. 그것이 평생 후회가 되고 집사람에겐 원망의 대상이 되었다. 그것만이 아니었다. 큰방 가운데에 농을 놓아 아랫방에서는 어머니와 동생들이 자고, 위에서는 우리 부부가 첫날밤을 잤다. 결혼 전에 전세를 얻어 놓은 방도 있었는데 왜 그랬는지 모르겠다. 신부의 감정은 전혀 살피지 못한 어리석은 일 처리였다. 그러나 신혼방은 김제 황용달 씨 집에 두 칸짜리 깨끗한 방을 얻어 놓아 바로 그곳에서 신혼생활을 했다.

결혼할 때 집사람이 혼수 살 돈을 절약해서 전세방을 얻었다. 일방적으로 일을 진행한 나를 집사람은 따라주었다. 결혼 초에 집사람이 김제여중·고까지 2킬로미터가 넘는 거리를 걸어서 점심을 가져다주었다. 고맙고 행복했다. 몇 달은 그리 했을 것이다. 12월 25일 소례가 태어났다.

1974년 3월 1일 중앙중학교로 발령받았다. 관내 전보로 중앙중 곽 선생과 맞바꾼 것이다. 내가 손해본 느낌을 받았다. 그러나 그것도 전화위복이 되었다.

그해 봄 황용달 씨 방 두 개를 더 전세를 얻어 식구들 모두가 합쳐졌다. 구자는 김제여중으로 전학했고, 종현이는 중앙초등학교로 전학했다. 정숙이는 서울로 취직했다. 종권이는 통학 거리가 멀어 길산이 외삼촌 댁에서 학교를 다녔다. 일곱 식구인 것이다. 종권이 학비와 용돈, 과외비도 마련해야 했다. 그래도 월급 타서 산 자전거로 밀가루 한 포대를 싣고 오니 부자가 된 것 같았다.

교사 월급으로 세 명의 학비와 일곱 식구의 생활비를 해결한다는 것은 매우 어려운 일이었지만, 나는 오랫동안 가난하게 살아서 식생활만 해결하면 된다고 생각했기 때문에 어려운지 몰랐다. 하지만 집사람은 매우 힘들었을 것이다. 그런데도 불평 한마디 없이 살림을 잘해 나갔다. 그때 나는 테니스를 배우기 시작했는데, 그 취미로 돈도 쓰지 않고 스트레스도 해결했다.

1975년 12월 31일, 소진이가 태어났다. 여덟 식구에 정숙이가 창우를 데리고 같이 사니 식구가 열 명인 셈이다. 식량과 연탄만 있으면 먹고 사니 그래도 살아 나갔다.

1977년은 인플레가 매우 심한 때였다. 4년을 사니 돈 가치가 떨어지고 황용달 씨가 집에서 나가 주기를 바랐다. 그때 마침 중앙중학교 교사들끼리 돈을 모아 심지 뽑는 계를 했는데, 내가 첫 번으로 뽑았다. 모아둔 약간의 돈과 계탄 돈을 합쳐 석탄리 고모 집에 빚을 놓아 불렸다. 그것과 되돌려 받은 전세금과 조금 얻은 빚으로 김제고등학교 뒤편에 있는 방 여섯 개짜리 집을 150만 원에 샀다. 직장생활을 한 지 6년 만에 내 집을 마련한 것이다. 마당도 있고 화단도 제법 넓었다. 방 세 개 세를 놓고도 세 개 방을 쓰니 부러울 것이 없었다.

1977년 중앙중학교 3학년 담임을 하니 우수한 학생 여덟 명 정도가 우리 집에서 합숙했다. 집사람이 현대식 주방도 아닌 곳에서 열여덟 명의 식사와 열 개의 도시락 싸는 일을 해 나갔다. 학생들 합숙이 경제적으로 약간은 도움이 되었다. 그 당시 전주고등학교에 얼마나 진학하느냐가 학교 평가의 주된 잣대가 되었는데, 우리 집 하숙생들 진학률이 높아서 시로 우리 집에서 합숙하려 했다. 따라서 1978년과 1979년에도 3학년 담임을 했고, 많은 학생이 우리 집에서 합숙했다.

1978년도 소례의 발육이 늦어 병원에서 진단하니 다운증후군이란다. 우리 부부가 힘든 것은 말할 것도 없고, 주위 친척들도 불쌍하게 여겼다. 운명으로 받아들이고 성장 발달을 위해 많이 노력했지만 소용없는 일이었다.

1979년도 전주고등학교가 평준화되니 우수한 학생들이 남성고등학교에 진학했다. 합숙한 모든 학생이 남성고등학교에 진학했다. 그때 종현이도 남성고등학교에 진학했다.

1978년도 담임했던 김제군 백산면에 사는 최용석이란 학생이 전북기계공고에 진학하기를 매우 원해서 추천서를 써주어 합격했는데, 몇 달 다니고 찾아와서 그 학교에 진학한 것을 후회한다고 말했다. 대학 진학이 어렵고 발전할 수 있는 한계를 알고 그랬을 것이다. 교육학에 이런 통계가 있다. 실업계 학생들이 자기가 전공한 부분은 취직한 후 몇 년간은 잘 하지만 몇 년 후에는 다방면으로 배운 인문계 학생들한테 모든 면에서 뒤떨어진다는 통계다. 교육의 중요성을 알 수 있는 부분이다. 내게는 그런 철학이 있어서 우수한 학생들은 실업계 진학을 막았다. 이 일은 끝까지 막지 못한 교육자로서 내게 책임이 있다. 교육자는 먼 안목을 보고 진로지도를 해야 한다.

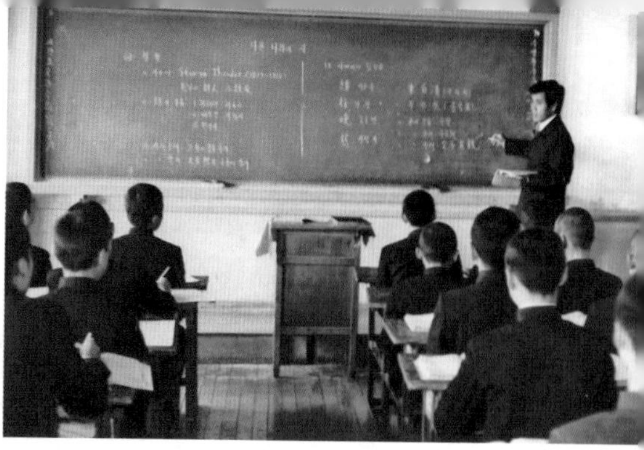

1979년 12월
중앙중 3학년 마지막 수업

그 당시 전북기계공고는 학비가 전액 면제되고 기능공으로서 취직이 보장된 학교였다. 하여 형편이 어려운 학생들이 진학을 선호했다. 용석이도 지금은 50대인데 잘사는지 모르겠다.

1980년도 지역 만기가 되어 종현이도 가르칠 겸 이리고등학교로 전보하기를 원했는데, 이리여자중학교로 발령받았다. 희망하지 않은 학교로 전보 발령을 받으니 근무할 마음도 없었다. 많은 선생님이 안타깝게 여겼다. 그때만 해도 이리고등학교는 명문이어서 중학교에서 바로 이리고등학교로 발령을 내주지 않았다. 그렇다면 통근하기 좋은 부안고등학교라도 전근을 갔다가 기회를 봐서 이리고등학교나 전주고등학교로 갔어야 했다. 그 당시 이리여자중학교 온기섭 교장 선생님이 부안고등학교장으로 전보 발령받았을 때 인사차 "저도 부인고등학교로 가고 싶습니다"라고 부탁했는데, 지원하지 않으니 교장 선생님이 그것을 기억하고 계셨다가 "왜 지원하지 않았느냐?"고 나무라셨다. 온기섭 교장 선생님은 공주사대 국어과 선배로 내게 많은 배려를 베풀어준 선생님이셨다. 순간의 잘못된 선택으로 오랫동안 많은 고생을 했다. 이리여자중학교에서 김제고등학교로 가려 했지만 또 밀려 정읍고등학교로 발령받았다. 정읍 지역은 차량 편이 좋지 않아서 6년 동안 통근하느라 말할 수 없는 고생을 했다.

아침 7시 30분 집 앞 김제역에서 7시 40분 열차를 타고 이리역에서 내려 20분 정도 걸어가면 이리여자중학교에 도착한다. 오후에도 6시쯤 열차를 타면 집에 도착하니 이리여자중학교에서 집까지 통근은 수월한 편이었다.

좌측부터 대선이 갓 태어났을 때 모습 / 소진이, 대선이 어렸을 때 모습

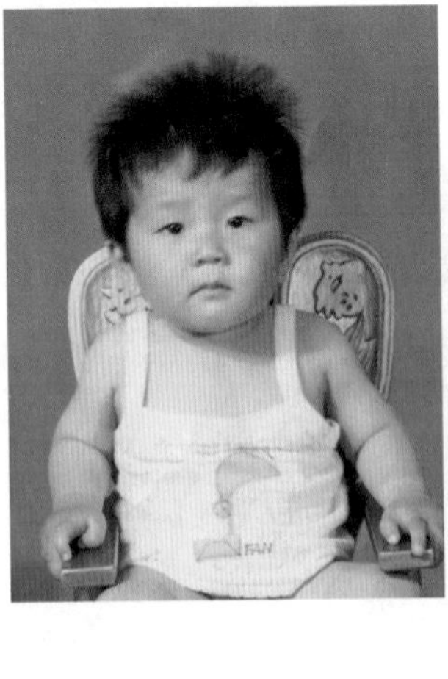

1980년 7월 4일, 대선이가 태어났다. 박 씨네 장손이었다. 이리여자중학교 교직원들이 농담인지 아닌지 이리여자중학교에 근무하면 득남을 한다고 했다. 친구들이 어머니께 효도했다고 말했다. 출생아가 4킬로그램이 넘으니 주위에서 국제 미남이라 했다.

그해 작은누나가 파산하면서 우리 집 돈을 가져다 빚잔치를 했다. 어머니와 동생들 용돈도 제대로 주지 않고 모은 돈이었다. 누나의 살림에 보태 썼으면 상처가 덜 했을텐데 호박씨 까서 남의 한 입에 탈탈 털어 넣은 것 같아 두고두고 마음 아팠다. 그때 그 돈으로 김제 공원 쪽 땅을 샀으면 생활이 일찍 폈을 것이다.

어느 학교든 처음 전입한 교사는 1학년을 담임하는 것이 상례다. 이리여자중학교는 전통 있는 학교였다. 이리 시내 학부형들은 딸이 모두 이 학교로 입학하기를 원했다. 좋은 학교, 좋은 학부형에 이팔청춘 복숭앗빛 아름다운 얼굴을 가진 여학생을 가르친다는 것은 인생의 행운일지 모른다. 그래도 원하는 학교에 가지 못하고 중학생을 가르친다는 것이 지존심 상하게 했다.

1982년도부터 3학년 담임을 세 번 했다. 이리 시내 인문계 고등학교에 합격 배치되려면 성적이 60명 중 15등 안에 들어야 했다. 그 외 학생들은 이리 시내 밖 변두리 학교나 실업계 고등학교로 진학할 수밖에 없었다. 그래서 3학년 담임은 매우 힘들었다. 매월 모의고사를 봐서 다른 학교와 비교를 하고 담당 과목 지도 교사에게 암묵적인 책임을 묻기도 했다. 담임은 성적이 미치지 못하는 학생에게 격려와 채찍질을 해야 했고, 원서를 쓸 때는 이리 시내 인문계 고등학교에 진학할 수 없는 학생과 씨름해야 했다. 반대로 이런 사례도 있었다.

1984년도 담임했던 김순영이란 학생은 오빠가 남성고, 서울 법대를 나와 고시에 합격해서 광주고검 3호 검사이고 언니가 이화여대에 다닌다고 했다. 그런데 본인은 원광여상 진학을 원한다고 고집했다. 나는 너 같은 자질의 학생은 실업계 고등학교에 입학 즉시 후회한다고 여러 번 말렸다. 그래도 원광여상만 진학한다고 했다. 그 학생은 빈촌인 모현아파트에 살았다. 오빠가 검사라도 형편이 어려웠던 것 같다. 아무래도 부모와 상의해야 할 것 같아서 어머님께도 이해시켰지만 고집을 꺾을 수 없었다. 어느 학생은 이런 일로 일주일도 넘게 실랑이를 한다. 그런데 내 예상처럼 꼭 두 달이 안 되어 와서 후회한다고 말했다. 그래서 학점 취득에 영향이 있으니 인문계 고등학교 자리를 찾아 빨리 진로를 바꾸라고 했다. 순영이도 지금 50대가 되었을 텐데 어떻게 살고 있을지 궁금하다. 내가 권한 대로 잘 되었는지?

이리여자중학교에 근무하면서 수학여행 때 학생들을 인솔하고 속리산 법주사와 불국사 석굴암을 여러 번 다녀왔다. 그 많은 아름다운 추억을 어찌 다 기록하랴. 그때 풍습에 수학여행을 가면 학생들이 담임에게 이불을 뒤집어씌우고 때리는 풍습이 있었는데, 나는 그 눈치를 알고 그 못된 풍습을 모면했다. 지나고 나니 맞아줄 걸 하는 후회도 있었다. 이리여자중학교에 근무하면서 테니스를 많이 했다. 직장 대회에 출전해 단체우승한 적도 있다. 한때 정부의 정책으로 보충수업을 하지 않은 때가 있었는데, 그로 인해 한가한 시간이 많아 오후에는 매일 테니스를 할 수 있었다. 돈은 적게 벌렸지만 그 즐거움은 대단했다. 내 인생의 가장 즐거운 한때가 아닌가 생각된다.

이리여자중학교에 근무하면서 소례를 익산시 모현동 특수학교에 데리고 다녔다. 그 당시 김제에는 특수학교가 없어서 익산으로 데리고 다녔는데, 너무 힘들어 며칠 다니고 그만두었다. 소례 교육 때문에 집사람이 매우 힘들어했다. 많은 노력 끝에 전주에 있는 은하학교에 입학시켰다.

일찍이 전주로 이사를 왔어야 했다. 보수적인 성격이 집사람만 힘들게 했다. 그래도 우리 부부는 소례로 인해 불화보다 서로를 위로하는 편이었다. 또 장애 부모들끼리 더러 모이기도 하고 서로를 위로하며 살았다. 소례는 은하학교 초·중·고·전문대학 과정을 모두 마쳤다.

이리시는 중·고등학교와 대학 그리고 군 복무 때까지 내가 살아왔던 곳이고, 한이 맺힐 정도로 고생도 했던 곳이라 제2의 고향이나 다름없는 곳이다. 고생하고 성공해서 순진무구한 학생들을 가르치니 자신이 자랑스럽고 뿌듯한 감정으로 생활했다. 옛 친구들과도 잘 어울릴 수 있었고, 친구들 역시 나를 대단한 사람으로 여겼다. 사실 중·고등학교 전체 동창들 중 나만한 직장을 가진 동창이 없었다. 교사란 직업은 공자의 인생삼락에서 첫 번째로, 맹자의 인생삼락에서는 세 번째로 표현된 직업이다. 그뿐만 아니라 충분하지는 않아도 경제적 안정을 뒷받침해주는 직업이 아닌가.

상단부터

이리여자중학교 근무 시 제자들과 함께

직장 대항 우승 기념

1980년 9월 19일 어머님 회갑 때

1980년 어머니 회갑잔치를 했다. 그 당시만 해도 회갑잔치를 하는 것이 관습이어서 친척 모두를 불러 성대하게 잔치했다. 형제들 모두 한복을 해 입었다. 어머니는 "회갑잔치를 했으니 죽을 날이 가깝지 않느냐"하며 인생의 허무를 말씀하셨다. 인생의 유한함에 허무를 느끼는 것은 유전인 것 같다. 나도 항상 그러니 말이다. 그래도 제명대로 살지 못하고 자살하는 사람도 많은데, 거꾸로 생각하면 그만큼 인생을 긍정적으로 잘 살고 있다는 것이 아닌가.

1985년, 김제중학교 운동장 끝부분 넓은 공터의 새집으로 이사했다. 슬래브 지붕이 있는 현대식 건물로 1,500만 원을 주고 산 것이다. 김제고 뒤에 있던 집은 600만 원에 팔았다. 8년 만에 네 배를 남긴 셈이다. 아이들도 잘 크고 가정은 편안했지만 종현이의 학교생활이 문제였다.

익산에서 하숙하면서 일요일에 집에는 오지 않고 반석교회에 다녀가곤 했다. 교회 목사를 찾아가 대학 입시생이니 대학 입학 때까지는 공부에 전념할 수 있도록 지도를 부탁했다. 그러나 아무 대답이 없었고 종현이의 변화도 없었다. 그 후에도 여러 차례 사회적으로 네가 잘 되고 안정되어야 신앙심도 신실해지니 공부에 열중하라고 여러 번 타일러도 별다른 변화가 없었다. 기독교에 대한 내 불신과 종현이에 대한 미움은 여기에서부터 싹텄다. 종현이 역시 부모님 슬하가 아니라 형이 가르치기 때문에 편안하지 못했을 것이고 어린 나이라 자제력도 없었을 것이다. 원만하게 처리하지 못한 것은 내 지도력 부재였다고 생각된다.

종권이는 최전방에서 군 생활을 했는데, 편지 올 때마다 내용에 대학 진학에 대한 미련이 많았다. 전주고등학교가 어떤 학교인가? 저희 동창들은 모두 명문대학에 다니는데 자신은 대학 학적이 없으니 그런 생각을 많이 했을 것이다.

종권이가 입대 전 공무원 시험에 합격했었는데, 군 제대 후 인천관세청으로 발령받았다. 그 당시 관세청은 떼돈이 벌리는 곳이라 선망의 직장이었다. 1980년 전두환이 정권을 잡고 부조리가 많은 관세청 직원을 숙청하다 보니 보직 자리가 생겼다. 또 마침 대학 학제가 바뀌어 야간이나 주간이나 학점만 획득하면 같은 학교 졸업장이 나왔다. 직장생활하면서 대학에 다닐 방법을 찾다가 인하대학교 무역과에 진학했다. 나 혼자 벌어 모든 동생을 건사한다는 것이 힘들었는데, 모두가 잘된

편이다.

종현이는 3수 후 건국대학교 법과대학에 진학하고 방위병으로 김제군 백산면에서 군 복무했다. 종권이와 종현이가 대학에 두 번씩이나 낙방한 것은 그 세대가 베이비붐 세대라 진학할 학생은 많고 대학은 적어서 그랬을 것이다. 그 당시 유행어가 '재수는 필수, 삼수는 선택'이었을 정도니 누구나 재수, 삼수했던 시절이다. 대학 선택도 전기와 후기 두 번의 선택권만 있어서, 전기에 한 곳에 원서를 내서 불합격하면 후기는 마음에 들지 않는 학교이기 때문에 자연히 재수의 길을 선택했다. 1년 내내 목숨을 내놓듯 공부해도 시험 한 차례 잘못 보면 다시 입시 공부를 해야 하는 교육제도가 수험생과 학부모는 말할 것도 없고 정부나 국민 모두에게 큰 고통을 주는 악순환의 고리였다. 현재 수시 접수로 50퍼센트 정도 뽑고 정시로 대여섯 군데 원서를 내고 마음에 맞는 대학을 진학하는 제도는 매우 잘 된 제도다. 왜 당시에는 이런 정책을 도입하지 못했는지 이해하기 어렵다.

02. 배움으로 가르치고 가르침으로 배우고

1986년 3월, 6년 근무가 만기되어 어디로든 옮겨야 했다. 교사들 인사제도가 한 지역에서 6년 이상 근무할 수 없게 되어 있기 때문이다. 하여 김제시로 1차 희망, 부안으로 2차 희망, 정읍시로 3차 희망을 했는데, 정읍고등학교로 발령났다. 부안도 가지 못한 것은 부안 출신 국어교사가 시골에서 근무한 까닭으로 인사 점수가 낮았기 때문이다. 인사제도의 지식과 정보가 낮아 정읍고등학교로 발령 난 것은 6년 동안 커다란 시련을 주었다. 정읍고등학교는 김제시에서 통근하기가 매우 힘든 곳이었다. 버스 통근은 어렵고, 열차 통근은 차비도 싸고 시간도 얼마 걸리지 않아 좋은데 통근 열차가 김제에서 8시에 출발하기 때문에 학교에 도착하면 9시였다.

정읍시는 인문계 고등학교가 남녀 일곱 군데나 되는 곳이었다. 정읍시를 중심으로 해서 고창군, 순창군, 고부군 등에서 오는 학생들이 많아 학교도 많은 것 같았다. 그러나 내가 부임할 때는 학생들이 줄어드는 추세여서 대학 진학률이 높지 않으면 학생 유치가 매우 어려웠다. 그래서 학교끼리 경쟁이 심하고 고교 진학 때가 되면 각 면 단위 중학교를 찾아다니면서 학생들을 보내 달라고 로비해야 했다. 따라서 모든 담임이 7시 반까지 출근해 자율학습을 지도하고, 저녁에도 10시까지 지도해야 했다. 물론 그 당시엔 담임수당도 없고 자율학습비도 없어 무보수 노력 봉사였다.

40대에 접어든 나로서는 담임을 하지 않을 방법이 없었다. 교감에게 일찍 출근할 수 없다고 하니 웃어버린다. 1학년 담임을 했다. 통근보다 힘든 것은 학생 수준이 낮은 것이었다. 더 힘든 것은 희망하여 온 게 아니고 전주시나 이리시 그리고 고창 읍내 중학교에서 성적이 나빠서 전주나 이리시, 고창고등학교(당시 고창고등학교는 명문이었다)로 진학하지 못한 학생들이라 기회만 있으면 자기 출신지로 전학하려 했다. 하나 둘 진학을 허용하면 도미노 현상이 일어나서 모두 빠져나가려 하니 교장은 전학을 허락하지 않고 담임이 전학을 막아야 했다. 전학을 막아도 강한 선을 타고 전학을 요구하면 교장도 허락할 수밖에 없었다. 교장은 전학하지 못하게 하고, 인맥을 타고 로비를 하면 그제야 승인했다. 그럴 때면 담임인 내가 학생과 학교와의 관계를 생각하여 바르게 지도하려 했는데, 내 말을 듣지 않고 전학했다가 후회하는 일이 비일비재하였다.

최오림이라는 학생은 아버지와 형이 교육자셨는데, 서울 사는 형 집에서 다니겠다고 전학을 요구했다. 서울로 전학을 가 보았자 학력이 뒤떨어지면 따라가기 어렵고 교우관계도 원만하지 못하며, 부모 슬하에서 다니는 것과 형 집에서 다니는 것은 차이가 있으니 가지 말라고 여러 번 말려도 고집을 피우더니 몇 달 다니고 더 다닐 수 없다며 다시 돌아오기를 바랐다. 나는 승낙하고 다시 우리 반에서 다녔다.

10여 년의 세월이 흐른 뒤 최오림에게서 전화가 왔다. 자기 결혼식에 주례를 서 달라고 하여 주례를 섰다. 그 당시 정읍 농협에 다닌다고 했다. 지금도 잘 다닌다.

또 한 학생은 집이 감곡인데, 집에서 가까운 인상고등학교로 전학을 가고자 했다. 어떻게 교장을 삶았는지 교장이 나한테 부탁했다. 나는 "인상고등학교는 면 단위 학교이고, 그래도 정읍고등학교는 명문이었던 때도 있었고 교우관계도 편안한데 왜 전학을 가느냐?"고 말렸지만, 인상고등학교에서 어떤 제안을 받았는지 아버지 고집으로 전학이 이루어졌다. 두 달도 되지 못해 선생님 권고를 받아들이지 않은 것을 후회한다고 했다.

정읍고등학교 2학년 담임을 두 번 하면서 수학여행도 두 번 다녀왔다. 두 번 모두 어려운 일을 당했다. 한 번은 학생 점호를 하는데 한 반 학생이 없어졌다. 여덟 개 반 담임 여덟 명이 밤새도록 찾았지만 찾지 못했다. 지쳐 여관에 들어와서 걱정하고 있는데 새벽녘에 학생이 돌아왔다. 사연을 물으니 해변에서 밤새도록 사색에 잠겨 있다가 돌아왔다고 한다. 어이가 없어 아무 말도 하지 못했다. 또 한 번은 내가 담임했던 학생 한 명이 2층에서 물통을 타고 내려가 여관 밖에서 친구들과 심히 싸운 일이 있었다. 지나가던 택시기사가 파출소에 신고해 경찰서 수사과에 넘어가 내가 수사과장에게 사정을 하고 데리고 왔다.

정읍고에 근무하면서 3학년 진로지도 주임을 2년간 맡은 일이 있었다. 3학년 주임은 재학생 여덟 개 학급과 재수생 진학지도를 진두지휘하는 자리다. 그래서 학급 초기 반편성 때부터 학급 담임 선정권을 주고, 자율학습 계획을 세우고, 모의 고사 실시를 계획하고, 각종 회의에 대표로 나가는 매우 중요한 자리다. 인문계 고등학교이므로 농사의 결실은 얼마나 대학 진학지도를 잘 했느냐에 달려 있었다. 따라서 학년 주임의 일은 끝없이 많고 막중했다. 각 반 담임과도 관계가 원만하고, 담임들이 잘 따르고 협조하도록 이끌어야 했다. 그런데 그 당시 대학문은 좁고, 중학교 학력이 좋은 학생들은 전주, 이리, 군산으로 진학하고, 정읍 주변의 학생들도 정읍 명문이었던 호남고등학교로 진학해 우리에게는 좋은 재목이 없었다. 학생들도 재목이 좋지 않고 학부형조차 열의가 없으며 무보수로 희생적인 노력만 요구하니 3학년 담임을 하려 하는 선생님도 적어 학년 주임만 형언할 수 없는 고생을 해야 했다. 김제에서 아침 5시 화물열차를 타고 출근해 저녁 11시 특급 열차로 퇴근하기 일쑤고 토요일, 일요일도 출근해야 했다. 여름방학 때도 혼자 출근해 재수생 체력장 원서를 접수하곤 했다. 저녁 자율학습 지도도 혼자 하는 일이 많았다. 강제로라도 시켜야 하는데 보수가 없으니 명분이 없어 수용할 선생이 없었다.

학교장이 학부형과 상의해 자율학습비를 걷어 식사비라도 주어야 하는데 교육청에서 못하게 하니 걷을 수 없었다. 그 방법을 피하기 위해서는 능력 있는 학부형의 협조를 받아야 하는데 그런 학부형도 없었다. 그러니 진학지도는 매우 나쁠 수밖에 없었다. 진학지도가 나쁘니 소문이 좋지 않고, 따라서 학력이 낮은 학생들만 입학하고, 학력이 낮은 학생들이 진학지도가 좋을 리 없고, 그런 악순환의 연속으로 학교가 저절로 추락하게 됐다.

명문이 되는 것은 어렵지만, 삼류 학교로 추락하는 것은 쉬운 일인 것을 내 눈으로 똑똑히 보았다. 그 후 정읍고는 인문고로서만 존재하지 못하고 실업계 몇 학급과 합쳐진 종합고등학교가 되었다.

1980년대 후반기는 대학 진학이 매우 어려운 때였다. 전기한 것처럼 베이비붐 시대 이후 대학이 더는 설립되지 않고 입시생은 많아지니 그럴 수밖에 없는 형편이었다. 물론 특수반을 만들어 우수자를 한 학급으로 편성한 탓도 있지만, 어느 학급은 전문대에도 한 명 진학시키지 못한 예가 있었다.

1989년 통근하기가 너무 힘들어 프라이드 승용차를 구입했다. 집사람 나이가 막 마흔을 넘겼을 때다. 운전면허를 따라고 하니 40세가 넘었는데 무슨 면허냐며 거절했다. 그 당시만 해도 승용차가 거의 없던 시대였다. 내가 계속 권하자 운전학원에 다녀 어려움 없이 면허를 획득했다.

나도 그해 여름방학 때 운전교습소에 등록하고 일주일 만에 필기와 실기 시험을 모두 하루 동안에 합격했다. 운전 교습 지도교사가 이런 일도 있다며 감탄했다.

도로 연습도 하지 않았지만 부부가 다 면허증이 있어서 그 당시 새 프라이드 승용차를 480만 원을 주고 샀다. 헌 차를 권하는 사람도 있었는데, 나는 기계는 반드시 새것을 산다. 1985년도 일본산 오토바이 리드를 중고로 속아 산 일이 있어서 그렇게 한다.

차를 사고 그 이튿날, 새벽에 차가 적을 때 부부가 같이 차를 몰고 한가한 도로를 몇 번 돌았다. 날이 새면서 집사람은 집에 데려다주고 운동복 차림으로 정읍고등학교까지 40킬로미터를 갔다. 앞으로 갈 수만 있었지 뒤로 돌아올 수 없었기 때문이다. 그 당시 자가용 승용차는 거의 없어서 도로가 한가했던 탓에 가능했다. 테니스를 많이 해서 거리 감각과 조정 능력도 있고, 무모할 정도로 겁이 없기 때문이다. 그 뒤로 매일 승용차로 출퇴근했다. 일취월장 달라지는 것이 운전이라는 것도 알았다. 운전은 원칙을 지키고 과속을 하지 않으면 방어 운전까지 할 수 있다.

내가 프라이드를 샀을 때 정읍고등학교 교사 50명 중 차를 가지고 있는 교사는 네 명뿐이었다. 차가 있으니 출퇴근이 매우 편했고 전주로 이사 간 후로는 다른 선생님들 네 분과 함께 합승해 출퇴근했다. 지금까지 30년 넘게 운전을 했지만 내가 잘못해서 접촉사고를 낸 것은 한 건도 없다. 프라이드 이후로 소나타 두 대, SM5 네 대, 모두 합쳐 일곱 대의 새 차를 샀었다. 집사람도 운전할 수 있어서 30년 동안 편리하게 이용했고 70이 된 지금도 운전하고 있다. 부부간 운전을 하면 모임 때 매우 편리하다. 누가 술 한잔해도 음주하지 않은 사람이 운전하면 되기 때문이다.

1991년 2월에 전주로 이사했다. 김제에는 다닐 만한 여자고등학교가 없어 걱정이었는데, 다행히 소진이가 전주 시내권 시험에 합격하고 전북대학교 사범대학부속고등학교에 배치 받았다. 따라서 소진이의 교육을 위해서 이사해야 했다. 학교와 가까운 거리를 찾다 보니 인후동에 사는 고향 선배인 송영근 형님 댁 2층으로 전세 2,000만 원에 입주했다. 그 당시만 해도 전주 시내 아파트 구하기가 매우 어려웠다. 여러 차례 전주 시내를 돌아다녔다. 단독 주택도 마음에 드는 것이 없었다. 그러던 차에 김양수 동서가 아파트를 짓는다는 정보를 듣고 부탁해서 지금 사는 집을 분양받았다. 짓는 동안 2년을 살기 위해 소진이가 다니는 사대부고와 통학 거리가 짧은 집을 찾다 보니 송영근 선생님 집 위층에 입주한 것이다. 자율학습으로 늦게 귀가하는 날이면 그때 소유하고 있던 프라이드로 데리고 왔다. 그때 학교 입구에 차를 주차하고 소진이가 나오기를 기다리는데, 주차 관리하는 직원이 다른 학생도 배려해 달라고 부탁했다. 그만큼 그 당시에는 자가용 가진 사람이 적었다.

전북사대부고
학생 시절

대선이는 금평초등학교에 5학년으로 전학했다. 유치원을 3년 다니고 웅변학원과 피아노학원에도 다녔다. 유치원에 다닐 때 내가 전북대학교 대학원 교육방법학과를 다녔는데, 그때 독일의 유치원 교육방법을 이해했다. 그런 관계로 당시에 우리나라의 유치원 교육은 1년이었는데도 내가 조기 교육에 힘써 3년을 다니게 했다. 그 영향으로 잠재력과 자생력을 키워 후에 직장생활을 잘할 수 있는 재능을 길러준 것 같다. 대선이는 부모, 누나 말고도 조모, 고모, 삼촌 등 여러 사람의 사랑을 받고 자라서 모든 것에 긍정적이고 친화력도 강하다.

중학교는 전주서중학교로 배치 받았다. 서중학교는 내가 초등학교 때 다니고 싶었던 학교다. 대선이는 입학하기도 전에 중학교 1학년 영어 교과서를 다 이해했기 때문에 학교생활이 매우 편했을 것이다.

학급 담임과의 관계도 좋았다. 그래서 학급 실장도 하고 3학년 때 학생회 부회장도 했다. 마침 그 학교 3학년 주임인 사회과 김남수 선생님이 대학 때 나와 같이 다니던 학생이라 서로 잘 알았다. 덕분에 대선이를 정신적으로 많이 배려해주었다. 3학년 학급 담임을 모두 모셔 집에서 저녁 식사를 대접한 일도 있었다.

대선이의 재능을 알게 된 계기가 있다. 소진이가 중학교 1학년 때 영어 기초 학력이 부족했던 관계로 영어 교과서 테이프를 틀어 주며 기초학력을 닦은 일이 있었다. 그때 가끔씩 프라이드에 대선이도 동승하여 스케이트장에 가면서 테이프를 듣곤 했는데, 어느 날 대선이가 교과서에 있는 영어를 모두 암기하고 있었다. 그 뒤로 그의 재능을 알고 중학교에 입학했을 때는 새 학년에 들어가기 전에 영어 과목 한 학년 과정을 학습시켰다. 미리 1년 치의 예습을 한 편이다. 핵심을 조금씩만 터치해줘도 스스로 소화해서 과외 수업 한 번 받지 않고도 고등학교 졸업 때 영어 과목 우수상을 받았다. 중·고등학교 때 영어 과목만 마스터하면 모든 학습이 원활하다는 것을 알기 때문에 그렇게 지도했다.

구자는 김제여고 졸업 후 어느 회사에 입사해 그 당시 유행하던 텔레타이핑 치는 일을 했다. 몇 년 다녀 결혼비용도 마련했으며, 현재 남편인 김병균과 1985년에 결혼해 안정된 생활을 하고 있다. 여러 형제 중 학습이나 학비 등 모든 면에서 원만했다. 결혼 후에도 친정집에 조금이나마 도움이 되어 어려움을 주지 않는 동생이다.

종현이는 처음부터 진학지도가 잘못되었다. 건국대 법대를 진학한 것이다. 전북대학교 사범대학 사회과를 진학했으면 안정된 직장도 갖고 학비도 적고 해서 충분히 감당할 수 있었을 터인데 건국대 법대를 진학하니 숙식 문제도 해결되지 않고 학비도 비싸서 어려움이 많았다. 종권이와 합쳐 학비만 마련해주고 다른 것은 나 몰라라 한 것 같다. 숙식이 해결되지 않으니 정숙이네 집에 있기도 했다. 혼자 생각하기를, 종권이를 내가 도왔으니 종현이 하나쯤은 종권이가 맡아주겠지 하고 생각한 것이 패착이었다.

종권이 역시 9급 공무원 월급에 그 일을 감당하기가 힘들었을 것이다. 더구나 인천 세관에 있으면서 현 제수씨와 마음이 맞아 결혼하고 신접살림을 차리니 그쪽은 그쪽대로 계획이 있었다. 처제를 데리고 있으니 종현이가 있을 곳이 없었고, 생활이 안정되지 않으니 방황하고 불미스러운 일만 생겼다. 또 그 무렵 대수 엄마와 연애 중 임신해 어쩔 수 없이 결혼하고 우리 집에 몇 달 신세졌다. 학생 신분에 처자식을 거느릴 수 없어 형제끼리 계를 조직해 목돈을 마련해서 시울에 분식집을 차려주었다. 하지만 자본도 없고 돈이 벌리지 않으니 방황하다 현한얼이 엄마를 만나 말할 수 없는 고생을 하고 있다.

모든 것을 현실에 알맞게 잘 처리해야 했는데, 어렵게 생활하면서도 일어섰던 나만 본받기를 바랐으니 뜻대로 될 리 없었다. 따르지 않는 동생들이 불평스럽고 미웠다. 개인의 감정도 생각하고 좀 더 따뜻한 마음으로 대해줬어야 했는데, 그러지 못한 채 어렵게 살게 한 것 같다. 모두 내 책임이다. 사회경험의 부족과 아집의 소산이다. 형이 동생들을 거둔다는 것은 형이나 동생들 모두에게 불행하다는 것을 깨달았다. 어머님께 제대로 효도하지 못하고 회한에 젖을 때는 그 원인을 부모님의 가난으로 돌려 자위하기도 했다.

1993년 5월 지금 사는 곳으로 입주했다. 집을 지을 때 여러 번 짓는 모습을 살폈다. 그만큼 애착심도 강했다. 같은 동 라인 주민끼리 모여 식사도 하고 산악회를 조직해서 지금까지 명맥을 이어오고 있다. 아파트 노래도 내가 작사해 널리 알리기도 했다.

다음은 1993년 5월, 아파트 입주 때 102동 3,4라인 주민들끼리 첫 모임하면서 집사람이 읽은 축사다.

오늘 우리 한 지붕 30 가족이 모였습니다.
각자 여기저기 살다가 학산 자락에 둥지 튼 거산황궁아파트 3, 4라인에 입주한 주민입니다. 우리는 이제 사촌보다 더 가까운 이웃이 되었습니다.
아침저녁으로 한 엘리베이터를 타고 오르내리니 한 가족이나 다름없습니다.
멀지 않은 곳에 모악산 봉우리가 보이고 뒤에는 굽이굽이 전주천이 흐릅니다. 배산임수가 아니고 임산배수 격이지만 큰 산이나 강이 저만큼 있으며, 아파트 성격상 뒤쪽에도 창문이 있으니 배산임수라고도 할 수 있습니다.
아파트에 접한 산자락에서는 다람쥐가 옹벽을 넘나들고, 봄에는 쩔쭉꽃잎과 송홧가루가 거실 바닥까지 날아오며, 가을에는 도토리가 떨어져 날아와 아스팔트에서 뒹굽니다. 지금 우리가 있는 이 자리에 아카시아 향기가 그윽하지 않습니까?
바로 앞에 보이는 산 이름이 학산이라 합니다. 천년을 산다는 학이 모이는 곳이라 학산이라 한 것 같습니다. 천년을 어찌 살겠습니까마는, 공기 맑고 물 좋으니 그렇겠지요. 그런 곳이면 이곳에 사는 우리도 장수하겠지요.
조선 후기 철학자 이중환의《택리지》를 보면 사람이 살기 좋은 곳은 지리, 생리, 인심, 산수가 좋아야 한다고 했습니다. 전주에서도 이곳은 이 네 가지 모두가 갖추어져 있습니다.
지리에 해당하는 풍수는 넓은 분지로 사방이 산으로 둘러싸이고, 교통은 사통팔달하여 어디든지 쉽게 갈 수 있습니다.
산수에 해당하는 볼거리로 조선 시대 성역이나 다름없는 경기전이 풍남문 옆에 있고, 객사가 관통로 변에 있으며, 완산칠봉이 울타리로 둘러싸여 있고, 북한 주민이 성지로 생각하는 모악산을 나안으로 볼 수 있습니다.
생리는 먹고 사는 문제인데, 전주는 호남평야의 중심지입니다. 먹고살 것이 전주를 중심으로 풍부하게 생산되는 곳입니다. 생산물이 풍부해 음식문화가 발달해서 전주 음식은 우리나라 최고입니다. 여기에 재해가 없다보니 온 고을이라는 지역 이름 그대로 인심이 좋은 것은 당연합니다.
또 교육도시로 자식을 가르치기 위해서 인근의 많은 사람이 전주로 모여들고 있습니다.
우리 아파트는 정남향입니다. 남향집에 살려면 4대가 덕업을 쌓아야 한다고 합니다. 저도 여러 번 이사했지만 이번처럼 정남향 아파트에 살기는 처음입니다.
정남향 집에 앞 동과의 거리가 많이 떨어져 있어 햇빛이 하루

내내 비치고 겨울이면 거실 가운데까지 들어옵니다.

불경에 옷깃만 스쳐도 영겁의 인연이 있다고 합니다. 발견된 사람의 화석이 600만 년 전의 것이 있다니 얼마나 많은 사람이 태어나고 죽고를 했겠습니까? 모래알보다 많은 사람 중에서 한 시대에 태어나 아침저녁으로 볼 수 있으니 인연 중의 인연이라 생각됩니다. 소중한 인연으로 생각하고 서로 배려하고 가족같이 살아갑시다.

1993년 5월 102동 3, 4라인 주민 모임에서.
1203호 라윤옥 읽음

온 가족이 순창 강천사에서

03. 그 꽃을 보았네

1992년 전주고등학교로 발령받기 위해 다방면으로 노력했지만 이리고등학교로 발령받았다. 또다시 승용차를 타고 매일 2시간 이상 통근해야 했다.

이리고등학교는 명문이라 그런지 서로들 담임을 하려 했다. 발령 첫해라 그런지 그 지긋지긋한 담임을 하지 않았다. 학년당 10개 학급으로 전체 학급 수는 30개이다. 선생님들은 80여 분 되는데, 대부분 남성고와 공주사대 출신이다. 선임 선생님들이 고등학교와 대학교 선배님이거나 후배여서 낯설지 않고 편안했다. 한 2년이 지나니 교장, 교감, 각 주임이 모두 남성 출신과 공주사대 출신이 됐다. 물론 본교 이리고등학교 출신도 많았다.

그런데 이 학교는 남성 출신과 이리고등학교 출신과의 뿌리 깊은 알력이 있었다. 남성고등학교가 소라산 쪽으로 옮기기 전에는 울타리 하나 사이로 이웃하고 있었다. 남성고는 역사도 깊고 일찍이 명문고로 정평이 난 학교이고, 이리고등학교는 7년 늦게 개교한 공립학교로 남성고에 비해 항상 학력이 뒤떨어진 학교다. 그런 관계로 중학교 1등에서 3등까지는 남성고등학교에 진학하고 그 이하 학생들이 이리고등학교로 진학해 대학 진학이 남성고보다 좋을 수가 없었다. 이러한 현상은 몇 십 년이 계속되어 도저히 학교 우열이 뒤바뀔 수 없는 상태가 되었다. 해서 이리고등학교 출신들은 남성고등학교 출신보다 열등하다는 생각이 DNA로 굳어진 상태였다. 따라서 보이지 않는 암투가 있었다.

나는 남성 야간고등학교 출신이지만 같은 울타리 안의 같은 선생님으로부터 배운 관계로 남성 출신이라는 신분은 있었지만 우월감보다는 항상 떳떳하지 못하다는 자격지심이 있었다. 이러한 내 위치는 좋은 방향에서 영향을 줬다. 동문들 중 나이도 많은 편이고 출신 학교보다 직장이 우선이라는 철학이 있어서 항상 중립적인 입장에서 두 학교 출신 선생님들의 관계 개선을 위해 노력했다. 이 점은 이리고등학교 출신 선생님들도 고맙게 여겼다.

내가 이리고등학교에서 근무할 때는 익산시 인문계 고등학교가 평준화되어 학생들 자질이 남성고생 못지않았다. 입학생 전체가 영어를 읽을 수 있었고, 무결석 학급이 30개 학급 중 10개 학급이 나왔다. 이리고등학교는 익산시 중학교 학급 성적이 15등 이내에 들어야 들어올 수 있어 학부형 역시 경제적으로나 가정적으로 대부분 안정되어 있었다.

이리고 출신들은 모교에 대한 사랑도 깊고 여러 방면에서 훌륭한 선배들이 많았다. 학생들은 기초 학력이 튼튼하고 온순하며 교사의 지도에 매우 순종적이었다. 대학 진학률도 학급당 10여 명이 서울 소재지 대학에 진학하고 육사·공사·해사와 경찰대학에 진학하는 학생도 상당히 있었다. 전북대학교는 학급당 15명 정도 진학하며 원대나 군산대, 전주대는 한두 명 정도였다. 나는 이런 우수한 학생들을 지도하며 내리 3년 동안 3학년 담임을 했다.

나는 수업을 하면서 종종 운동장 끝 남쪽에 있는 남성아파트를 쳐다보며 옛 추억에 젖곤 했다. 남성고등학교와 이리고등학교는 담장 사이로 좁은 도로가 있을 뿐 거의 붙어 있었다. 내가 남성 야간고등학교를 다닐 때는 주간 고등학교의 노란 배지와 구별되는 하얀 배지를 달고 다녀야했다. 나는 그게 창피해서 죄지은 사람처럼 숨어 다니곤 했다. 그랬던 내가 이리고등학교에서 2000년도 3월까지 8년을 근무했다. 교사들은 한 지역 근무가 6년인데, 인문계 고등학교는 교장의 재량에 따라 2년 더 근무할 수 있다. 난 능력을 인정받아서 그 혜택을 받은 것이다.

이리고등학교 근무 시절이 가장 편안하고 행복했던 것 같다. 교직원 친목회 간사도 했다. 학부형으로부터 식사 대접도 많이 받았다. 남성고등학교 야간을 다니면서 부러워했던 이리고등학교와 남성고등학교를 학생이 아닌 교사로 다녔으니 자부심이 절로 났고, 수업 중 운동장 끝 남쪽에 있는 남성고등학교의 자리를 유심히 응시하기도 했다.

2000년도 전주고등학교로 전근해 그곳에서 6년간 근무하고 2006년 다시 친정 같은 이리고등학교로 와서 4년을 근무했다. 이리고등학교에서만 모두 12년을 근무하다가 2009년에 정년을 맞이했다.

지금 이 글을 쓰는 순간에도 그 시절에 대한 자부심이 대단하고 그립다.

상단부터 1997. 4. 18 이리고등학교 봄소풍 / 체육대회

소진이가 원광대학교 동양종교학과로 진학했다. 소진이 3학년 때 담임은 이창환 선생님이라고 공주사대 국어과 후배다. 어느 날 담임을 찾아가서 소진이는 재수시킬 생각이 없으니 합격할 대학에 지원할 수 있도록 부탁했다. 그리한 이유는 동생들 재수로 매우 힘들었던 것이 계기가 된 것 같다. 그 부탁이 명분이 되어 전북대나 교대도 갈 수 있었는데 안전한 원대로, 그것도 원대에서도 가장 약한 동양종교학과에 진학한 것이다. 이 학과는 입학생들의 성적 차이가 매우 심했다. 원불교 신앙심에 의해 진학한 학생은 우수한 학생도 많았다. 정서 교육을 강조한 나로서도 철학적인 공부에 찬성하는 쪽이었으나 사회적인 인지도가 낮아 잘못된 진학지도라는 생각이 들었다.

그런데 전화위복이라고 내가 담임했던 모상덕의 아버지 모기주 씨께서 소진이를 배려해주어 소진이가 한국 장학생으로 선발되었다. 그때 동생들과 어머님을 모시고 있고, 교사 월급으로는 사립대 등록금을 마련한다는 것이 쉬운 일이 아니어서 그렇게 된 것 같다. 이 한국장학금재단은 전두환이 정권을 잡으면서 권력형 비리지들의 재산을 몰수해서 설립한 장학재단으로, 장학생으로 선발되고 계속 성적 20퍼센트 안에 들기만 하면 졸업 때까지 등록금 전액을 받을 수 있었다. 장학금 혜택

보다 더 좋은 것은 단과대별로 장학금을 받는 학생들이 범송회라는 모임을 만들어 우수한 학생들과 어울릴 수 있다는 것이다. 소진이의 말을 빌리면 범송회가 없었으면 학교를 다닐 수 없었을 것이라 했다. 또 등하교 때 내 차를 타고 학교에 다니기 때문에 통학하기도 좋았다. 나는 그때 3학년 담임을 내리 3년을 했는데, 자율학습 때문에 학교가 늦게 끝나면 소진이도 도서관에서 늦게까지 공부를 하고 시간 맞춰 같이 귀가했다. 그렇게 공부해서 일찍이 어려운 공무원 시험에 합격했다. 완전히 전화위복이 된 케이스다.

소진이는 1998년도 3학년 때 해양경찰 입사시험을 응시했다. 그때(1997년도)는 IMF 외환위기가 발생했던 시기라 많은 기업이 도산하고 많은 사람이 실직하던 시대였다. 그래서 안전한 직장인 공무원을 선호했던 때였다. 당시 9급 공무원시험 경쟁률이 100 대 1이었다. 필기시험 100점을 득하고도 부가점수가 없으면 합격할 수 없었을 때였다. 국가유공자 자녀나 합격할 수 있는 시대였다.

그때 선발 인원의 3배수를 뽑는 필기시험에는 합격했다. 이후 면접 점수와 부가 점수가 합쳐져 최종합격하는데, 부가 점수가 없어서 최종합격자가 되지 못했다. 이듬해에 전라북도 경찰청에서 뽑는 경찰시험에도 필기시험에는 합격했으나 최종 면접시험엔 합격하지 못했다. 해양경찰시험 때와 같은 상황이었다. 그러다가 새천년 2000년도에 서울 지역 경찰시험에 합격했다. 그때 운전면허증이 있으면 부가 점수가 있다고 해서 면허를 획득하기 위해 한적한 곳에서 운전을 가르쳤었다. 절차에 따라 충북 수안보 옆에 있는 중앙경찰학교에서 6개월간 훈련을 받았다. 훈련 도중 세 차례 위문을 갔다. 먼 거리로 힘들었지만 그때가 행복한 때가 아닌가 생각된다.

중앙경찰학교를 졸업하고 2000년도 종로경찰서에 배치 받았다. 1년 반 정도 복무하고 힘들어 휴직하고 다시 검찰시험을 준비했다. 사무만 볼 수 있는 내근이면 얼마든지 근무할 수 있는데, 교통경찰 일을 하면서 교통법규 위반자를 잡는 것이 너무 힘들다는 것이다. 그보다는 경찰보다 인지도 좋은 검찰시험에 응시하고 싶어서였을 것으로 생각된다. 그때는 내가 보훈 대상자라 부가 점수 얻기도 가능했다.

검찰시험은 경찰시험과 수준이 다르단다. 매일 영어 테이프를 들으며 공부하는 모습이 안쓰럽기도 했다. 소진이는 나를 닮아 집중력이 매우 좋다. 잠도 안 자고 며칠 동안 공부만 했다. 1년 정도 공부하고 부가 점수도 있어서 검찰시험에 합격했다. 여자로서 1등을 했다고 한다. 성적대로 발령이 나다 보니 동기생 중에서 제일 먼저 서울 북부검찰청으로 발령 났다. 2002년도 월드컵 대회가 우리나라에서 열려 응원 열기가 한창일 때 초조하게 합격 여부를 기다리던 모습이 지금도 눈에 선하다.

북부검찰청에 발령 나서 태릉에 24평 아파트를 진세 6천만 원에 얻어 대선이와 함께 생활하게 했다. 그때는 검찰청 권력이 최고라 좋은 일도 많았고 본인도 재미있게 생활했다. 그런데 소진이를 좋아하는 동료의 스토킹이 심해 전주 지방검찰청으로 내려오려고 했다. 그런 사연을 알고 대검찰청에서 서울 중앙지검으로 인사이동을 단행했다. 중앙지검은 누구나 근무하고 싶어하는 곳이라 전주로 내려오지 못하게 하고 소나타 차량을 사주고 태릉에서 출퇴근하도록 했다.

딸아이가 30살이 넘도록 결혼하지 않아서 우리 부부는 좋은 혼처를 구하기 위해 백방으로 노력했다. 결혼중개소에도 가보았다. 그러던 차 2006년에 지금의 조 서방을 만나 2006년 5월 27일 결혼식을 올리고 평촌에 집을 사도록 했다.

2007년 12월 16일, 내게는 첫 손녀인 은결이가 전주 우리 집에서 태어났다. 자식보다 손자가 더 귀엽다는 이야기를 자주 들었는데, 그 말이 실감 났다. 소진이는 집에서 몇 달 산후조리를 하다 복직하고 은결이는 제수씨가 돌보았다. 소진이나 제수씨 모두 고생이 많았다. 부모로서 도와주지 못한 것이 항상 마음에 걸린다. 소진이는 효심이 강해 처음부터 지녀를 부모에게 맡길 마음이 없었다. 자식 맡기는 것이 큰 불효라는 생각을 가지고 있었다.

1999년, 대선이가 문과이면서도 서남대학 의과대학에 지원해 낙방하고 1년 동안 재수를 했다. 나는 많은 제자를 알맞게 대학에 진학시켰으면서도 동생들이나 자식들 진학지도는 모두 실패했다. 지나친 욕심이나 하향 지원으로 고생하게 했거나 본인들의 마음에 맞지 않게 했다. 대선이는 본인이 희망해서 경희대 법대에 진학했다. 경희대에 진학한 것은 사연이 있다. 내가 이리고등학교에서 3학년 문과반을 담임하면서 이리고 출신 경희대 법대 소재선 교수와 인연이 있었다. 해서 1, 2등 하는 임민환과 박선태 두 학생을 문재인 대통령처럼 장학생으로 진학시킨 일이 있었는데, 대선이도 그런 케이스다. 고려대도 진학할 수 있었는데 작은 이익을 얻고자 경희대로 진학시킨 것을 지금도 후회하고 있다. "올라갈 때 못 본 그 꽃 내려갈 때 보았네"라는 시를 다시 읊조리며 후회한다. 얼마나 인생을 살아야 후회 없는 인생이 될는지.

대선이는 1년 동안 학교 기숙사에서 생활했다. 2학년 때는 태릉에서 소진이와 생활하게 했다. 소진이가 검찰청 시험에 합격해서 서울 북부검찰지청에 발령받아 검찰청 가까운 곳에 방을 얻다 보니 그렇게 된 것이다. 1년 동안 용돈은 소진이가 주었다. 대선이는 1학년까지 학교에 다니다 군에 입대해서 훈련을 마치고 교동사무소에 공익으로 근무했다. 2년 동안 공익으로 근무하면서 백학야학교 교사로 봉사도 하고, 영어 개인교사를 해서 돈을 벌어 용돈으로 쓰기도 하고, 어려운 대학 동기생 고시 공부에도 도움을 주는 등 보람 있는 생활을 했다. 제대 후 다시 복학해서 4학년 때 현재 직장인 공무원 시험에 합격하여 1년 동안 훈련을 받고 임용되었다. 제 일을 잘 풀어나가 우리 부부 모두 편안하고 모든 사람에게 자랑거리도 되니 큰 효도를 한 셈이다.

직장에서 문학작품을 모집하여 다음 시로 응모해 우수 작품으로 뽑혀 30만 원의 상금도 받았다.

<아들의 불평>

언덕 아래
낮은 기와집
처마에선 제비 새끼 지저귀고
뜰에는
수국, 수선화, 장미, 복사 꽃……
어울려져 피었다.

훨훨
나비처럼 놀던 아이
학교 보내니
놀음에 방해된다며
투덜대었다.

산
넘어넘어
그 아이
이제 공무원 되니
엄마의 기쁨이어라.

2007. 1. 31 엄마가

이리고등학교로 출퇴근 시 두 건의 의로운 일을 했다. 한 건은 버스가 경운기를 들이 받아 경운기 운전자가 심히 다쳤는데, 내가 타고 다니던 프라이드로 실어 원대 병원에 입원시킨 일이다. 다른 한 건은 접촉 사고를 내고 도망치는 승용차를 알아서 경찰에 신고한 일이다.

그때 사고 승용차의 피해자는 백구면 보건소에 근무하던 사람인데, 도로 옆 도랑에 처박혀 있다가 지나가는 나에게 구조 요청을 했다. 뺑소니차 잡는 것이 급해 바로 쫓아가서 차량 번호를 알고 백구면 파출소에 알려 피해자도 구하고, 가해자도 잡았다. 피해자가 식사라도 하자고 제의했으나 사양했다.

2000년 2월 이리고등학교를 떠나야 했다. 승진에 욕심이 있어 집사람이 말리는데도 지역 점수를 얻기 위해 용지중학교로 전근 가려 교장인 윤지원과 합의하고 내신을 했는데 전주고등학교로 발령받았다. 짜증도 났지만 한편으로는 좋기도 했다. 짜증 난 것은 가려 했던 학교로 가지 못한 것과 승진 점수에 해당하는 시골 지역 점수를 받을 수 없는 것이 짜증스러웠고, 좋았던 것은 통근 거리가 가깝고 전주고등학교는 누구나 한 번쯤은 근무하고 싶은 곳이기 때문이다.

전주고등학교로 전근 오니 새벽 출근을 하지 않아서 좋았다. 무엇보다 10여 년간 승용차 통근을 하다가 자전거로 출퇴근할 수 있어서 좋았다. 동문 선생님들이 환영식을 해주는 자리에서 그 이야기를 했더니 신호위반을 한들 누가 뭐라 하며, 속도위반을 한들 누가 탓하며, 음주운전을 한들 누가 탓하느냐며, 승용차 통근으로 받는 스트레스에서 해방됨을 축하해주어 웃었다. 점심시간이면 때때로 집에 와서 어머니도 보았다.

어머니는 당신께서 건강관리법을 알고, 나도 알았으면 좀 더 사셨을 분이다. 자식에게 남겨 준 재산도 없고, 여러 동생 뒤치다꺼리를 내게 준 셈이어서 당당하지 못한 점이 있었을 것이라 생각했는데, 집사람의 말을 들으니 그렇지도 않으셨다고 한다. 집사람은 누구에게나 인간관계가 좋아 고부간에도 좋은 편이었으나, 당신 자신을 지키기 위해 집안일도 하지 않으시고 움직이지도 않으시니 변비가 심했고, 자주 누워 계시고 늘 신음하셨다. 소천하시기 직전 몇년간은 나도 힘들어 불효를 많이 했나. 산명에 효자 없다는 말은 빈말이 아니다. 돌아가시기 전 1년은 너무 힘들어 집사람을 밖으로 나가게 하고 내가 점심을 챙겨 드리고 때로는 동생들도 번갈아 보살피도록 했다. 그러한 불효가 소천하신지 14년이 되었어도 나를 괴롭힌다. “올라갈 때 못 본 그 꽃, 내려갈 때 보았네”라는 시구가 다시 한번 되새겨지는 일이다.

04. 어머님의 소천

2003년 11월 1일은 어머님께서 소천하신 날이다. 어떤 어머님이신가? 어느 자식이나 어머님에 대한 애절한 사연은 다 있겠지만, 내가 60세가 됐을 때도 어머님이 돌아가시면 못 살 것 같은 심정이었다. 어느 날 나는 술에 취해서 그런 심정을 집사람에게 말한 적이 있다.

어머님과 나는 스물네 살 차이로 같은 잔나비띠 동갑이다. 아버님과 어머님은 한 살 차이로 열여덟, 열일곱 살에 결혼하셨다. 아버님은 1남 5녀의 독신이고 조부님마저 1남 4녀여서 우리 집안은 남자가 적었다. 그 당시 남자 선호 사회상에서 외삼촌이 네 분이나 되니 저남이 많다고 어머님과 결혼하셨다 한다. 시집오자마자 계모 시어머니와 독선적인 시아버지 그리고 다섯 명의 시누이 밑에서 많은 고생을 하셨다. 또 딸만 둘을 낳아 더욱 힘드셨을 것이다. 그래도 유연하시고 포용성 많은 분이라 모든 것을 참고 사셨다. 시모가 별세한 뒤에도 여러 계시모님을 모셨다고 한다. 내가 초등학교 5학년 때 조부님이 별세하기 전까지도 계조모님이 계셨다. 그 조모님은 우리 형편이 매우 어려워 간리 큰고모님 댁에 계시다가 별세하셨다. 어머님과 함께한 추억 중 첫 기억은 동네 방죽에서 새우와 송사리를 잡은 것이다. 그 방죽은 제남리와 금평리 사이에 있는 방죽인데 금광 후 생긴 것으로 매우 깊다. 그곳에서 나와 소쿠리를 가지고 위험을 무릅쓰고 새우와 고기를 잡아 매운탕 거리를 장만하셨는데, 집안이 얼마나 엉망이었으면 조부님과 아버님을 제치고 그런 일을 하셨는지 지금 생각해도 끔찍하다.

어머님은 3남 6녀를 낳았는데, 내 밑으로 갓난아기 딸 하나를 잃었다. 제남리 농수로 밑에 있던 집에서다. 1948년 정례까지 네 자녀와 공주 동해동으로 이사해서 아버지는 글만 읽으시고 어머님은 여섯 식구를 떡 장사, 노동일을 하며 건사하셨다. 1951년 다시 제남리로 이사 와서도 말할 수 없는 고생을 하셨다. 익산으로 이사 와서 고생한 것은 생략하겠다. 그렇게 고생하셨어도 아버지께서 오래 사시면 자식 덕으로 한때 잘 사실 거란 말씀을 하셨다고 한다.

환갑이 지난 어느 날 학교에서 귀가하니 어머님께 뇌경색이 찾아왔다. 그로 인해 한편이 불편해지셨다. 그때부터 당신과 온 집안이 모두 어려움을 겪었다. 교통이 지금 같지 않은 시대라 예수병원에서 약을 지어 오려면 하루가 걸렸다. 심인성 고혈압인 어머님은 늘 고혈압 약을 드셔야 했고, 한약도 수없이 처방해 드시고, 침도 많이 맞았다. 왜 김제에서는 그런 약을 처방해서 먹을 수 없었는지 지금 생각하면 분하다. 그때는 그런 의료체계였다는 게 통탄할 일이다.

내가 직장을 잡고도 몇 개월 장사를 하셨다. 많은 동생을 거느리는 내가 불쌍했는지 아니면 집에 있기에 심심하셔서 그리한 건지 모르겠다. 지금 사는 이 집에 생활도 안정되고 아들이 전주고등학교에 근무하니 노인정에 가시면 뽐내면서 사시기도 하셨다. 그때 자주 노인정에 들려 먹을거리도 사서 넣어 드렸어야 했다. 그런데 돈 쓸 줄 모르는 나는 그렇게 해야 함을 알고도 하지 못했다. 뿐만이 아니라 용돈도 제대로 드려본 적 없다. 몸에 밴 절약은 내 인생을 매우 흠집 나게 했다. 그래도 어머님이 요구하는 것은 모두 질 들어 주었는데, 돌아가시기 1년 전은 이렇게 하면 안 된다는 것을 알면서도 자주 불효를 했다.

며느리와의 기 싸움에서 지지 않으려고 한 건지 일절 일하지 않으시고, 몸을 움직이지도 않으셨다. 앉아 계시거나 누워 계시니 변비로 고생하시고 점점 면역력이 떨어져 쇠약해지셨다. 늘 신음이 끊이지 않았고, 그로 인해 집사람이나 내가 받는 스트레스는 말할 수 없었다. 이대로 두었다간 집사람까지 죽겠다는 생각이 들어 오전 중에는 집사람에게 나가 있으라 하고 점심시간에 내가 와서 어머님 밥을 차려 드렸다. 옆에 사는 구자가 자주 오기도 했고, 익산 이모 또는 딸집에서 며칠씩 머무르며 돌보도록 했다. 이것이 나의 큰 실수였다. 효심이 적은 것이 가장 큰 원인이겠지만 어머님을 모시는 방법을 몰랐다.

2003년 11월 1일, 분례 누나의 셋째 딸 금혜 결혼식으로 서울에 갔다 오니 어머님이 별세하셨다.

나 잘 간다는 말씀도 없이.

그날따라 서울에 가기가 매우 싫었다. 그런데 내 차로 동생들과 함께 가기로 약속해서 가지 않을 수가 없었다. 정례가 오자 흐트러진 머리로 방에서 나오시던 모습이 지금도 선하다. 집사람은 이미님이 저렇게 이프신데 어떻게 가냐며 집에 있었다. 그것이 그나마 천만다행이었다. 그래도 누구 하나 임종을 함께 하지 못했다. 돌아가시기 며칠 전 점심을 드리려고 집에 와 보니 화장실에서 어머님 방까지 새까만 숙변을 줄을 이어 쏟아 놓으셨다. 울면서 내가 치웠는데 그때 징후를 포착했어야 했다. 그렇게 가신 것이 당신이나 자식을 위해 잘한 것인지…….

어머님의 소천은 두고두고 나의 여생을 힘들게 한다. 조그마한 좋은 일이 있어도 불효했던 일들이 생각나 괴롭다. 그분의 뜻을 받들어 잘했다고 생각하면서도 소천하시기 몇 달 전부터는 용돈 타령을 해도 모른 척 했던 것이 괴롭기 만하다. 노인정 사람들 모두가 부러워하는 분을 위해 수박 한 덩이라도 사줄 수 있는 형편이었는데도 그 중요성을 모르고 살았다. 옛 선조들이 부모 부양을 위해 높은 관직도 물리치고 시골에 내려갔다는 책을 읽기만 했지 내 마음엔 닿지 않았다. 돌아가시기 몇 달 전 힘이 들어 이 동생 저 동생 집에 맡긴 일은 더더욱 날 힘들게 한다.

05. 꿈을 사랑하는 시간

전주고등학교에서는 주로 2학년 문학과 국어를 지도했다. 저녁이면 SKY 입시생들의 특별 보충수업도 했다. 월급, 보충수업비, 특별보충수업비, 방통생지도비 등 몸만 움직이면 돈이었다. 그리고 시내 어디를 가나 명함을 내놓을 정도도 되었다. 경제적인 면, 사회적 위상, 지적인 면 어느 한 가지 부족함이 없다는 오만함도 생겼다.

전주고등학교에서 2년간 근무하며 승진이 어렵다는 판단을 하고 생활이나 즐겁게 하고자 방송통신고등학교 교사를 겸임했다. 방송통신고등학교는 전국 각 도에 있는 여고와 남고에 하나씩 배치되어 있는데, 전라북도는 전주고등학교와 전주여자고등학교에서 병설로 운영했다. 대부분 가난으로 인해 진학에 실기한 분들이 자수성가해 다니는 경우가 많았으나 개인 사정으로 정상적인 학교생활을 하지 못하고 중퇴한 젊은이들도 있었다. 따라서 담임도 원만하고 나이가 많아야 했다.

방송통신고등학교 교육과정은 일반 고등학교에서 이수해야 할 교과목과 같다. 따라서 모든 교과목을 이수하려면 평일 방송을 청취해 스스로 공부해야 했다. 교과서는 매달 전 과목을 종합해서 《방송통신학습》이라는 책으로 나왔다. 그리고 확인 과정으로 한 달에 두 번씩 일요일에 출석해 현지 교사와 부족한 부분을 교수, 학습해야 했다. 그런데 대부분 직장 일에 바쁘고 배경 학력이 뒷받침되지 않아 형식적인 면이 많았다. 그뿐만 아니라 출석학습 때도 결석을 많이 해서 학생지도가 매우 어려웠다. 출석학습 3분의 1을 결석하면 제적 대상이나 40~50살에 졸업장을 받기 위해 만학하는데 3분 1을 결석했다고 매몰차게 제적시킬 수가 없었다. 그래서 담임으로서 그 대상이 되는 학생을 출석시키기 위해 많이 노력해야 했다.

행사도 일반 고등학교와 같았다. 운동회도 하고 가까운 곳으로 소풍도 가고 좀 더 먼 곳으로 여행도 갔다. 성인이다 보니 급우끼리 술자리도 같이 많이 하고 교사들과도 잘 어울렸다. 재미있는 일이 많았다. 전주고등학교 부설 방송통신고등학교 학생들과 전주여자고등학교 부설 방송통신고등학생들이 같이 어울려 금강산 여행도 갔다. 많이 어울리다 보니 얼굴도 거의 익혔다.

교사들 보수도 상당했다. 시간당 강사료도 주고, 담임은 담임수당도 주며, 주간과 겸하기 때문에 겸임수당도 준다. 경제적으로 상당한 도움이 됐다.

그들을 이해하기 위해 내가 쓴 수필과 학생의 수필을 싣는다.

〈꿈을 가진 인생은 아름답다〉

81년생 우리나라 나이로 스물네 살!

스물넷이면 직장도 다녀보고 싶고, 가정도 이루고 싶은 나이다.

그런데 내가 담임하고 있는 K라는 학생은 그 젊은 나이에도 꿈을 이루기에는 너무나도 벅찬 신부전증인 시한부 인생이다.

K 군은 1998년도 모 공업고등학교 2학년까지 다니다가 중도에 퇴학하고 방황하던 중 신부전증에 걸려 일주일에 세 번씩 투석하면서도 고등학교를 졸업하고 직장을 얻고 자립하고 싶어 방송통신고등학교의 문을 두드려 편입했다. 사람은 꿈을 먹고 산다더니 그는 절망적인 상황에서도 자기의 꿈을 이루기 위해 편입한 것이다.

객관적으로 볼 때, 그가 설령 졸업장을 쥔다 해도 일주일에 세 번씩이나 투석하는 사람을 채용할 기업은 없을 테지만, 나는 그의 무지갯빛 희망을 꺾을 수 없었다. 그에게 졸업장은 목표를 넘어 생활의 활력소가 될 수도 있기 때문이다.

그런데 문제는 의욕만으로는 안 된다는 것이다. 방송통신고등학교는 학습문제가 큰 어려움일 수도 있지만, 개인에 따라서는 생활지도가 더 큰 문제인 경우도 있다. 2, 3주에 한 번씩 출석하는 수업으로는 급우 간에 끈끈한 정을 맺기가 어렵고, 서먹서먹한 분위기는 웬만한 의지가 아니면 이 핑계 저 핑계 대고 결석하기가 십상이다. 방송통신고등학교일수록 특별활동 시간이나 재량활동 시간이 많아야 하고, 학생회 활동이 활성화되어야 하며, 때로는 그들과 어울려 술자리를 가져야 하는 이유가 바로 여기에 있다.

K 군도 예외는 아니다. 아니 오히려 그는 다른 학생보다 학교 나오기가 더욱 힘들 것이다. 희망이 보이지 않는 인생, 온몸에 퍼져 있는 검은 반점, 급우들과 같이 어울릴 수 없는 생체 리듬, 남다른 가정환경 등 그에게는 말할 수 없는 어려운 점이 많다. 그래서 자주 결석한다.

우리는 K 군이 꿈을 이룰 수 있도록 그를 바라보는 시각부터 바꿔야 한다. 그리고 애정과 관심을 가져야 한다. 《오체불만족》을 쓴 일본의 오토다케 히로타다는 사지가 없는데도 야구, 농구, 수영 등을 즐겼고, 와세다대학 정치학과를 졸업했다. 정상인과 똑같이 살아가려는 노력에 얼마나 많은 사람이 감동받았는가!

K 군도 분명 할 수 있는 일이 있을 것이다. 그리고 의학은 하루가 다르게 발전하고 있다. 머지않아 그의 병을 고칠 수 있는 날이 올 것이다. 다음 출석일에는 K 군의 모습을 볼 수 있기를 기대하며 전화기를 들어 본다. 그리고 꿈을 가진 인생은 아름답다고 이야기해 주고 싶다.

지금 창밖에는 소나기가 시원스럽게 내리고 있다.

2004년 9월 전주고등학교 부설 방송통신고등학교 교사 박동록 씀
(한국교육개발원 평생교육센터 방송통신고등학교 교재
3학년 통신학습 9월호에 게재)

〈배우고 익히며 살자〉

신용불량자가 넘쳐흐르는 우리의 현실 상황에서 가정을 이끌고 직장을 다니면서 만학의 길은 걷는다는 것은 그리 쉬운 일이 아니다. 배우기 위해서는 경제적 여유는 물론 정신적 안정이 있어야 하고 또 남다른 의지도 있어야 한다.

그런데 더러는 든든한 회사 몇 개를 경영하는 학우조차도 자기의 만학을 숨기려는 사람이 있다. 방송고 학생이 회사를 경영한다면 틀림없이 자수성가한 학우이고 자수성가했다면 산전수전을 다 겪었을 텐데 배우는 일을 음지의 일이라고 생각하는 건 무엇인가. 우리 주변에 잘못된 가치관이 깔려 있다고 볼 수밖에 없다. 물론 사회 통념상 만학이 자랑거리일 수는 없지만 그렇다고 부끄러운 일이 아니다.

새로운 지식이 홍수처럼 쏟아지는 정보화 시대에 대학을 졸업하고 자기 연마 없이 몇 년이 지나면 대학 졸업의 의미가 없다는 말을 어느 교육학자에게서 들은 일이 있다. 이 말은 우리는 끊임없이 배우면서 살아가야 함을 의미한다.

공자께서도 평생학습에 관한 말씀을 하셨다. 배우고 때때로 익히면 또한 즐겁지 아니한가(學而時習之 不亦悅乎). 배우고 익히는 일이 때와 장소가 따로 있는 것이 아니다. 적령기에 학습한다는 것은 학습효과를 올리기 위한 수단일 뿐이다.

또 학교도 학습의 장에 지나지 않는다. 최고의 명문 학교를 거쳤다고 모두가 다 최고가 되는 것은 아니다. 일류의 가장 위대한 인물들은 학교에 다니지 않았다. 공자가 그렇고, 예수가 그렇고, 링컨이 그랬다. 그들은 부단한 자기 수행으로 인류에게 빛을 주는 성인이 되었고, 한 종족에게 자유를 준 대통령이 되었다. 끊임없이 배우고 익히는 것이 자기 발전의 길이며 참된 삶의 태도이지 적령기에 명문교를 졸업했다는 것은 그리 중요한 문제가 아니다.

실존주의 철학에서도 우리의 본연적인 생활 태도는 살아가면서 부딪치는 순간순간마다 가장 의미 있는 일을 주체적으로 판단해 선택하고, 그 일에 전력을 쏟아야 일상적 삶의 타성을 뛰어넘을 수 있다고 말한다. 판단하고 선택해 실행하는 일이 잘 되려면 변화하는 새 지식을 습득해야 하고, 그 시대에 알맞은 가치관을 창조해야 한다. 그러자면 지속적인 자기 연마가 필요하다.

부유한 가정에서 우수한 재능을 가지고 태어나 명문학교를 나왔음에도 능력을 제대로 펼쳐보지 못하고 뜬구름만 좇다 사라지는 파랑새족도 많은데 불우한 가정에서 때를 잘못 만나 공부할 기회를 잃었다가 늦게나마 가정을 이끌고 사업하면서 만학하는 우리 방통고 학우들의 성실한 삶의 모습은 많은 사람의 본보기가 된다.

특히 고희가 내일모레인데 한때 찬란했던 경력도 접어두고 1년 동안의 직업학교를 거쳐 자격증을 취득한 후 취업해, 쉬어야 하는 일요일인데도 등교하시는 L 학우님, 시모님을 모시고 두 자녀를 교육하면서도 "나는 언젠가 내 꿈을 펼칠 날을 기대하면서 오늘 하루를 성실히 배워가며 살아간다"라는 링컨의 말을 되새기며 하얀 박꽃 같은 웃음을 잃지 않고 학생회 활동을 열심히 하시는 P 학우님의 모습이 나를 숙연하게 해서 이 글을 써 본다.

2005년 2월 전주고등학교 부설 방송통신고등학교 교사 박동록 씀
(한국교육개발원 평생교육센터 방송통신고등학교 교재
3학년 통신학습 2월호에 게재)

〈꿈을 사랑하는 교정〉

지금 내 나이 서른다섯 살, 많으면 많고 적으면 적다 한 나이다.

그러나 지금은 학창시절, 학교 교실 창밖으로 내다본 푸른 가을 하늘에 내 작은 마음을 내던져 본다.

지금까지의 '나'란 존재를 생각해 본다. 남 앞에 당당하지 못했고, 언제나 나 자신을 숨기면서 타인을 만났으며, 내 이력에는 빈자리와 부끄러움이 항상 따라 다녔다. 또 그렇게 행동하도록 지시했던 놈이 있었는데, 바로 고등학교 졸업장이다.

고등학교 3학년 때 나는 남달리 사춘기가 길었고, 사춘기에 흔히 있는 일로 성격도 날카로웠다. 이리 K공고에 다닐 때 자취를 했고, 한 달에 한두 번 정도 반찬거리와 용돈을 타러 집에 가곤 했다. 그때도 역시 집에 갔는데, 부모님이 심하게 다투고 계셨다. 부모님의 언성 높은 목소리가 대문 밖까지 들려왔고, 그 순간 나는 모든 것이 싫었다. 집도, 공부도, 학교도 모두 버리고 서울로 상경해 공장에 다녔다.

두 달 정도 지나 부모님께 연락드렸고, 아버님께서는 곧바로 서울로 올라와 나를 설득하려 했지만 내 마음은 이미 돌아선 단계라 설득을 포기하시고 실망하신 듯 몸 건강히 잘 지내라는 한마디 말씀만 남기시고 축 처진 어깨를 보이시며 집으로 내려가셨다. 그 얼마 후 이 못난 사식 때문인가 혈압으로 쓰러져서 병원 생활을 하시다가 하늘나라로 가셨다.

만약 그때 아버지 손을 잡고 집으로 가서 학교생활을 마쳤더라면 아버님께서는 더 오래 사셨을 것이고 나는 지금 내가 아닌 자신감이 가득 찬 사람이 되어 있을 것이다. 뒤늦게 후회를 한다.
하지만 나라는 사람은 지금부터가 시작이다. 왜냐, 지금까지 나쁜 놈으로만 생각했던 놈이 아주 반가운 손님으로 변해서 돌아오고 있고, 내 마음도 그 반가운 손님을 맞이할 준비가 되어 있기 때문이다. 바로 고등학교 졸업장이다.
올해 초 우연히 방송통신고등학교가 있다는 것을 알았고, 직장인도 직장을 다니면서 다닐 수 있고, 나이 제한도 없으며, 틈나는 대로 방송만 청취하면 고등학교 교과과정을 이수할 수 있다고 한다. 한 달에 두 번 정도 일요일만 출석하면 된단다. 이 얼마나 반가운 소식인가. 사막에서 오아시스를 만난 것보다 더 반갑고 기뻤다. 돈키호테가 커다란 풍차를 애인으로 생각해 껴안듯이 나도 그 큰 학교를 내 품으로 꽉 껴안았다. 이것은 현실이다. 너무 행복했고, 이 세상에서 내가 제일 행복한 사람이란 생각이 들었다. 지금까지 마음 한구석에 웅크리고 있던 한을 말끔히 씻고, 이루지 못한 꿈을 이룰 수 있기 때문이다. 벅찬 마음으로 학교에 편입해서 여러 선생님의 가르침 아래 학업에 열중하고 있다. 주중에는 생업에 온 힘을 다 쏟고, 가정으로 돌아가서는 한 가정의 가장으로서 존경받는 아버지가 되고, 학교에서는 비록 나이 차이가 다소 많이 나지만 학우들과의 정도 쌓으며, 과목 선생님들로부터는 생활의 지혜와 교과의 기본적인 것을 많이 배우고 있다.

배움이라는 것이 이렇게 행복을 주는 것인 줄 예전에는 미처 몰랐다. 공자가 말한 "배우고 때때로 익히면 또한 즐겁지 아니한가"라는 《논어》〈학이편〉의 문구가 절실하게 느껴진다.

내년에는 이보다 더 큰 행복이 찾아올 것이다. 예전에는 상상도 하지 못했던 대학교에 간다. 이 얼마나 경사인지 모른다. 마음이 설레고 기대된다. 가문의 영광이다. 얼른 올 한해가 지나 고등학교를 졸업해서 졸업장을 가지고 하늘에 계신 아버지한테 달려가 인사드리고 이렇게 말씀드리고 싶다.

"아버지! 아버지의 아들이 이제는 위풍당당합니다."

아직도 기회가 닿지 않아 학업을 포기하신 분들은 용기를 잃지 마시고 자신감을 가지고 도전하라고 권하고 싶다. 꿈을 가진 인생은 아름답다고 한다. 자기의 소중한 꿈을 사랑하면 그 꿈은 언젠가는 꼭 이루어질 것이다. 길가에 핀 코스모스가 힘내라고 응원하고 있다.

2004년 10월 전주 방송통신고등학교 3학년 김병국

상기 작품은 내가 담임했던 김병국이라는 학생의 작품으로 방송통신고등학교 학생들의 마음을 엿볼 수 있다. 어느 날 작품을 가지고 와서 지도를 바라, 가필로 정정해서 진국 방송통신고 학생들의 백일장 대회에서 우승한 작품이다.

06. 자형의 승천에 부쳐

"당신의 스승은 누구십니까? 또한 그분은 무엇을 설하십니까?"

사리자의 이러한 심문에 앗사지 존자는 답했다.

"저의 스승은 석가모니 부처이십니다. 그분은 이렇게 설하십니다."

"모든 현상에는 원인이 있다네. 여래께서는 그 원인에 대해 설하신다네. 원인의 소멸에 대해서도 설하신다네."

이 게송을 들은 사리자는 전율을 느꼈다. 마침내 자신이 그토록 바라던 진리를 들을 수 있었던 것이다. 하지만 앞의 두 구절은 그 자리에서 이해할 수 있었으나 뒤의 두 구절은 이해할 수가 없었다. 그는 곧바로 출가를 결행해 3주 만에 두 구절도 깨달았다.

인간은 누구나 죽는다. 그렇다면 '늙고 죽음'이라는 현상을 어떻게 극복할 수 있을까? 병고에서 벗어나려면 병의 원인을 알아야 하는 것처럼 늙고 죽음을 벗어나려면 늙고 죽음의 원인을 알아야 한다. 늙고 죽음의 원인은 무엇일까? 궁극적으로 '내'가 있기 때문이다. '나'가 있으므로 늙고 죽음이 있는 것이다. 결국 늙고 죽음의 극복은 '나'가 사라지는 것이다.

내가 사라진다는 것은 무엇일까? 사람들은 죽음을 '나의 사라짐'으로 생각하지만 죽음은 단지 '내 몸'의 사라짐일 뿐이다. 몸이 사라진다고 해서 마음도 사라지는 것이 아니다. 마음은 여전히 남아 자신의 인연에 합당한 과보를 받는다. 그러므로 몸은 물론 마음마저 사라져야 진정한 '나'의 사라짐인 것이다. 이 마음은 흔히 생각이라고 표현되는 시비를 분별하는 마음을 말한다.

그렇다면 시비를 분별하는 생각을 쉬려면 어떻게 해야 할까? 가장 좋은 방법은 대면관찰이다. 즉 자기 생각을 거울 보듯, 영화 보듯, 강 건너 불구경하듯 대면해서 관찰하되, 닉네임을 붙여서 하는 것이다. 이렇게 하면 그 생각은 더는 '나의 생각'이 아니라 '닉네임'의 생각이 된다. 어떠한 생삭이든 닉네임의 것으로 객관화시켜 관찰하면 정작 나는 관찰자의 입장이 된다. 이 관찰자가 바로 성품이다.

몸과 마음은 생멸하지만 관찰자의 성품은 생멸하지 않는다. 예컨대 종을 치면 그 소리는 일어났다가 사라지지만 그 소리를 듣는 성품은 생겨났다가 없어지지 않는다. 그 자체로 불생불멸(不生不滅), 불구부정(不垢不淨), 부증불감(不增不減)이다.

하지만 관찰자인 성품은 자기 자신을 볼 수 없다. 그래서 관찰자는 스스로 대상을 창조한다. 마치 푸른 하늘에 구름이 일어나듯이.

관찰자인 성품과 관찰의 대상인 몸과 마음 또한 둘이 아니다. 이러한 차원에 도달하면, 늙고 죽음의 문제는 새로운 국면을 맞이한다. 다시 말해 몸과 마음의 일어나고 사라지는 현상인 늙고 죽음을 벗어난다는 것은 결국 늙고 죽음에 철저해진다는 것이다.

선사들은 말한다. "배고프면 먹고 졸리면 잠잔다." 겉보기에는 범부와 다름없지만 그 내용은 사뭇 다르다. 범부들은 밥 먹으면서 오만 가지 번뇌와 망상을 하고 잠자면서 갖가지 꿈을 꾼다. 몸과 마음이 나누어지고 현상과 본성이 이원화된다. 하지만 선사들은 몸과 마음이 둘이 아니고 현상과 본성도 둘이 아니다.

결국 생로병사에서 벗어나는 길은 간단하다. 태어날 때는 태어날 뿐! 늙어갈 때는 늙어 갈 뿐! 병들 때 병들 뿐! 죽을 때는 죽을 뿐! 항상 여기서 완전연소할 뿐이다.

이것이 현상에 철저하면서 본성으로 돌아갈 수 있는 비법이다. 이렇게 살 수 있으면 천만다행이거니와 그렇지 않으면 대면관찰을 해야 한다. '달마가 태어났다' '달마가 늙어간다' '달마가 병들었다' '달마가 죽어간다' 이렇게 닉네임을 붙여 관찰하면 생로병사는 달마의 것이 되고 정작 자신은 크고 밝고 충만한 관찰자의 입장에 선다.

하지만 '큼'만 있을 때는 '큼'을 알 수 없다. '밝음'만 있을 때는 '밝음'을 알 수 없다. '충만함'만 있을 때는 '충만함'을 알 수 없다. 작고, 어둡고, 모자람을 통해 크고, 밝고, 충만함을 실감 나게 체험할 수 있다. 그러니 작고 어둡고 모자람을 원망하거나 한탄할 이유도 없다. 오히려 작음을 통해 본래의 '큼'을, 어두움을 통해 '밝음'을, 모자람을 통해 '충만함'을 실감할 수 있으니 감사하고 감사할 뿐이다. 항상 바로 지금 여기에서 '이것뿐'이다.

2018년 5월 26일 서울경제신문에서 발췌

큰자형(장재섭 님)의 소천으로 허무감이 극에 달해 힘들었을 때 월호스님(조계종 행불선원 선원장)의 글이 도움이 되어 싣는다.

누나와 자형은 각각 스물넷, 스물여덟 살일 때 만나셨다. 김제 백학리 자형 아랫집에 살던 자형의 친구인 박인규 외가 5촌께서 중매하셨다. 그때 내 나이는 열여섯 살, 중학교 3학년 때다. 집이 가난해 이불 하나 마련해 줄 돈도 없었지만, 그 시대는 나이가 들면 혼비와 관계없이 혼인하던 때라 겨우 농과 이불만을 장만하고 결혼식을 올렸다. 그때 자형도 형편이 좋은 것은 아니었고, 이제 막 심어 놓은 포도밭 700여 평뿐이었다. 그래도 성실한 분이라 그것을 의지해서 자녀들도 키우고 가르치고 살림도 조금씩 나아졌다. 자식은 1남 4녀를 두셨다.

나는 대학 졸업 때까지 때때로 조금씩 도움을 받았다. 대학 다닐 때 8월이면 한 달 동안 포도밭 일을 도와주고 등록금을 받았다. 사범대학이라 등록금이 얼마 되지 않았지만 세 차례나 도움 받은 것 같다. 아버님이 돌아가셨을 때도 도움을 받았다. 누나가 맏이다 보니 나뿐만 아니라 형제들의 큰 언덕이었다.

자형은 모험심이 없고 욕심이 적어 큰 부를 이루지는 못하셨지만 천성이 선하고 근면검소하고 건강하셔서 평생 편안하게 사셨다. 말년에 화순이의 사업 부진으로 가업이 어려워져 힘들기는 했지만 딸들이 모두 잘되어 그대로 살림을 끌어나가신 것 같다. 내가 아버지보다 존경하는 분이었다. 평생 병고가 없으셔서 오래 사실 줄 알았는데 85세 되던 해 5월에 승천하셨다. 부친의 승천보다 내 마음을 아프게 했다. 인생이 허무할 뿐이다.

누나와는 51년을 해로하신 것 같다. 두 분의 금실은 좋았던 것 같으나 서로 상처 주는 대화도 곧잘 주고받은 것 같다. 거침없이 내뱉는 누나의 언사에 자존심을 지키려고 한 말대답이 자녀들을 힘들게 했을 것이다.

2016년 여름, 북경에서 형제들

07. 모시는 사람이 부럽다

2015年 2月 下旬

어렸을 때는 이름을 거침없이 부르며 함부로 대하던 여섯 살 위의 누나를 나이가 들어서야 누나로 대접했다. 어머니의 사별에 깊은 상처를 입었던 나는, 누나가 모진 병에 걸리면 어쩌나 하는 두려움을 늘 갖고 있었다. 그럴 때마다 잘해야지 하면서도 잘되진 않았다.

그런 누나가 몇 달 전 뇌경색으로 재활 중이라 들었다. 우울증에 시달리는 사람처럼 며칠 동안 말없이 지내다가 뇌경색에 좋다는 천마라도 좀 사들일까 하고 시장조사를 했다. 신중년 세대에 속하는 나도, 〈국제시장〉의 덕수처럼 동생들까지 거느리며 살다 보니 검소함이 몸에 배었다. 그런 영향으로 나는 낯선 물건을 살 때는 한 푼이라도 아끼기 위해 폭넓은 시장조사를 하는 습관이 있다.

온라인으로 천마 가격을 알아보니 마른 가루가 600그램당 8~10만 원 정도였다. 싸고 먹기 편한 천마 가루를 사려는 생각으로 시장에 가려 하는데, 마침 같은 아파트, 같은 통로에 살고 있는 주민이 자기가 알고 있다는 약재상 주인 어머니의 전화번호를 알려주었다. 이 주민은 뇌경색으로 고생하는 남편을 지극정성으로 보살피고 있는데, 내가 천마 이야기를 했더니 자기 남편도 사 먹는다고 하면서 알려준 것이다.

알려준 약재상 어머니의 전화번호로 가격을 확인하고 주문하니, 약재상을 하는 자기 아들이 내게 전화를 할 것이라고 했다. 몇 시간 후 아들한테서 전화가 왔다. 3킬로그램을 주문하고 15만 원을 송금했다.

집사람에게 천마를 싸게 주문했다는 이야기를 으스대며 했더니 어떻게 믿느냐며 싼 것이 싼 게 아니란다. 그것도 틀린 말은 아니다. 천마 가루 한 번 먹어 보지 못했으니 산마 가루를 보내준들 잘 모를 일이다. 반신반의하면서 며칠을 기다리니 물건이 도착했다. 색깔이며 건조 상태 등 괜찮은 물건 같았다. 맛을 보니 사람들이 말하는 천마 맛이었다. 온라인으로 주문하는 것보다 3분의 1 가격에 샀으니 이런 횡재가 없었다.

오지랖이 넓은 나는 이런 일은 그냥 지나가지 못한다. 내게는 일주일에 두 번씩 같이 자전거를 타는 산악자전거 동호인 스무 명이 있다. 점심시간에 이 이야기를 하면서 고마움을 가지고 그 약재상을 알려주었다. 그리고 약재상에게 물건을 잘 받았다는 말과 다른 사람의 천마 주문을 했다. 그러자 그의 대답.

"지난번 판 가격은 어머님이 주문을 잘못 받은 것이었으나 어머님을 욕되게 할 수 없어서 그 가격에 팔았던 것입니다. 이제 더는 손해를 보면서 팔 수 없습니다."

그의 대답은 간결하면서도 매우 곡진했다. 나는 멍하니 한 대 얻어맞은 것 같았다. 손해를 보면서도 천마를 팔 수밖에 없었던 것은 어머님의 자존심을 지켜드리기 위해서 실수를 보듬은 아들의 효심이었다. 상심할 어머님의 마음을 배려한 그의 효심에 가슴 뭉클했다.

정보화의 세계로 가끔 듣지 말아야 할 존속 살해 뉴스까지 들어야 하는 때이다. 이런 시대에 그의 효심은 가뭄에 소나기를 맞는 기분이었다.

입춘 우수가 지나니 매화 봉오리가 점점 커진다. 10년 전에 어머님이 84세 나이로 별세하셨다. 어머님은 중풍으로 20

여 년간 신고하셨다. 잔병에 효자 없다지만, 어머님의 작은 소원도 제대로 풀어 드리지 못한 것이 한두 번이 아니었으며, 때때로 상처도 드렸다. 부모가 돌아가시면 평생 상처를 안고 산다는데, 불효했던 일이 두고두고 힘들게 한다. 속죄하는 마음으로 어머님 산소 앞에 몇 십 그루의 매화를 심었다. 어머님이 생전에 꽃을 좋아하셔서 풍수지탄의 마음을 달래고자 그리한 것이다. 나무를 가꾸기 위해 자주 산소에 가지만 불효했던 마음에 묘소에 절은커녕 쳐다보지도 못하고 눈물만 흘리며 일을 하다 귀가하곤 한다.

어머니가 살아 계셔서 어머니의 실수를 감싸주고 배려할 수 있는 그 약재 상인이 부럽다. 곧 피어날 매화꽃처럼 청아하고 인자하신 어머님 얼굴을 다시 볼 수는 없을까?

내가 심어 가꾼 매화나무로 해서 친구로부터 '매촌'이라는 호를 받았다. 모두가 어머니의 덕이었다.

08. 샘바다마을을 찾아보고

2017年 7月

ᄃᆞᆯ하 노피곰 도ᄃᆞ샤

어긔야 머리곰 비취오시라

1987년 6·29민주화선언이 있기 전이었다. 민주항쟁으로 온 나라가 화염병 연기로 시달릴 때 나는 수업을 진행하면서 하루에도 몇 번씩 정읍고등학교 정면에서 남쪽으로 300여 미터 떨어진 아양산(해발 298미터)을 바라보며 나라 걱정을 하곤 했다.

그러던 어느 봄날, 〈정읍사〉를 가르치다 아양산 산자락 여기저기에 피어 있는 진달래꽃을 바라보고 있노라니, 정읍사공원이 제대로 터도 닦이지 않은 상태에서 망부석부터 세워지는 것을 목격했다. 수업이 끝나고 교무실에서 정읍이 고향인 선생님들과 이야기를 나누며 설화에 나오는 망부석 당사자의 고향이 어디냐고 물었다. 어느 선생님은 정읍군 영원면이라고 했으며, 어떤 선생님은 입암면, 또 어떤 선생님은 북면이라고 했다. 그 뒤 2009년 정년퇴임할 때까지 수백 번 〈정읍사〉를 가르치면서도 〈정읍사〉 화자의 고향에 대해서는 별로 개의치 않으며 훈고학적 풀이나 배경 설화, 문학사적 의의, 작품 감상 등에 치중하며 교수, 학습했다.

그러던 중 문학이 국어에서 분리되어 교육과정에 단독 과목으로 채택되었다. 대학 입시에 치중해 교수, 학습해야 하는 교육 현장에서는 어쩔 수 없이 8종의 검인정교과서를 다 섭렵해야 한다. 그때 망부석이 등점산에 있다는 고려사의 기록을 읽었다.

30년이 지난 2017년 봄, 정읍천에 벚꽃이 만발할 때 공주사범대학 국어교육과 동급 반이었던 정호완 박사님, 구중회 박사님, 임윤수 선생님, 이남규 선생님이 정읍사 발상지를 탐방하자고 제의해 흔쾌히 승낙하고 샘바다(성해)마을을 방문했다. 샘바다마을은 정읍의 근원지인데, 그곳을 찾아가려면 아양산 고개를 넘어야만 한다. 아양산 고개를 오르는 순간 나는 그만 어안이 벙벙할 수밖에 없었다.

30년 전, 잡초가 우거지고 시골길 같았던 무너진 언덕길 너머에 이렇게 넓은 분지가 있으리라고는 상상도 하지 못했다. 6년(1986~1992년) 동안 정읍 출신 선생님들과 근무하면서도 이런 상황을 한 번도 들은 일이 없었으니, 정읍 출신 선생님들도 모르고 있었지 않았을까? 하는 생각이 들었다. 등하불명이라지만 너무했다는 생각이 들었다.

단 한 번만이라도 50미터쯤 떨어진 아양산 고개를 올라가 보았다면 샘바다마을에 펼쳐진 배 모양의 넓은 분지와 그 분지에 살고 있는 사람들의 모습을 볼 수 있었을 텐데. 그렇게 하지 못한 내 삶이 부끄러웠다. 그리고 모르는 사람한테 전화로 '井' 자가 써진 지명을 물어, 그 지명 하나로 정읍사에 얽힌 모든 비밀을 캐낸 호완이 형한테 고개 숙이지 않을 수 없었다.

정읍은 지명으로 여론이 많은 지역이다. 1981년 정읍이 시로 승격되면서 '市' 자 앞에 '邑' 자를 넣을 수 없지 않느냐며 정읍시로 하지 않고 정주시로 명명했다가 다시 정읍시로 개칭했다. 여론에 의해 보통명사인 '邑' 자가 고유명사의 한 음절이 된 셈이다.

샘바다마을 또한 이해되지 않는 부분이 있다. 산골 마을에 샘(井)이란 지명은 있을 수 있지만, 바다(海)란 말을 보태 샘바다라는 합성어의 지명을 만든 것이 그렇다. '샘' 자를 쓴 것은 이 지역의 풍수지리상 이유 때문인 것 같다. 이 마을은 풍수지리상 배 모양이라서 우물을 파면 배 바닥에 구멍을 뚫는 격이 되어 고을이 망할 상이라 한다. 그런데 사람 사는 곳에 생수 나올 곳은 있어야 하니까 어쩔 수 없이 우물을 파야했기 때문에 한 우물만 파서 사용했다고 한다. 100여 가구가 살아도 한 샘만 파서 사용했다고 한다. 그 샘이 지금도 있는데, 큰 직사각형(井)의 샘이 깊고 물이 맑고 깨끗해 망부석의 순애 같았다. 우물 옆에는 300년 된 버드나무와 팽나무가 연리지(부부나무)로 살아가고 있어 망부석 부부의 금슬 좋은 모습을 보는 듯했다.

그러면 '바다'란 말은 왜 썼을까? 동네 주민들의 말을 빌리면 옛날에는 여기가 바다였고 지금도 산자락에 선착지라 불리는 곳이 있으며, 그곳에 배를 맨 흔적이 있어서 그렇단다. 그러나 바다와는 거리가 먼 산속의 분지라 논리성이 없다.

또 다른 전설도 있다. 원래 이곳은 정읍현의 옛 이름이었던 정촌현의 마을 터로 알려져 있다. 노령산맥의 새재 아래에 위치하고 있는 이 마을은 입암산성으로 통하는 길이고 새재는 남북으로 통하는 교통의 요지이다. 정유재란 때 왜장 고바야카와 다카카게(소조천륭경)가 수만 대군을 이끌고 새재를 넘어가려고 이곳 샘바다에 이르렀을 때, 피난민들이 입암산성으로 모여들자 어떤 술사가 그의 술법으로 왜군을 방어하겠다고 나섰다. 그리고 술법으로 별안간 새파란 바다를 만들어 창파가 물결쳤다. 피난민들은 모두 신기하게 여기며 안심했다. 왜군이 이곳에 다다르자 뜻밖의 바다에 놀라지 않을 수 없었다. 너무나 괴이한 일이라고 생각한 왜군은 지도를 펴놓고 살펴보니 바다가 아닌 육지였다. 왜군은 이것이 필시 어떤 사술의 조화라고 깨닫고 그대로 행군했다. 안심하고 이곳에 머물던 피난민들은 뜻밖에 밀어닥치는 왜군에 많은 화를 입었다. 이로부터 정촌이라는 지명을 정해 곧 샘바다가 된 것이라고 한다.

이 역시 도술로 육지를 바다로 만들었다는 것은 현실성이 없어 전설일 뿐이다. 아마 배수가 되지 않는 곳에 비가 많이 내리니 홍수로 바다처럼 보여서 그런 것 같다. 해서 우리 일행은 서로의 상상력을 모아보았다.

이곳은 팔방이 산으로 둘러싸인 상당히 넓은 분지다. 그런데 비가 오면 물이 흘러갈 하천이 없다(지금은 있지만). 비가 많이 내리면 분지 전체가 물로 가득 찰 수밖에 없다. 그것이 바다가 아닌가? 빠져나갈 수로는 아양산 고개뿐이다. 아양산 고개는 분지 밖으로 나가는 샘바다 사람들의 길목이면서 홍수 때 물이 넘쳐흐르는 고개라는 생각이 들었다. 또한 길목이니까 망부석이 된 화자가 행상 간 남편을 기다린 곳도, 산 아래(현 정읍 시가지 쪽)를 먼 시야로 내려다볼 수 있는 곳도 여기가 아닌가 하는 생각이 들었다.

농경 중심 사회 때 먹고살기 위해 농사지을 땅을 찾아 정해마을에 사람들이 몰려들었고, 홍수 피해가 있을 때마다 고개 너머 하천이 있는 안전한 마을(현 정읍 시가지)로 이주해 살아야만 했을 것이다. 삶이 확장되면서 인구가 늘어 현이 군으로, 군이 시가 되어 오늘에 이른 것이 정읍시다.

後腔全 져재 녀러신고요

대학 때 은사님이셨던 강귀수 교수님 논문에 "악절의 하나인 후강과 셔새 사이에 쓰인 '全' 자를 져재에 붙여 풀이한다면 전주시장이 된다"는 내용이 있다. 지금도 많은 사람이 정읍은 전주의 속현이었다고 하면서 져재가 전주시장이라고 생각하고 있다.

그렇게 생각하기에는 무리라는 생각이 든다. 그 당시 전주 저잣거리는 현 남부시장이다. 남부시장에서 샘바다까지의 거리는 현재 차도로 57킬로미터다. 그리고 남편이 소금 행상을 했다고 하는데, 전주나 샘바다에서 가장 가까운 소금 생산지는 부안 변산면에 있는 곰소다. 현재도 곰소에는 염전이 많이 있다. 샘바다에서 곰소까지의 거리는 중간쯤 고부군을 거쳐 가면 40킬로미터이고, 곰소에서 전주까지의 거리는 70킬로미터다. 소금을 나귀에 싣고 다니며 장사했다 할지라도 너무 먼 거리라는 생각이 든다.

그렇다면 어떤 시장일까? 정읍은 통일신라 때는 태산현(정읍 태인면)에 속했고, 고려 때는 고부군에 속했다. 따라서 오일장이 서는 시골 장을 찾아다니며 장사했다면 고부나 태인이 아닐까 하는 생각이 든다.

즌ᄃᆡ를 드ᄃᆡ욜셰라

한편 '즌데'라는 단어와 '기다리다 기다리다 망부석이 되있다'는 설화의 문맥을 이으면 전주시장이라는 설도 맞을 수 있다.

샘바다에서 출발해 곰소에서 소금을 사서 나귀에 싣고 전주까지 가려면 110킬로미터를 걸어야한다. 왕복으론 220킬로미터다. 그 먼 거리를 짚신을 신고 여기저기 돌아다니며 돈을 번다는 것은 쉬운 일이 아니었을 것이다. 비가 내리면 소금이 젖을까 움직일 수 없고, 가다 해가 저물면 숙박지를 구하기도 쉽지 않았을 것이다. 그래서 오랫동안 귀가하지 못했을까? 장사하다 신라와 전쟁으로 징집되어 전사했다는 설도 있지만 돈을 벌어 귀가 도중 쑥고개나 솟튼재에서 산적을 만나 죽었을 수도 있다. 또 전주시장 홍등가에서 딴살림을 차렸을 수도 있다.

하여튼 여인이 달님에게 무사 귀환을 호소하고 기원하며 기다리다 지쳐 망부석이 되었지만 님은 오지 않았다. 왔다면 망부석 설화도 없었을 것이다.

귀가 도중 정읍사공원에서 화자를 모시는 사당에 들어가니 마당 여기저기에 민들레꽃이 피어있었다. 이남규 선생님이 화자의 일편단심이라 해서 모두가 웃었다. 그럴싸했다. 시적인 은유나.

전져재에서 점심으로 순댓국을 먹고 지금도 존재하고 있는 홍등가를 걸으며 백제 시대로 타임머신 해 보았다.

09. 내 아내는 등신불

2017年 8月 25日

가련한 완산아야

아비 잃고 눈물짓네.

위 노래는 《삼국유사》에 기록된 후백제의 노래다. 700여 년의 긴 역사를 유지해 온 백제이지만, 전해지는 노래는 '정읍사만이 유일하게 존재한다'라고, 우리 국어교사들은 교육 현장에서 안타까운 심정으로 교수, 학습했다. 그럴 때면 《삼국사기》를 쓴 김부식과 《삼국유사》를 쓴 일연스님을 원망했다.

〈산유화가〉는 백제가 망하면서 백제 유민이 부른 노래이다. 〈완산요〉는 백제가 망한 뒤 200여 년이 지난 후백제의 노래이지만, 백제 유민이 부른 노래 가사란 의미에서 백제 가요의 범주에 포함할 수 있을 것이다. 이 노래 가사를 통해 백제 사람들의 생활상을 조금이나마 엿볼 수 있다.

〈완산요〉의 발굴을 계기로 완산(전주)에 살고 있는 사람으로서 독자들을 위해 축성 이야기와 배경 설화에 얽힌 씁쓸한 소감을 쓰고자 한다.

견훤은 황간 견씨의 시조로 상주 가은현에서 아자개의 아들로 태어났다. 어렸을 때 부모들이 아기를 뉘어 놓고 밭일을 하면, 호랑이가 젖을 먹였다는 전설도 있다. 창을 배고 적을 기다릴 정도로 기백이 항상 군인다웠다고 한다.

신라 서남해 지역의 방위에 공을 세워 비장이 되고 군사를 모아 무진주(광주)를 점령해 기반을 닦고 이어 완산주(전주)를 점령해 의자왕의 원한을 갚았다. 백제를 다시 찾는다는 구호 아래 후백제를 건국하고 스스로를 왕이라 칭했다. 중국 오월에도 사신을 보내 문물을 받아들이고, 후당과 거란에도 사신을 보내 고려와 신라를 견제했다. 후고구려의 궁예와 왕건과도 밀고 밀리는 싸움을 수없이 했다. 친후고구려 정책을 쓴 신라를 원수로 생각하고, 신라의 수도인 금성을 침략해 주색에 빠진 경애왕을 살해하고 그의 동생 김부를 경순왕으로 세우기도 했다. 그렇게 기세등등하던 그도 배다른 자식들의 갈등으로 점점 쇠잔해져 갔다. 특히 넷째 아들 금강을 사랑해 그를 태자로 봉했는데, 이에 불만을 느낀 큰아들 신검이 둘째, 셋째와 힘을 합해 금강을 죽이고 아버지인 견훤을 금산사로 옮겨 유폐시켰다 한다.

금산사로 옮기면서 어느 길로 갔을까? 그 노정을 추정해보았다. 그 당시 상황으로 보아 신검의 부하들이 납치했을 것으로 추측되는데, 아무리 납치라 하더라도 왕이라 말을 이용했거나 가마를 이용했으리라 생각된다. 말이나 가마를 이용해 금산사로 옮기려면 구이면 항가리 마음마을(궁궐터에서 13킬로미터 거리)을 거쳐 낮은 재를 넘었거나, 구이면 중인리(궁궐터에서 약 10킬로미터 거리)를 거쳐 모악산 중부 능선을 넘었으리라 생각된다.

견훤은 후백제를 세우면서 전주시 동북 방향에 있는 중바위산(승방산, 치명자산)에 둘레 1,712미터의 그리 크지 않은 포곡식 산성을 쌓고, 그 안에 아파트 한 동 정도 되는 넓이의 땅에 주 건물인 궁궐을 지었고, 부속 건물로 13개 동을 지었다. 그것을 동고산성이라 한다. 동고산성이란 이름은 전주-임실간 도로를 사이에 두고 동남 방향에 있는 남고산성과 대칭 짓기 위해 붙인 이름이다.

좌측부터
전주 중바위산 동고산성 안에 있는 후백제 궁궐터
동고산성

견훤을 위리안치한
금산사

남고산성도 이미 있던 성을 견훤이 도성 방어를 위해 개축한 성인데, 둘레가 5.3킬로미터나 되고, 조선 후기까지 군대가 상주했다고 한다. 현재 군(軍)의 신(神)이라 할 수 있는 관우를 모시는 사당인 관성묘도 이 성에 있고 규모나 방위 면에서도 동고산성보다 훨씬 훌륭하다. 그런데도 남고산성 안에 궁궐을 짓지 않고 왜 협소한 동고산성 안에 궁궐을 지었는지 이해가 가지 않는다.

《삼국유사》에서는 위 노래가 참요의 속성을 갖고 있어 화자가 누구라고 단정 짓기 어렵다고 말하면서도 조심스럽게 신검을 언급한다. 필자도 같은 생각이다.

신검은 왕권을 차지하기 위해 동시다발적으로 태자를 죽이고 아버지를 납치했다. 그러면서 자기의 악행을 숨기고 민심을 얻기 위해 "불쌍한 완산아야 아비 잃고 눈물지네"라고 2구체 형식의 짧은 민요를 지어 퍼뜨렸을 것이 농후하다. 태자는 죽임을 당해 노래를 지어 부를 겨를도 없었다. 따라서 금강이 노래를 지었다고는 볼 수밖에 없다고 생각한다. 왕이 아비라면 완산 아이는 일반 백성을 상징한다고도 볼 수 있다. 그렇다면 화자는 백성이 될 것이다.

금산사에 갇혀 있던 견훤은 3개월 후 그곳을 빠져나와 왕건에 투항하였고, 그 후 후백제는 멸망했다. 장자 상속이 대세인 때에 오죽하면 장자인 신검에게 태자 자리를 주지 않고 넷째인 금강에게 주었을까? 노래에서 화자는 아비를 잃었지만 신검은 아비를 버렸다. 왕권을 빼앗긴 견훤은 배신감으로 인해 분함을 참지 못하고 나라와 못된 자식을 버리고 왕건에 투항했으리라 생각된다.

왕권을 탐내서 아버지를 버린 예는 구약에서도 찾아볼 수 있다. 구약 〈사무엘하〉 18장 5절, "왕이 요압과 아비새와 잇대에게 명하여 가로되 '나를 위하여 소년 압살롬을 너그러이 대접하라' 하니 왕이 압살롬을 위하여 모든 군지휘관에게 명령할 때에 백성이 다 들으니라"에서 엿볼 수 있다.

여기서 왕은 다윗이고 압살롬은 다윗의 셋째 아들이다. 압살롬은 자기 누이를 근친 강간한 이복형 암논(다윗의 첫째 아들)을 살해하고 도망갔다가 다윗의 포용으로 귀가했으나 왕의 자리를 탐내어 모반했다. 유대 민족은 예수는 선지자의 한 사람이고 다시 나타날 메시아는 다윗과 같은 인물이어야 한다고 말한다. 그러한 다윗도 아들이 모반하자 예루살렘 궁에서 벧메르학으로 도망갔다. 전세가 역전되어 모반한 아들을 잡을 수 있게 되자, 부하들에게 너그러이 대접하라고 부탁한다. 다윗은 여러 부인에게서 열여덟 명의 아들을 보았고, 소실에게서도 많은 아들을 보았다고 한다. 그 많은 아들 중 하나인 압살롬이 자기를 죽이려 했어도 다윗은 "너그러이 대접하라"라며 부하들에게 부탁한다.

견훤이 아들의 모반에 분함을 참지 못하고 왕건에 투항했던 것과 달리 왜 다윗은 모반한 자식이 죽을 위험에 처하자 동정했을까? 영조는 왜 자식인 사도세자를 죽였을까?

일반적으로 자식이 부모를 받드는 효는 인륜에 치중되고, 부모가 자식을 사랑하는 것은 본능이라는 생각이 든다. 효심이 크냐, 자식 사랑이 크냐는 저울로 달아 볼 수도 없고 그런 성질도 아니다. 사람마다 다르고 가정마다 다르다. 못된 부모도 많고, 불효자식도 많다. 그러나 '내리사랑'이라는 말도 있고, "부모가 죽으면 산에다 묻고 자식이 죽으면 가슴에다 묻는다"라는 속담이 있는 것으로 보아, 자식이 부모를 생각하는 효심보다 부모가 자식을 염려하는 마음이 더 깊은 것 같다. 누구나 그렇게 느낄 것이다. 여기에 그런 부모의 마음을 엿볼 수 있는, 1999년 12월 19일에 방언된 KBS 드라마 〈학교2〉의 한 부분을 써 본다.

옛날 한 청년이 살았다.

청년은 아름다운 여인을 만나 사랑에 빠졌다.

여인은 청년에게 별을 따다 달라고 말했다. 청년은 별을 따다 주었다. 여인은 청년에게 달을 따다 달라고 말했다. 청년은 달을 따다 주었다.

이제 청년이 더는 그녀에게 줄 것이 없었을 때 여인이 말했다.

"네 부모님의 심장을 꺼내 와."

많이 고민하고 갈등했지만 결국 청년은 부모님의 가슴속에서 심장을 꺼냈다. 청년은 부모님의 심장을 들고 뛰기 시작했다. 오직 그녀와 함께할 자신의 행복을 생각하며, 달리고 또 달렸다. 청년이 돌부리에 걸려 넘어졌을 때 청년의 손에서 심장이 빠져나갔다. 언덕에 굴러 내려간 심장을 다시 주워 왔을 때, 흙투성이가 된 심장이 이렇게 말했다.

"애야! 많이 다치지 않았니?"

부모의 자식 사랑이 얼마나 큰가를 보여주는 부분이다. 자식을 키워 봐야 부모의 마음을 안다는 말이 있는데, 자식을 키우면서도 부모에게 효도다운 효도를 하지 못했다. 부모님이 돌아가신 후에야 뼛속 깊은 회한으로 괴로워하면서 풍수지탄의 의미를 알았다.

《효경》에 나오는 "신체발부(身體髮膚) 수지부모(受之父母) 불감훼상(不敢毀傷) 효지시야(孝之始也)", 즉 '몸은 부모로부터 받은 것이니 상하지 않는 것이 효의 시작이다'라는 문장을 수없이 가르쳤으면서도 고희가 지나고서야 그 의미의 깊이를 알았고, 자식이 아프고 나서야 5·18민주화운동 때 아들의 주검을 눈앞에 두고 통곡했던 부모의 마음, 세월호 침몰로 자식을 잃은 부모의 심정을 제대로 알 것 같았다.

"입신행도(立身行道) 양명어후세(揚名於後世) 이현부모(以顯父母) 효지종야(孝之終也)", 즉 '몸을 바로 세우고 도를 행하여 후세에 이름을 날려 그것으로써 부모를 드러내는 것이 효의 마침이니라'라는 문장은 자식이 대학을 졸업하고 취직하면서 비로소 그 의미를 깨달았다. 이순이 되면 어떤 일을 들어도 곧 이해가 된다는데, 경험과 체험이 이렇게 차이가 있는가?

자식들이 결혼해 각자 가정을 이루어 곁을 떠나고, 퇴직하고 부부만 살면서 삼식이 수고를 덜어주려고 취미 생활을 집사람과 같이했다. 함께 하모니카 학원에 다녔고, 자전거 라이딩도 같이 했다. 집사람의 자전거 실력은 수준급이다. 일주일에 두 번의 라이딩을 하는데, 1회의 라이딩 시간은 대여섯 시간이고, 거리도 50~70킬로미터다. 고희의 나이에 그런 라이딩을 10년 했으니 베테랑이라고 할 만하다.

그런 집사람이 차도에서 인도로 올라가다 넘어져 팔목이 골절되었다. 심한 통증에도 고통스러워하거나 후회하는 모습은 전혀 없고 놀랄 만큼 태연했다. 병원에 가서 CT를 찍어 보니 손목의 뼈에 금이 갔고, 어느 뼈는 정상의 자리에서 밀려났다. 의사의 말이, 수술하지 않으면 평생 부자연스럽게 팔목을 사용해야 한다고 했다. 그런데도 수술하지 않으려 했다. 내 결단으로 수술을 한 뒤 하는 말이 "내 몸이 부서져도 자식을 지켜 달라고 기도했다"라고 한다. 아들 얼굴에 있는 자그마한 반점이 전이되지 않는 암세포라는 말을 듣고 아들이 무사하기를 바라는 마음으로 그런 기원을 했단다.

팔목 부러진 것이 아들 무사하기를 바라는 어머니의 기원에 대한 신의 답인가? 주의 산만으로 인한 사고인가? 오비이락인가? 자기가 무슨 소신공양한 만적 같은 등신불인가? 자문하며 휴가 계획을 망그러뜨린 이 사고에 화가 났지만, 그럴 수 있는 내 아내다. 한편으론 안쓰러워 위로의 말을 찾으려 애를 썼다.

10. 조상님 묘의 이장을 마치며

2018年 12月

우리 집안 묘지에 대해서 가장 잘 알고 있는 내가 이 글을 쓰는 것은 후손들이 조상의 묘지를 관리하는 데 참고하도록 하고, 친손이든 외손이든 자기 뿌리를 이해하는 데 도움을 주기 위해서다.

우리 조부모님과 부모님은 기독교나 불교 등 한 특정 종교를 믿기보다는 우리나라 사상의 기저에 흐르고 있는 유·불·선의 융합된 사상을 가지고 사셨다. 그러한 가정에서 살았던 우리 8남매는 어렸을 때 종교로 인한 불화는 없었다. 나이가 들면서 결혼하고, 새 가정을 이루어 몇 십 년 동안 각각 환경이 다른 곳에 살면서 가치관이나 세계관도 다르게 형성되었고, 그로 인해 묘지 조성 문제에 대해서 약간의 의견이 다른 것은 자연스러운 현상이었다. 앞으로 몇 십 년이 흐른 뒤에 또 어떤 의견 충돌이 일어날지 모를 일이다. 그런 일이 있을 때 의견 조정에 참고하도록 하기 위해 이 글을 쓴다.

먼저 조상묘 이장을 주도했던 내가 묘지에 얽힌 이야기와 가치관에 대해 말하는 것이 이장의 배경을 아는 데 도움을 줄 것 같아 그에 대해 쓰려 한다. 원동에 있었던 나를 기준으로 증조부님과 조모님 묘를 말하고자 한다. 이하 글은 모두 나를 기준으로 쓴 것이다.

증조부 박정선(족보명 만림) 님은 1845년 3월 22일(음)생이시다. *고조부 박재근 님의 둘째아들로 태어나셨고, 슬하에 1남 3녀를 두신 것으로 안다. 증조부님과 조부님 나이 차이는 45세다. 조부님이 어렸을 때 조실부모하시고 작은아버지 밑에서 자라셨다는 이야기를 아버님으로부터 들은 일이 있었는데, 그 이유를 알겠다. 증조부님이 조부님을 45세에 득남하신 셈이 되니 그때 평균 수명으로 본다면 조실부모한 것은 당연한 현상이다.

밀양박씨 청제공파 족보 제10권 621쪽 참조

조모님 김해 김씨는 김제시 용지면 영등리가 친정 마을이다. 1897년 12월 4일(음)생으로 조부님과는 7세 연하이며, 슬하에 1남 4녀를 두었고, 1937년 7월 16일(음) 40세에 별세하셨다.

이 두 분의 묘는 각각 다른 곳에 묻혀 있다가 아버님에 의해 원동 땅에 시아버지가 위, 며느리가 아래로 하여 한 곳으로 이장했다. 땅 주인의 말에 의하면 쌀 한 가마니를 주고 사서 이장했다는데, 법적인 절차를 밟지 않아 남의 땅에 묻히는 바가 되었다.

증조부님과 조모님의 이장 배경은 어머님한테 들어 알게되었다. 딸 둘에 나까지 3대 독자가 되다 보니 명당을 찾아 이장하면 혹시나 아들을 더 얻을 수 있을까 하는 마음과 가난을 면해볼 수 있을까 하는 풍수에 대한 기대감에서였다. 그 당시 지관의 말에 의하면 “원동에 묘를 쓰면 아들 셋을 얻을 수 있고, 살림도 차츰차츰 좋아질 것”이라고 예언했다고 한다. 오비이락인지 아니면 명당 덕인지는 몰라도 우리 형제는 삼형제가 되었고, 부모님이 순리에 따라 타계하신 것 외에는 우리 형제들 다 건재하고 형편도 좋아진 편이다.

나는 어렸을 때부터 아버님을 따라 명절 때는 성묘하러 다녔으나 교직에 있을 때는 “선생을 후손으로 둔 묘지가 저렇게 관리되어 있지 않다”는 추문을 들었다. 이웃의 비방이 옳다고 생각하고 어머님이 타계하신 후 바로 묘지를 정비했고, 잘 관리하면서 오늘에 이르렀다.

위와 같은 스토리가 있는 묘지를 옮긴다는 것은 상상도 할 수 없는 일이었다. 그렇지만 세 곳으로 갈라져 있는 묘지 관리를 대선이에게 물려주기에 상당히 부담스러웠다. 그러던 차 2016년 추석날 대선이와 세 곳의 성묘를 다녔는데, 너무 힘들었다. 정비된 묘지에 성묘만 다니는 것도 이렇게 힘든데 내가 죽은 후에 관리는 누가 할 것이며 성묘는 다닐 수 있을지 의문이 들었다. 하여 대선이의 의견을 슬쩍 타진해 보았다. ‘좋은 곳으로, 한 곳으로 옮기는 것도 좋지 않겠느냐’는 생각이었다. 그래서 내가 할 수 있을 때까지만 그대로 유지하고 죽을 때 내 장례를 치르면서 어머님이 계시는 산소로 합치라고 할 생각이었다.

그런데 2017년 7월 16일(음) 조모님 기일에 성묘차 산소에 가니 ‘땅 주인이 바뀌었으니 산소를 옮겨 달라’는 팻말이 있었다. 그래서 상기한 산소에 얽힌 스토리를 이야기하면서 산소

부분을 팔라고 했더니, 공장 짓는 곳의 입구여서 팔 수 없다고 했다. 동생들의 의견도 듣고 가격 결정도 어느 정도 되었는데 땅임자 소식이 없었다. 계속 물으면 불리한 조건만 있을 것 같고, 그렇다고 묘지를 방치할 수도 없고 해서 대선 엄마와 2월 말에 산소에 가서 불을 질렀다. 그때쯤이면 잔디가 누레져 항상 하던 방식으로 산소에 불을 지른 것이다. 바람도 별로 없던 때라 바람 부는 역순으로 불을 지르면 간단히 끝날 일이었다. 그런데 갑자기 이번에는 역순의, 역순의 바람이 불어서 남의 밭 소나무와 잡나무 열네 그루까지 화기가 옮겨 붙었다. '들풀에 번지는 불꽃처럼'이란 어구를 소설에서 직유법으로 표현되는 것만 보았지 실제로 본 적은 없었는데, 그렇게 무서운 것인 줄은 몰랐다. 또 소나무는 연기만 닿아도 죽는다는 것을 그때야 알았다. 우리 부부는 2시에 불을 지르고 8시에 불을 끄고 귀가했다. 나무 값으로 150만 원을 변상하니 마음이 아팠지만, 산소를 옮기라는 징조로 받아들이자 오히려 무거운 짐을 더는 계기가 되었다.

고향 땅에 있는 소부님 산소를 옮기는 것도 내게는 큰 부담이었다. 아버님이 조부님 산소를 옮기시면서 좋아하셨던 모습이 선하다. 제남리 박판쇠 선친이 모셔졌던 자리인데, 산소 자리가 너무 좋아 그곳을 살짝 비켜 조부님을 모셨다. 그런 땅을 전문 용어로 구파묘자리라 하는데, 우연의 일치인지는 모르겠으나 고 박판쇠 어른은 조상의 묘를 이장하고 본인과 동생도 죽고 아들과 며느리도 죽었다. 그런 스토리가 있는 조부님의 묘를 다시 옮긴다는 것은 두려움이 앞섰다. 한 곳으로 옮기자니 두렵고, 선산이 있는데 그대로 방치하는 것도 편의상에도 그렇고 모양새도 좋지 않아 진퇴양난이었다. 그러던 차 지난 추석 때 종현이가 10년 전 꿈에 아버지가 세 번이나 나타나셔서 "어머님 옆에 이장해달라"고 했다는 이야기를 듣고 이장을 결심했다.

우리 형제들 모두가 알다시피 아버지는 1969년 12월 30일에 별세하셨다. 발인은 1970년 1월 1일에 했다. 아버님이 돌아가셨을 때 우리는 형편이 매우 어려워 어머니의 보따리장사로 일곱 식구가 근근이 살아가고 있었다. 아버님이 돌아가신 날 어머님은 그날도 보따리를 이고 시골 이 집 저 집을 돌아다니며 장사를 하셨다. 남편이 죽는 줄도 모르고.

장례 치를 돈도 없었는데 만삭이 된 큰 누나가 돈을 대어 장례를 치렀다.

1970년 1월 1일, 고등학교 친구들이 영상리 다리에서부터 상여를 메고 3킬로미터나 갔다. 상여가면서도 매장할 묘지가 없었다. 외가 집안 산인 덕동 앞산에 묻자 하니 외가 동네 어머님 오촌뻘 되시는 고 방명섭 씨가 반대했다. 하는 수 없이 방 씨 산열 판준이 삼촌 밭 구렁진 곳에 묻자고 판준이 삼촌께서 내게 제안했다. 별다른 방도가 없어 승낙했는데, 너무 물수렁이었는지, 누구의 의견이었는지는 몰라도 상여를 메고 가고 있는 상태에서 조부님 묘 아래로 결정되었다. 그곳에 모시고 오늘에 이르렀다. 내게는 한이 맺히는 일이다.

아이러니하게도 그 방 씨 산은 방명섭 씨 막내아들이 담보로 쓰고 돈을 갚지 않아 경매로 넘어가 남의 땅이 되었다. 지금 방 씨들은 외조부님을 비롯해 수많은 사람이 남의 땅에 묻히는 바가 되었다.

또 한 번은 이런 일도 있었다. 외사촌 형제들과 외조부모님 성묘를 하러 갔는데, 잠실 창환이 삼촌께서 외사촌들 앞에서 “고모님(우리 어머님)이 별세하시면 외조부모님 옆으로 모실 것”이라고 말씀하셨다. 내 생각에도 어머님이 별세하시면 부모님 옆에다 모시는 게 좋을 것 같아 삼촌이 고마웠다. 그 후

방철종 선생님을 만날 기회가 생겨 의사를 타진했더니 "고등학교 선생을 하면서 산소자리 하나 마련하지 못했느냐"고 반문하셨다. 또한 어머님도 "나 죽으면 어느 곳에 묻을 거냐?"며 걱정하셨다.

그 이야기를 듣고 산소 자리를 어떻게든 구해야겠다고 다짐했다. 윤선이 아빠와 많은 곳을 찾아다니며 지금 자리(신평면 용암리)를 마련했다. 사위가 애도 많이 썼고 비용도 많이 댔다. 산소를 사 놓고도 너무 멀고 깊은 산속이라 어머님께서 놀라실까 봐 한 번도 산 구경을 해드리지 못했다. 완식이 조상님들이 옆에 오니 마음 든든하다.

원동 두 분의 묘는 자의든 타의든 옮겨야 할 형편이었고, 아버지 묘는 종현이 꿈에 현몽해 이장할 구실이 생겨 마음이 편했지만, 조부님 묘 이장 일이 매우 부담된 것은 상기한 바다. 그런 상황에서 묘일을 하는 제자 박승수를 불러 상의하니 조부님 묘는 매우 좋은 자리이니 옮기지 말고 조모님을 합장하는 것이 좋다는 것이다. 그러면 편의성 면에서 반쪽짜리 일밖에 안 되어 여러 사람한테 자문하니, 어떤 이는 지금도 풍수를 믿느냐며 한 곳으로 옮기라는 사람도 있고, 어떤 이는 지금까지 좋은 일만 있었고, 풍수를 믿지 않는다 해도 심리적인 문제이니 지관 박승수의 의견대로 하라는 사람도 있어 후자를 택했다.

“고향 땅에 한 분쯤 계시는 것도 뿌리의 흔적이 되고, 그로 인해 고향을 한 번씩 찾는 것도 좋지 않으냐?”는 소진이의 의견을 듣고, 후자를 택하기를 잘했다는 생각이 들었다.

옮기는 일을 하면서 묘를 파보니 증조부님 묘나 조모님 묘 모두가 유골은 없었고 약간의 검은 흙과 물기만 있었다. 박승수의 말이 검은 흙과 물기는 이장하면서부터 있었다는 증거란다. 그런 상황에서 좋은 곳으로 옮긴다는 생각이 들어 오히려 마음이 편했다. 대선이는 자연의 법칙에 따라 흙으로 돌아가셨으니 잘된 일이라 했다. 흙만 남았지만, 그 부분의 모든 흙을 모아 예를 다하고 조모는 조부님께, 아버지는 어머님 곁으로 모셨다. 조부님 묘자리는 박승수가 흙이 비단결 같다며 탄복했고, 증조부님 역시 이상할 정도로 좋은 자리가 있어 그곳에 모셨다. 세 분 다 흡족하게 모신 것 같아 마음이 편했다.

장례 문화는 나라에 따라, 지역에 따라 다양하다. 매장이 가장 흔한 장례문화이지만, 인도에서는 죽은 사람을 화장하는 것이 최고의 예라 생각한다. 네팔에서는 조장(鳥葬)을 한다고도 한다. 시인 황동규의 〈풍장〉은 죽음을 초월한 시다. 또 수장(水葬)도 있고 수장(樹葬)도 있다. 화장해 들에 뿌리는 사람도 있다.

요즈음 우리나라도 화장해 납골당에 모시는 것이 대세가 되었다. 선산이 없는 탓이겠지. 관리성, 편의성, 경제성 등 각자의 가치관에 따라 다르겠지만, 조상의 흔적을 없애는 것은 자기 정체성을 부정하는 행위라는 생각이 든다. 또한 조상이 그리워 생각이 나도 찾아볼 곳이 없어 후회하는 사람들도 많다. 오죽하면 그럴까 생각한다.

6·25 때 참전해 잃었던 유해를 찾기 위해 수많은 노력과 경비를 지불하는 미국인들이 있다는 것을 알아야 한다. 세월호 참사 때 수장된 유해 다섯 구를 찾기 위해 5,000억 원의 비용을 들인 일도 그 의미를 알아야 한다. 서유럽에 가니 단테의 유해를 차지하기 위해 두 도시가 치열한 싸움을 하는 것도 보았다.

이장하기 일주일 전부터 집에 있는 행운목이 꽃을 피어 지금(12월 4일) 이 글을 쓰는 때까지 20여 일 간 짙은 향기를 풍기고 있다. 행운목 꽃은 보기 힘든 꽃이다. 10여 년 전에도 한 번 피어 두 손자가 태어났고, 자녀들이 모두 승진했다. 조상님 영전에 향기를 드리우는 것 같아 기분이 좋다.

형제 모두들 애썼고 감사드린다.

11.

2019年 歲暮

어버이 살아실 제 섬기기를 다하여라

요즈음 케이블과 지상파 방송에서 경쟁하듯 트로트 가수를 발굴하여 방영해 시청자들의 귀를 즐겁게 해주고 가슴을 뭉클하게 한다. 시청률도 높고 그 인기가 대단하다. 만 단위 지망생의 접수를 받은 후 여러 번의 예선전을 치르고, 실력 있고 관리할 수 있는 인원이 남았을 때 방송 무대에 선보이는 듯하다. 개인전, 듀엣, 그룹전 등 다양하다.

노래 가사의 주제와 제재는 대부분 남녀 간의 사랑과 이별이며, 가끔 어머니에 대한 사모곡도 나온다. 사모곡이 나오면 무대가 온통 눈물바다가 되는데, 그 대표적인 것이 MBN의 〈보이스 퀸〉에서 부른 나훈아의 노래 〈홍시〉였다. 〈홍시〉의 가사를 '모든 엄마에게 바칩니다'라며 다섯 명의 가수가 눈물을 참아가며 하모니로 한 사람씩 윤독할 때부터 사모의 감정은 터지기 시작하더니 노래가 절정에 이르자 방청객, 심사위원, 대기실까지 눈물바다로 만들었다. 물론 천만 명의 시청자도 모두 눈물을 흘렸을 것이다.

생각이 난다 홍시가 열리면
울 엄마가 생각이 난다
자장가 대신 젖가슴을 내주던
울 엄마가 생각이 난다
눈이 오면 눈 맞을세라
비가 오면 비 젖을세라
험한 세상 넘어질세라
사랑 땜에 울먹일세라
그리워진다 홍시가 열리면
울 엄마가 그리워진다
눈에 넣어도 아프지도 않겠다던
울 엄마가 그리워진다

이미도 내 생각으로는 부모님이 생존한 시청자보다 부모를 여윈 시청자의 아픔이 더 컸을 것이다. 우리 대부분은 부모님이 생존 시에는 '살아 있음의 중요성'을 모르고, 효도는커녕 불효까지 한다. 다정한 말 한마디, 좋아하시는 음식 몇 가지, 안부 전화 한 통, 옷 한 벌 등 효도의 길은 많은데 무심하게 살아가다 가신 후에야 가슴을 움켜쥐고 회한과 눈물로 살아간다. 그제야 풍수지탄의 의미를 깨닫게 된다.

어버이 살아실 제 섬기기를 다하여라
지나간 후면 애닯파 어찌하리
평생에 고쳐 못할 일이 이뿐인가 하노라

송강 정철의 〈훈민가〉는 1580년 정철(45세)이 강원도 관찰사로 부임한 후 백성들을 교화할 목적으로 쓴 연시조 16수 중 네 번째로, 우리나라 사람은 대부분이 알고 있다.

송강은 35세 때 아버지를 여의자 벼슬을 사직하고 낙향해 삼년상을 치렀고, 복직하고 얼마 지나지 않은 38세 때는 어머님이 별세해 삼년상을 또 치러야만 했다. 잔병에 효자 없다는데 6년 동안 시묘살이를 했으면서도 풍수지탄의 회한에 겆이 위 시조를 지었던 것 같다.

송강은 27세 때 과거에 합격한 후 내·외직을 두루 역임했고, 명종이 하사한 말을 타고 총마어사(늘 말을 타고 민정을 살피는 청백리)로 불릴 정도로 조선 팔도를 누비며 세상에 널리 알려졌다. 《효경》에 효의 끝은 '몸을 바로 세우고 도를 행하여 후세에 이름을 날려 그것으로써 부모를 드러내는 것'이라고 했다. 문구대로 하면 가장 효도한 사람 중의 한 사람이다. 그런 분이 살아 계실 제 다 하지 못한 효도에 후회와 한이 되어 위와 같은 시조를 지었다. 육친이 가시면 풍수지탄이 족쇄가 되어 평생 삶을 힘들게 한다는데, 송강도 그랬던 것 같다.

요즈음은 삼년상은 고사하고 49제로 상을 마치는 사람도 있는데, 삼년상을 치르는 것도 알고 보면 고인을 위한 것이 아니라 자기를 위한 것이다. 다음은 이에 대한 한 일화로 2500여 년 전 공자와 제아의 문답(《논어》 〈양화〉 21장)이다.

제아가 묻기를

"삼년상은 기한이 너무 장구하나이다. 군자가 3년 동안 예를 아니 하면 예는 반드시 무너지고, 3년 동안 풍류를 아니 하면 풍류도 반드시 무너집니다. 묵은 곡식은 이미 없어지고, 새 곡식이 익으며, 불씨를 취하는 나무도 바뀌니(옛날에는 나무를 마찰해 불을 얻었음), 일주기로 그침이 옳습니다."

공자 말하기를

"겨우 한 해만에 쌀밥을 먹으며(상중에는 거친 밥을 먹는다), 비단을 입음이 네 마음이 편안하냐? "

"편합니다."

"네 마음이 편하면 그대로 하라. 군자가 상중에는 맛있는 음식을 먹어도 달지 않고, 풍류를 들어도 즐겁지 않으며, 앉아 있어도 편하지 않으므로 아니 하느니라. 이제 너는 그것이 편하거든 그리하라."

제아가 나가자 공자가 말을 이어

"제아가 어질지 못하구나! 아기가 나서 3년 후에야 어버이 품을 떠난다. 삼년상은 천하에 통하는 상례다. 제아도 3년의 사랑을 어버이께 입지 않았던가? "

이 글에서 나는 삼년상을 하자는 것이 아니다.

공자님 말씀의 요지는 부모를 여읜 사람이 자기 슬픔을 달래기 위해 삼년상을 치른다는 것이다. 그러니 부모님이 가신 후 풍수지탄으로 힘들어 하시 말고 살아 계실 때 잘 모시자. 내가 그렇게 하지 못했으니까.

풍수지탄의 깊이는 능력 있는 부모 밑에서 금수저로 산 사람보다 오히려 부모와 함께 고생하면서 산 사람이 더 크다. 부모의 고생을 보면서 살아온 사람이 자기 아버지를 '꼰대'라고 부르는 것을 나는 보지 못했다. 부모와 자식 관계는 돈으로 가늘 수 있는 것이 아니다. 부모로서 얼마나 열심히 살았느냐에 달려 있다. 따라서 부모도 자식에게 가장 존경받는 사람으로 살아야 한다.

한 부모 밑에서 살아온 형제도 누가 더 오랫동안 부모와 함께 고생하며 살았느냐에 따라 부모를 생각하는 마음이 다르다. 어렸을 때부터 자기를 키우느라 갖은 고생하면서 살아온 부모가 성공한 자식에게 효도 한 번 받아보지 못하고 돌아가셨을 때, 그 각인된 고생들이 좋은 일이 있을 때마다 생각나 저절로 눈물 나게 한다.

반중(盤中) 조홍(早紅)감이 고와도 보이나다
유자(柚子) 아니라도 품엄즉도 하다마는
품어 가 반길 이 없을새 글로 설워하노라

박인로의 시조 〈조홍시가〉는 유자에 지은이의 감정을 이입한 시다. 어렵게 살다가 생활이 좋아져 부모에게 더 좋은 것을 드릴 수 있게 됐는데 이미 돌아가셔서 드릴 수 없어 안타까운 마음을 노래한 것이다. 부모를 잃은 사람은 누구나 다 같은 느낌일 것이다. 쌀밥 한 번 실컷 먹어 보지 못하고 가신 부모님, 좋은 옷 한 벌 입어보지 못하고 가신 부모님, 승용차 한 번 타보지 못하고 가신 부모님. 소재만 다를 뿐 생활이 나아질 때마다 부모 생각에 눈물이 난다. 이렇게 우리는 풍수지탄이 삶의 족쇄가 될 정도로 평생 한을 안고 산다.

그래서 〈보이스 퀸〉에서 〈홍시〉를 불렀을 때 모두가 울고, 송강의 '어버이 살아실 제 섬기기를 다하여라'는 시구에 공감이 가는 것이다.

12. 뿌린 대로 거두리라

2020年 2月

며칠 전 생각하지도 않은 제자가 찾아왔다. 벌써 16년 전, 전주고등학교에서 근무했던 때의 일이다. 그때 내 나이는 환갑으로, 전주고 부설 방송통신고등학교 학생들 담임을 맡던 때였다.

방통고 학생들은 평상시에는 다달이 제공되는 통신학습지를 교재로, 일정한 시간에 방송되는 강의를 들으며 학습한다. 한 달에 2회 격주로 일요일에 등교해 담임과 상담도 하고, 각 교과 담임과 확인 학습을 하는 식으로 3년 과정을 마치고 졸업한다. 그런 관계로 담임일지라도 학생들을 깊이 파악하기는 어렵다.

학생들은 예선의 보릿고개 때 가난으로 학습 적령기를 놓치고 살다가 경제적으로 자립하고 여유가 생긴 성인이 되어서야 배우지 못한 한을 풀기 위해 늦은 나이에 입학한 사람, 젊은 직장인이 시간 관계로 다니는 사람, 고등학교에 적응하지 못하고 퇴학했다가 편입한 사람 등 다양하다. 따라서 학생들의 나이도 10대에서 60대까지 다양하다.

나를 찾은 K 군은 내가 담임했던 학생으로 그 당시 스물네 살이었다. K 군은 모 공고 2학년까지 다니다가 중도에 그만두고, 방황하다가 신부전증에 걸려 그때까지도 고생 중에 있었다. 일주일에 세 번씩 투석하면서도 고등학교를 졸업하고 직장을 얻어 자립하고 싶어서 방통고의 문을 두드려 편입했다. 편입할 때 곱지 않은 얼굴엔 화기도 돌지 않고 더러 검은 반점도 있던 것으로 기억한다.

보통 사람은 스물넷이면 대학을 졸업해 직장을 갖거나 이르면 가정도 이룰 나이인데, 이제 고등학교 2학년에 편입한다니 앞날에 먹구름과 가시밭길만 있는 것 같았다. 본인이야 무지갯빛 희망을 품고 들어왔겠지만, 그 당시 신부전증에 걸리면 시한부 인생이라는 인식이 있던 때라 졸업은 할 수 있을지 의심스러웠다.

방통고 학생들은 2주에 한 번 만날까 말까한 사이라 급우들이라 할지라도 교우관계가 끈끈하지 않고 수업시간도 서먹서먹한 분위기다. 그런 분위기 속에서 교육과정 상 하루에 8시간씩 수업을 해야 하니 고통스러워 무단 조퇴하는 학생들이 많았다. K 군도 마찬가지. 아니, 생체 리듬이 따라주지 않아 더 했을 것이다. 그런 학생에게 8시간 참고 수업하라고 할 수도 없었다.

"8시간 앉아 수업하기 힘들지? 출석만이라도 해. 출석 수업 일수가 3분의 2가 안 되면 3학년에 진급 못 해."

위로 겸 주의만 주었다. 그리고 다음 출석 수업일이 가까워지면 혹시 결석하지 않을까 싶어 마음 졸이며 출석할 것을 부탁하는 전화를 잊지 않았다.

K 군은 힘들게 3학년에 진급했다. 새 학년이 되면 반편성도 다시 하고 담임도 바뀐다. 반편성에 관한 교무회의를 할 때, 방통고 특성상 학생들의 이해와 생활지도를 위해 2학년 때 담임과 학생들을 그대로 끌고 올라가자고 제안했다. 내 의견이 논리성이 있었는지 반영되어 실행되었고, K 군을 또 담임하게 되었다. 그러한 인고 끝에 마침내 K 군도 졸업하고, 우리는 서로 헤어졌다.

졸업하고도 2년이나 담임했던 관계라 정이 많이 들었는지 지금도 스승의 날이면 예닐곱 명씩 모여 식사하며 사제 간의 정을 나눈다. 그때마다 참석하지 않은 다른 사람의 안부를 서로 물었으나 K 군의 이야기는 나오지 않았다.

그렇게 생사도 모르고 있던 K 군이 갑자기 찾아왔다. 졸업 때 학생들이 전화번호를 절대로 바꾸지 말라고 해서 휴대전화를 개설한 이후 한 번도 번호를 바꾸지 않은 덕을 본 것 같다. 찾아뵙겠다는 전화를 받고, 특이한 학생이라 쉽게 기억할 수 있었다.

죽었을지도 모른다고 생각했던 학생이 찾아오니 흥분되고 기뻤다. 어떻게 변했을지 궁금했었는데, 나이 들어 전과 다르다지만 얼굴에 있었던 반점도 사라지고 훨씬 좋아 보였다.

"어떻게 어려운 병은 나았는가?"

"장기 기증자의 도움으로 이식했습니다."

기증자가 눈물겹도록 고마웠다. 우리 속담에 사촌이 논을 사면 배가 아프다지만 제자가 잘되면 그렇게 기쁠 수가 없었다.

"결혼은 하고?"

"아니요."

"직장은?"

"예, 어머니를 모시고 자영업을 하는데, 살만합니다."

방통고 다닐 때 출석 수업일 전에 꼭 전화해주고, 그 배려로 졸업할 수 있어서 잊을 수 없었다는 말을 덧붙였다.

늙어갈수록 지난 40여 년간 교직생활을 곱씹으면서 참회하는 일이 자주 있다. 교직에 있으면서 공립학교라 일곱 번 옮겼는데, 모두 도시 학교만 맴돌며 근무했다. 통근하기 쉽고, 학생지도가 수월하며, 인지도 높은 도시 학교만 근무했다. 양지만 선택하여 근무한 것이다. 그때는 교사들 대부분의 희망 근무지가 나와 같았을 테지만, 단 한 기간이라도 오지 학교에 근무하지 못한 것이 후회된다. 오지에 근무하며 아름다운 자연의 정서를 마음껏 맛보고, 어려운 결손가정 학생들과 사제 간의 끈끈한 정을 나누며 근무하지 못했던 것이 매우 후회스럽다. 뿌리는 대로 거둔다는데, 참다운 스승 노릇을 못 한 것 같다. 명문고에 근무하면서 대학원서 수천 장을 쓰면 무슨 소용이 있는가. 늙어서 쇠약해지면 부귀영화보다 깊은 인간관계로 살았던 일만이 추억으로 남아 영혼을 기쁘게 하는데.

K 군이 찾아와 반가웠지만, 나의 지나친 지난날들이 후회스러웠다. 미안하이 용서하시게. 좋은 선생이 못된 것을.

13. 힘들 때 한 번씩 읽어 준다면

2015年 12月 5日

<제자의 주례사>

방금 소개받은 주례사 박동록입니다.

불경에 옷깃만 스쳐도 영겁의 인연이 있다고 하는데, 저와 신랑은 신랑의 고등학교 시절 3년간이나 사제지간으로 인연이 있어서 부족한 제가 영광스럽게도 이 자리에 섰습니다.

먼저 공사다망하신데도 불구하고 이 자리에 참석해주신 하객 여러분께 양가를 대표해서 감사드립니다. 또한 자식을 낳아 기르고 가르치고 이 자리에까지 있게 한 양부모님께 하객을 대표해서 치하의 말씀을 드립니다.

3년 동안 담임을 하면서 살펴본, 오늘 경사스러운 주인공 김용수는 윗사람을 잘 섬기고 후배들을 잘 챙기고 사랑하며, 친구들과도 원만한 교우관계를 가지며, 다정다감하고 조용하면서도 과묵한 보스 기질을 가지고 있습니다.

이러한 품성을 미루어 살펴본다면 효심은 두터울 것이고, 가정도 잘 이끌어 갈 신랑이라 생각되지만 출발하는 신혼부부에게 거듭 몇 마디 하고자 합니다.

첫째, 효에 대한 것입니다. 어떤 주례사에서나 단골 메뉴로 거론되는 말이지만, 그것에는 이유가 있습니다. 효는 만행지본으로 단순히 부모에게만 도리를 하는 것이 아닙니다. 효심이 있는 사람이면 형제간에도 우애가 있고 윗사람에 대한 존경도 있으며 후배에 대한 사랑도 있기 때문입니다. 바꿔 말하면 효심이 없는 사람은 모든 대인관계를 할 수 없는 반사회적인 사람이라 할 수 있습니다.

둘째는 건강입니다. 이제 이 결혼식이 끝나면 각자는 각자가 아닙니다. 각자는 배우자와 관련되고, 양가 부모와 관계되며, 나아가 자식을 가지면 자식을 책임져야 할 부모가 되니, 아무쪼록 사랑하는 가족을 위해서 건강에 유의해야 합니다. 그러기 위해 능력에 알맞은 운동 종목을 선택해서 특기로 살려 즐기고, 건강을 지탱하기 바랍니다.

셋째로, 근면 검소하기 바랍니다. 안정적인 가정을 이끌어 가기 위해서는 경제적인 뒷받침이 필수적입니다. 《목민심서》를 쓴 정약용이 자기 아들에게 보낸 편지글에 이런 말이 있습니다. "내가 벼슬살이를 했으면서 밭 몇 마지기도 넘겨주지 못하나 부지런할 근(勤) 자와 검소할 검(儉) 자를 너희들에게 주노니 평생 실행하면서 살면 삶에 어려움이 없을 것이다"라고 했습니다. 정말 명언이 아니라 할 수 없습니다. 근면에서 노동의 기쁨을 느끼고, 검소에서 생활의 안정과 발전을 맛보며 살아갈 수 있는 방법이라 생각합니다.

신랑 김용수는 사람을 너무 좋아하고 의리가 강해서 자칫 도에 넘쳐 가정에 소홀할까 봐 담임선생으로서 인생의 선배로서 부탁합니다. 자기를 세운 다음에 친구도 있습니다. 목숨을 바쳐서라도 가정을 평화롭게 지켜야 한다는 사명감을 가지십시오. 그래서 자식에게 "네가 가장 존경하는 사람이 누구냐?"라고 물었을 때 "아버지"라는 답이 나올 수 있도록 하십시오.

넷째로, 오늘 이 어여쁜 아내를 진정으로 사랑한다면 집안일을 남편 일, 아내 일로 구분해 따로 하지 말고 도울 수 있는 대로 도우면서 생활해주기 바랍니다. 여자들이 나이가 늘면서 허리가 굽고 디스크 발병률이 높으며, 잔병에 시달리는 이유가 마늘 까기, 콩나물 다듬기. 생강껍질 다듬기 등 오래 앉아서 하는 일 때문입니다. 사소한 지적 같지만 건전한 가정을 이끌어 가는 지름길입니다.

마지막으로, 바른말 고운 말 사용하기를 습관화해주길 바랍니다. 사람의 품위는 언어에서부터 나온다고 합니다. 부부간은 함께 있는 일이 많기로 허물이 없어 말을 함부로 하면 상처를 입고 감정의 골이 생기며 나아가 평상심을 잃어 불행의 원인이 되기도 합니다. 제가 잘 아는 신랑 김용수는 성품이 온순하고 언어가 부드러워 믿는 바가 있지만, 살다가 어떤 어려운 일이 있어도 막말은 삼가고, 언어의 품위를 지켜주기 바라며 주례사를 마름합니다.

이 주례사를 신랑 신부께 넘겨주니 힘들 때 한 번씩 읽어 준다면 주례사를 한 보람을 느끼겠습니다.

3장

더 넓은 세상으로

01. 호주 연수록

- 연수 기간 : 2004년 6월 15일~6월 22일 (7박 8일)(제3진)
- 주관처 : 한국교육개발원
- 전주고등학교 근무
- 교사 박동록

6월 15일부터 6월 22일까지 7박 8일 동안 호주 해외연수! 교직 생활 33년 만에 국가에서 주는 배려였다. 공교롭게도 6월 14일은 나의 환갑!

환갑과 맞물린 이번 여행은 마치 국가에서 축복을 주는 듯한 느낌이 들어 한없이 기뻤다. 아내에게는 호주 연수에 간다고 말만 하고, 연수에 관한 공문은 책상 위에 올려두었는데, 그걸 보고 일일이 여행에 필요한 사물을 차려 준 아내의 배려가 또한 고마웠다.

6월 15일(연수 1일 차)

18시까지 인천 국제공항 3층 7번 홈에 모이라는 공문을 받고, 전주 코아호텔에서 출발하는 12시 30분 리무진 버스를 타기 위해 여유 있게 출발했다. 코아호텔에 도착했어도 산 지 한 달도 안 된 새차의 CD에서 들려오는 피아노곡 〈소녀의 기도〉가 끝나지 않아 아쉬운 마음에 아내와 함께 그 곡이 끝날 때까지 차 속에 있었다.

화요일이라 버스는 호남고속도로를 막힘없이 달렸다. 익산, 강경, 논산 벌판을 가로질러 달리는 버스 속에서 바라본 드넓은 벌판은 푸른 바다였다. 옛날에는 하지가 되어야 모내기가 다 끝났는데, 이제는 농촌에 일손이 없어도 모내기가 금방 끝이 난다. 기계의 힘은 무섭다.

여의도와 김포공항을 지나 버스는 16시 반쯤 인천 국제공항에 도착했다. 기둥 하나 없이 그 거대한 건물을 옆으로 줄로 이어 3층까지 올려 지은 공법은 놀라웠다. 버스는 틀림없이 1층으로 들어왔는데, 그 1층이 3층이라니 처음에는 이해가 가지 않았다. 고가도로로 들어와 바로 공항 대기실로 왔으니 1층으로 착각할 수밖에 없었다. 출구에서 바로 올라가지 않고 건물을 둘러보고 탑승한 후에야 왜 건물이 그렇게 지어졌는가를 알 수 있었다. 건물의 규모가 큰 것도 놀라웠지만 공항 구석구석 깨끗한 것도 자랑스러웠다. 1960년대만 해도 우리나라 화장실에선 악취가 나고 더러워 다른 나라 사람들이 아연실색했다던데, 이제는 중국 사람들이 우리나라의 화장실을 견학 온다니 격세지감이 든다.

19시 30분 이륙. 헤아릴 수 없는 많은 사람을 실은 대한항공 여객기는 남으로 남으로 비행했다. 시속 500킬로미터로 비행하다가 순간에 1,000킬로미터로 비행하기도 하고, 역으로 비행 속도가 낮아지기도 했다. 기압 현상 때문이리라.

6월 16일(연수 2일 차)

9시간의 비행 끝에 16일 04시 30분에 호주에서 두 번째로 큰 도시인 브리즈번에 도착했다. 입국 절차를 마치고 간 곳은 호텔이 아니라 관광지였다. 맨 처음 눈에 들어오는 것은 찬란한 아침 햇살과 큰 항아리 둘레 크기의 나무들이었다. 선샤인! 호주는 찬란한 햇빛이 자랑이란다. 어디를 가나 숲이요, 잔디밭이라 민지 하나 없나. 호주는 남한의 90배 크기에 인구는 2천만 명밖에 되지 않아 공해도 적다고 한다. 그리고 1억 5천만 년 동안 외래의 접촉이 없던 거대한 외딴 섬이라 질병도 적단다. 그래서 청정 지역이란다. 그런데 가이드의 첫 말이 선크림을 꼭 바르란다. 찬란한 햇빛이 좋기만 한 것은 아니었다. 하루에 두 번씩 선크림을 바르지 않으면 자외선에 노출되어 피부암에 걸리기 쉽다고 한다.

지친 몸으로 가는 곳은 브리즈번 도시를 한눈에 내려다 볼 수 있는 쿠시전망대였다. 전망대 바닥에는 적도 남쪽에서만 볼 수 있는 남십자성이 그려져 있었다. 반면에 이곳에서는 우리나라에서 볼 수 있는 북두칠성을 볼 수 없다. 전망대에서 인상 깊게 들어오는 것은 도심 한가운데에까지 바닷물이 들어온다는 굽이치는 강줄기였다. 브리즈번은 서울의 네 배 크기에 인구는 200여만 명밖에 되지 않아서 그런지 집 대부분이 단층이고 잔디밭과 숲이 많았다.

점심시간에는 각자의 소개가 있었다. 39개 방송통신고등학교의 선생님들과 몇 분의 교육개발원 직원들이었는데, 인사가 끝난 후 학연과 지연으로 인해 서먹서먹했던 분위기가 다소 풀어졌다.

오후에는 식물원에서 아열대 지방의 갖가지 식물을 구경한 후 양떼 목장을 방문했다. 그곳에서 양몰이 및 양털 깎기 쇼를 구경했다. 3분 만에 한 마리의 양털을 깎는 날렵한 솜씨도 대단하지만 능청맞은 재간이 많이 웃겼다. 호주는 1억 5천만 마리의 양이 있단다. 인구 한 명당 일곱 마리의 양이 있는 셈이다. 양의 수가 가장 많지만 고깃값은 양고기가 가장 비싸단다. 그만큼 양은 고기도 좋지만 양털이 부가가치를 높이기 때문이다.

주요 곡식은 밀이란다. 가장 큰 밀 농장은 충청남북도를 합친 크기라니 부러웠다. 그 거대한 농장을 직접 방문해 드넓은 평야와 양떼도 보았으면 좋았겠지만 계획된 일정이라 그러지 못한 것이 못내 아쉬웠다.

오후 늦게는 호주의 최대 휴양지인 골드코스트로 이동했다. 비단 모래가 끝없이 이어진 남태평양 해변! 모래 밟는 촉감이 밀가루를 밟는 느낌이었다. 대학 때 공주에서 금강의 잔모래를 많이 밟아 보았지만, 공주의 비단강 모래와는 비교되지 않았다.

6월 17일(연수 3일 차)

우리는 호주 방문의 주목적인 교육 현황을 알기 위해 브리즈번에 있는 원격학교에 갔다. 견학을 쓰기에 앞서 먼저 호주의 교육부터 소개하려 한다.

골드코스트

1. 교육체제

호주는 연방 국가로서 교육에 관한 관할 책임은 주 정부에 있다. 그러므로 한국과 같이 중앙 정부에 의한 통일된 교육체제를 전국적으로 적용·운용하고 있지 않다. 즉 각 지역마다 특색이 있고 약간씩 다른 부분도 있다.

호주에는 6개의 주가 각각 자체적으로 교육 담당 기관을 가지고 있으며, 연방 정부가 하나의 자체 교육 담당 부서를 가짐으로써 모두 일곱 개의 독립된 교육 담당 기관이 존재한다. 일반적으로 각 주는 하나씩의 초등통신학교, 중등통신학교, TAPE(Technical And Further Education) 시스템을 가지며, 각 주 나름의 효율적인 방식으로 통신 교육을 운영한다. 주의 교육 정책은 상당히 자율적이어서 초·중등 교육 및 TAPE 부문은 주 교육 당국의 직접적인 통제 하에 있다. 특히, 고등 교육의 경우 중앙 정부 당국과 거의 무관할 정도로 자율성이 높다. 이렇다 보니 연방 정부에서는 국가적 차원에서 주(州) 간의 협동 체제를 갖추고, 국가 전체에 걸쳐 원격교육의 효율성과 효과를 증신하려는 목적으로 교외 학습에 관한 국가상임위원회를 설립했다.

호주의 경우 세금의 대부분을 연방 정부가 걷어 들이고 정책을 수립해 주 정부에 배당하는데, 교육예산도 연방 정부에서 주 정부로 예산을 배당해준다. 주 정부는 배당된 예산으로 자체적인 교육체제를 운영할 수 있다. 주 정부에 의해 교직원 임금, 건물, 교육과정 자료 및 기타 용품에 이르기까지 재정이 운영된다. 교육의 질과 적절성을 높이고, 교육 기회와 교육 결과의 질을 높이며 교육 참여도를 높이려는 특별한 목적이 있는 경우 중앙 정부가 별도의 재정지원을 하기도 한다. 정부에 의해 학점이 인정되는 모든 코스는 무료이나 개인적 만족 내지는 여가 활동을 위한 단기 코스나 계속 교육과정 등 공식적인 학점을 인정받지 못하는 과정은 정부의 재정지원이 없으므로 학생이 수업료를 부담해야 한다.

2. 학생의 선발 기준 및 관리

고등학교 수준의 원격교육 기관에 입학하기 위한 조건으로는 중학교 졸업 및 이에 준하는 동등 학력이 요구된다. 학생은 우편이나 개인 면담으로 등록할 수 있으며, 1차 등록 시 초등학교 수석보좌관이 학생의 학업 수순을 고려해 교사에게 학생을 배치하고, 2차 등록 시 지역 담당 교사가 학생의 거주지에 따라 배치된다. 지역 담당 교사들은 코스의 적절성을 결정하고 학생들의 등록 절차를 도와준다.

고등교육 과정 입문 초기에는 일반 학생보다 원격교육 학습자에서 중도 탈락하는 경우가 더 많다. 그러나 최종 시험 합격률은 원격교육 학습자가 더 높다. 중도 탈락의 결정적 요인은 수업의 규준이 높고 교사와 학생 간의 상호 작용에 대한 보상이 적은 데 있다. 학교를 옮기는 경우도 중도 탈락으로 간주해 교장에게 보고된다. 학생들은 대부받은 슬라이드, 테이프, 참고 자료 등을 반환해야 한다.

3. 교직원 역할 및 관리

원격교육 기관의 교직원들은 크게 네 가지 유형으로 나뉜다.

- **교사 :** 초·중등 교사, 순회교사. 교재 집필자 등
- **기술직 :** 시청각 기재 담당자, 삽화가, 인쇄 기술자 등
- **행정직 :** 행정직, 사무직, 타자수, 접수원 등
- **기타 :** 사서, 점원 등

통신 교육 기관 교사와 일반 학교 교사 간에는 상호 이동이 가능하다. 코스 대부분은 같은 교사에 의해 원격교육과 대면 교육의 두 방식으로 진행된다.

교사의 가장 중요한 임무는 교재물의 채점과 회송, 의견 전달, 보조 자료 배부 등이며, 이외에도 교사들은 학생 개개인의 생활에 관심을 가져야 한다. 또한 수업 설계에 전문적 식견을 가지고 있어야 하며, 수업 자료를 제작·배부해야 한다.

4. 학습 방법

인쇄된 자료를 주된 매체로 수업 설계가 이루어진다. 인쇄된 자료들은 자체 완비된 학습 패키지의 형태를 취하므로 참고 서적이나 기타 다른 학습 자료를 추가로 사용할 필요가 거의 없다. 인쇄된 자료의 보조 수단으로 오디오 테이프, 슬라이드 필름 스트립, 비디오 등이 사용된다. 몇몇 기관에서는 컴퓨터로 운영되는 학습 체제와 비디오디스크를 개발했으며, 전화 교수도 전국 각지에 산재해 있는 지역학습센터와 학생을 연결해 주는 역할을 하는 보편적 수단이나. 아울러 인공위성의 유용성도 점차 증대되고 있다.

거의 모든 교과목이 원격으로 교육이 진행될 수 있는데, 여기서 한 가지 문제 되는 것은 비용이다. 예컨대 인문학 과목의 경우 인쇄 자료나 오디오 테이프 등의 원격 방식으로 학습하는 것이 직접 대면하는 방식보다 비용 효과가 높다는 점에서 원격 교육이 더 효율적이라 볼 수 있다. 실습이 포함된 과목은 약간의 문제가 있으나 컴퓨터 보조 학습의 도입, 비디오테이프의 활용, 학생에게 실험기재 전달 등의 방식으로 문제점을 해소할 수 있다. 또한 많은 학생이 그들의 직장에서 실재적 경험을 획득함으로써 실습의 문제를 완화할 수 있다.

통신 교육 코스는 기본적으로 과제물을 중심으로 짜여 있다. 각 과목은 1주 혹은 2주 단위의 과제물로 구성되며, 단원별로 편집된 과제물은 학생이 학습해야 할 새로운 내용을 알려주고 상세한 필독서 목록을 제시한다. 또한 적절한 예와 함께 연습 문제가 나열되어 있어 학생은 이 연습 문제를 푼 뒤 가정방문 교사를 통해 수정받을 수 있다.

통신 교육 보조 활동으로 가장 중요한 것은 라디오 방송이다. 호주의 방송위원회는 다양한 일반 교육 프로그램을 방송한다. 오지에 사는 학생들이 이 방송을 청취하는데, 통신 교육을 받는 학생들은 라디오 방송 청취에 필요한 해설서를 미리 받는다. 이에 덧붙여 각 주의 방송국들은 특별히 통신학교 학생들을 위해 제작된 프로그램을 방송한다. 이 프로그램들은 통신 교육과정의 보완적 역할을 하며, 교사, 학생, 장학사 간의 관계를 강화하는 데에 목적을 둔다. 통신학교 학생의 학업 성취에 관한 학습 평가는 우선 자기 교정 시험에 의해 이루어지는데, 이 시험으로 학생 개개인에 대한 객관적인 정보를 얻을 수 있다. 이외에도 세 차례에 걸친 평가 보고가 이루어진다. 1차는 6개월에 한 번씩 주기적으로 실시하며 담임교사에 의해 학생에 대한 보고서가 작성된다. 2차는 각 교과 교사에 의해 평가 결과가 보고서로 제출되며, 3차는 지역 담당 교사에 의해 평가 보고서가 작성된다.

교내 및 교외 학습은 같은 교육과정을 따른다. 따라서 같은 시험으로 평가받고, 같은 교사에 의해 배우며, 같은 자격을 받는다. 이 자격 인정은 호주 원격교육의 가장 큰 장점으로서 졸업장에 어떤 방식으로 공부했는가에 대한 별도의 언급이 없다.

5. 학습 지원 방식

호주의 학습 지원 서비스는 과제물에 대한 피드백 절차, 대면 지도, 가정방문, 카운셀링과 가이던스, 기타 특별활동으로 나누어 볼 수 있다. 각각의 내용을 살펴보면 다음과 같다.

- **과제물에 대한 피드백 절차**
  - 서면으로 된 과제물은 우편으로 전달한다. 제출된 과제물은 원격교육센터로 일괄 접수된다. 지원 담당 직원들이 이 과제물을 교사에게 배부한 후 채점된 과제물을 수합해 학생에게 반송한다. 긴급한 도움이 필요한 학습자는 언제라도 접수되면 신속한 도움을 받을 수 있다.
  - 서면으로 되지 않은 과제물은 타이프나 구두 전달, 이야기, 질문, 기타 정보 형태로 과제물을 완성할 수 있다. 또한 교사를 상대로 한 수신자 부담 형태의 전화 통화가 어느 지역에서나 가능하므로 전화를 이용한 피드백도 있다.
- **대면 지도 :** 지역 담당 교사와 순회교사가 학생을 직접 만나 지도한다.
- **가정방문 :** 다양한 유형의 방문 교사가 가정방문을 하고 보고서를 작성하여 교과 담당 교사에게 전달한다.

- **카운셀링과 가이던스 :** 원격 교육을 등록할 때 학생은 이전 학력 사항에 대한 기록을 제출해야 하는데, 이를 기초 자료로 코스 이수 중의 학업 문제를 상담하며 방문 상담도 가능하다.
- **기타 특별활동 :** 학생들의 자발적인 참여로 학교 캠프나 휴일 행사, 클럽 활동 등이 이루어지는데, 통신학교에서 발행하는 신문에 이러한 활동들에 대한 정보가 게재된다.

이처럼 호주의 원격교육은 지역 실정에 알맞도록 잘 체계화되고 실효성 있게 실천됨을 알 수 있었다. 광활한 국토에 몇 백 킬로미터씩 떨어져 외딴집에 사는 호주의 자녀들을 교육하기 위해서는 이와 같은 방법 외에는 다른 방법이 없다고 생각되었다. 많은 방문객이 교무실을 방문해서 여러 가지를 관찰하고 질문해도 현지 선생님들은 자기 업무에만 열중하고 있었다.

6월 18일(연수 4일 차)

오던 날부터 가이드가 자랑한 최대 해양 스포츠 공원이라는 씨월드공원에 갔다. 돌고래쇼, 입체 영화, 수상 스키 등 관광객을 위한 여러 가지 볼거리를 보았지만, 다른 시역이나 TV로 볼 수 있는 것들이라 식상했고, 별다른 흥미가 없었다. 역시 여행은 그 나라 고유의 풍습이나 삶의 모습을 봐야 값진 것이라 느껴졌다.

해변에 서식하고 있는 박쥐 떼들의 모습에서 새로운 것을 발견했다. 모든 날개는 털로 이루어진 줄 알았는데 박쥐의 날개는 얇은 살갗으로 되어 있었다. 발톱 역시 날카롭고 많이 휘어져 거꾸로 있기에 편리하게 되어 있었고, 암수가 배설할 때 매달려 있는 모습이 달랐다.

그리고 동물만 기생하는 것이 있는 줄 알았는데 식물도 기생하는 나무가 있었다. 오래된 나무는 기생하는 나무가 본 나무보다 더 큰 자리를 차지하고 있었다.

석식 후 브리즈번을 떠나 시드니행 비행기를 탔다. 브리즈번에서 시드니까지는 약 천 킬로미터 정도인데 비행기로 1시간을 갔다. 호주 땅이 얼마나 넓은지 다시 한번 실감했다.

시드니에 도착하니 가이드가 대기하고 있었다. 브리즈번의 가이드가 거칠고 힘차 보인다면 시드니 가이드는 말끔히 생긴 얼굴에 차분한 목소리로 교양이 넘쳐흘렀다. 늦게 도착하는 여행객들을 위해 차안에서 방 배치 안내서를 주어 도착하는 즉시 자기 숙소로 갈 수 있게 했다. 몇 마디 주고받으니 그의 치밀함과 해박한 지식을 짐작할 수 있었다.

6월 19일(연수 5일 차)

시드니의 기후가 브리즈번에 비해 더 춥다는 이야기를 듣기는 했지만, 어젯밤 차안에서 비가 오지 않을 것이라는 가이드의 말을 듣고 긴팔 옷만 입고 블루마운틴으로 향했다. 가는 도중 차창으로 겨울철 파카를 입은 사람들을 보고 큰 낭패라 생각했다. 더구나 목적지에 도착하니 예상외로 비까지 내려 추위는 더했다.

가는 도중 한 고을에서 축제를 한다기에 계획에도 없이 관람했다. 그런데 뜻밖에도 한 선생님이 길을 잃어 우리는 1시간 이상 차안에서 대기해야 했고, 많은 선생님이 그 선생님을 찾기 위해 거리를 헤맸다. 약간 놀라기는 했지만 다행히 잘 수습되었고, 놀란 그 선생님이 걱정되었다.

블루마운틴은 거대한 계곡이었다. 수억 년 동안 인적이 없었을 계곡이리라. 웅장한 신의 소리가 들리는 듯했다.

중식으로 호주인들이 즐겨 먹는다는 바비큐를 먹기로 했다. 교민들이 우리 식성에 알맞게 김치, 된장, 고추장 등을 준비해 주었다. 쌀쌀한 바람과 비를 맞으면서도 맛있게 먹었다. 역시 한국인은 한국 음식을 먹어야 하는가 보다.

오후에는 동물원에 들러 호주의 상징인 캥거루, 코알라 등의 동물을 구경했다. 수족관에서는 갖가지 물고기를 관람했다. 수족관의 설계가 묘했다. 바다와 연해 만들었는데, 바다 위에 만들었는지 바다 일부분을 차지한 것인지 또는 바닷속에 만들었는지 구분이 되지 않았다.

밤은 무척 무료했다. 일찍이 숙소에 들어왔지만 어떻게 시간을 보내야 할지 몰랐다. 의사소통도 되지 않는 곳에서 함부로 시내를 배회할 수도 없고, TV도 시청할 수 없었다. 이럴 땐 독서가 제격인데 책 한 권 가져오지 않은 것이 후회스러웠다.

6월 20일(연수 6일 차)

오늘의 첫 일정으로 세계 3대 미항인 시드니항과 코발트빛 바다와 어우러지는 오페라하우스에 갔다. 바다인지 강인지 호수인지 분간하기 어려운 곳 옆에, 썰어 놓은 오렌지 조각에서 그 디자인이 유래되었다는 오페라하우스가 있었다. 오페라하우스는 호주인의 자랑이자 긍지다. 이 건물은 호주 사람은 예술을 사랑한다는 인상을 세계인에게 심어주었다고 한다. 또 많은 관광객을 유치하는 효과도 있나고 한다. 우리나라 소프라노 가수 조수미도 이곳에서 열창했다.

오후에는 미술관에 들러 19세기 말 또는 20세기 초의 여러 유화와 수백 년 전의 중국, 일본, 네팔, 인도 등의 도자기와 불상을 관람했다. 그러나 우리 미술품은 한 점도 없는 것이 아쉬웠다. 역시 예술은 길고 국가의 상징이라는 것을 실감했다.

해외여행을 가면 쇼핑하는 것이 상례인데, 호주에서도 예외는 아니었다. 쇼핑은 부정적인 면이 많은데 여기에서는 그런 느낌이 들지 않았다. 가이드의 진실이 풍기는 언어와 그의 애국심 때문이었다. 가이드 왈. "물건을 살 때 절대로 영어로 말하지 말라"는 것이다. 우리말로 주문해야 호주인들이 답답해서 한국인을 점원으로 고용한단다. 우리는 그의 애국심에 아낌없이 손뼉을 쳤다.

종종 매스컴으로 해외여행으로 외화가 많이 낭비된다는 보도를 접하곤 한다. 그러나 그건 단견이라는 생각이 든다. 외화는 흘러가지만, 외국에서의 활동 반경이 커질수록 우리는 그만큼 알려진다. 여행객이 많아지면 그 손님을 받기 위해 한국인을 더 고용해야 하고, 더 고용해야 하는 만큼 그 나라에서는 한국인이 더 필요하다. 세계 곳곳을 한국인이 많이 진출하면 국력은 그만큼 커질 것이다.

시드니 오페라하우스

1960년대 동서 냉전이 심하고 인구가 폭발적으로 증가해 자원 고갈이 염려될 때 교황께서는 사람들이 얼마든지 아이를 낳아도 잘 살 수 있도록 미지의 땅을 개척하는데 주력하라고 말씀하셨다. 호주의 이 광활한 대지 위에 인구는 겨우 2천만 명이라 하니, 우리나라 사람들 많이 이민 와서 이곳의 발전에 도움을 주고 잘 살면 좋겠다는 생각이 들었다. 호주도 좋아지고, 우리의 국력도 커나가는 것 아닌가. 여기뿐만이 아니다. 지구의 한 편에는 미개발 지역이 많다.

자국의 위정자들이여, 자국의 이익을 위해 전쟁하지 말고 미개발지 개척으로 모든 인류가 잘 살 수 있도록 평화정책을 실행하소서.

6월 21일(연수 7일 차)

공식 일정에 의해 트리니티 그래머 스쿨을 방문했다. 100년 전통이 있는 명문 사립학교라고 한다. 우리나라 유치원, 초등학교, 중학교, 고등학교에 해당하는 학교가 한 캠퍼스 안에 있었고, 부분적으로는 분교 식으로 나가 있다고 한다. 우리가 방문했을 때는 특별활동에 해당하는 교육과정이 7일 동안 계속되고 있어 특기별 활동을 하느라 학생이나 교사들이 거의 없었다.

체육실에 가보니 해마다 있었던 럭비, 축구, 농구 선수들의 사진이 벽에 걸려 있었다. 또한 건물에 가보니 그 많은 졸업생의 모습이 한 장의 사진에 찍혀 연대별로 걸려 있었다. 운동선수나 졸업생들이 자기 모교를 방문했을 때 자기 사진을 보고 어떤 감회일까 하는 생각이 들었다.

오후에는 TAPE(메도뱅크 칼리지)를 방문했다. 호주에는 130여 개의 TAPE에 1,200개의 학과가 있어 다양한 프로그램이 운용되고 있다고 한다. 호주의 시니어 스쿨은 우리나라 고등학교 과정과 같다. 시니어 스쿨 2학년 때 엘리트 대학으로 일컬어지는 일반 대학과 기술 대학이라 할 수 있는 TAPE 대학을 선택한다고 한다.

일반대학에 진학하려면 시니어 스쿨 2~3학년 과정을 다 마쳐야 하는데, 1학년 때까지 무료였던 수업료가 2~3학년 때는 연 1만 5,000호주달러 정도의 많은 돈을 내야한다. 따라서 일반 대학 진학은 20퍼센트 정도밖에 되지 않는데, 졸업은 그 20퍼센트 중에서도 20퍼센트 정도밖에 할 수 없단다. 그러므로 재능이 있는 학생 외에는 대부분 TAPE 대학에 진학한다.

TAPE 대학은 산학 협력체 같은 대학으로 우리나라 산업대학과 비슷하다. 우리나라는 실업계 고등학교, 전문대학, 기능대학, 산업대학, 일반대학 이공계 등 기술학교가 다원화 되어 있는데, 호주는 TAPE로 일원화되어 있는 셈이다. TAPE 대학은 독립적으로 설계된 모듈에 따라 학습 받고 평가 받는다. 각 캠퍼스가 최대한 자율적으로 운영될 수 있도록 하면서도 이주 등의 이유로 다른 지역 TAPE 대학으로 전학해야 할 경우 쉽게 전학이 이루어질 수 있도록 운영되어진다고 한다. 즉 독립성을 인정하면서도 정해신 틀에 따라 전학과 입학이 쉽게 이루어지는 것이다. 학교의 입·퇴학도 어느 때나 가능한 평생교육 형태이며, 교수진도 산업체의 전문가를 영입한다.

이러한 제도는 대학 입시로 시달리는 학생과 사교육비에 허덕이는 우리나라 교육에 시사하는 바가 크다고 생각되었다. 호주의 학생들은 자기 능력에 따라 일찍이 일반 대학과 TAPE 대학 중 선택해 능력을 키운다. 어떤 재능이든 자기의 재능에 자긍심을 가질 것이다. 또한 입학과 퇴학이 언제나 가능해서 과외 공부 없이도 재능 연마에만 충실할 수 있을 것이다. 자기 재능에 자긍심이 많으면 학연에 연연하지도 않을 것이다. 사회도 개인의 능력만 중요시할 뿐 학벌은 중요시하지 않을 것이다.

지상의 마지막 에덴동산이라는 호주여 부럽다.

그러나 우리 민족도 자랑할 만한 두뇌와 끈기와 부지런함이 있다.

02. 서부 유럽 여행기

- 여행지 : 서부 유럽 6국
  (독일, 오스트리아, 이탈리아, 스위스, 프랑스, 영국)
- **여행사 :** 롯데관광 투어
- **여행 인원 :** 31명(가이드 이금재, 유럽명 이세레나)
- **여행 경비 :** 1인 300만 원(풀옵션 포함)

2017년 11월 3일부터 14일까지 10박 12일간 집사람과 함께 서부 유럽을 여행했다.

여행 동기는 북부 유럽 6국(노르웨이, 덴마크, 스웨덴, 핀란드, 러시아)과 발칸반도 5국(슬로베니아, 크로아티아, 몬테네그로, 보스니아, 세르비아)은 돌아보았으나 꼭 가봐야 할 서부 유럽을 보지 못했기 때문이다. 많은 사람이 서부 유럽을 먼저 봐야 한다고 한다. 찬란한 문화 때문일 것이다. 옳은 말이다. 짧은 인생 동안 견문을 많이 넓히는 것이 학습에도 효과가 있고 인생에도 도움이 될 것이다.

또 하나의 동기는 집사람이 교회 사람들과 지난여름에 베트남과 캄보디아를 갈 계획이었으나 팔목 골절 때문에 가지 못했기 때문이다. 마지막으로는 집안에 자잘한 어려움이 발생하고 아들의 직장과 관계되는 시국의 비판들이 지나쳐 불쾌한 감정도 풀 겸 간 것이다. 죽기 전에 한 곳이라도 더 보자는 강박관념도 작용했다. 여행 많이 한다고 천당행에 도움이 되는 것도 아닌데.

우리 부부는 외국 여행을 많이 한 편이다. 나는 20여 차례 30여 국을 관광했고 집사람은 더했다.

11월 2일, 딸에게 줄 여러 가지 물건을 싣고 평촌 딸네 집에 갔다. 저녁에는 사위가 횟감을 사가지고 왔다. 성의는 고마웠으나 저녁 잠자리 술은 삼가는 편이라 간단히 한잔만 했다.

11월 3일(여행 1일 차)

아침 9시에 여유 있게 사위의 고급 승용차를 타고 인천공항으로 갔다. 가이드와 만나기로 한 10시에 맞춰 공항에 도착했다. 가이드의 문자를 대충 본 탓으로 중요한 핸드폰 충전기 선과 이어폰을 가져오지 않았다. 이어폰은 현지에서 배나 비싸게 샀다. 충전기 선은 핸드폰을 사용하지 않을 목적으로 사지 않았다. 그런데 이것이 여행 동안 많은 어려움을 주었다. 또 여행 가방을 가볍게 한다고 작은 가방 하나만 가지고 가서 불편했고, 가방 열쇠를 잃어버려 로마에서 비누를 도난당하는 속상한 일을 겪었다.

수속을 마치고 계획된 시간보다 한 시간 늦은 시각인 2시쯤 이륙했다. 그리고 바로 기내식으로 점심을 먹었다. 독일 함부르크까지는 12시간의 긴 비행이다. 장시간의 비행시간을 지루하지 않게 보내는 방법은 식사 시간에 술 몇 잔으로 취하고, 한잠 잔 후에 독서나 영화 관람으로 시간을 보내는 것이다. 하여 식사 시간에 캔 맥주 하나와 위스키 한잔을 마셨다.

그런데 생각했던 것보다 잠이 오지 않았다. 영화를 보고, 비행 상황을 보다 창밖을 보니 오후 늦게 벌어지는 모습이 장관이었다. 중국의 사막지대, 러시아의 빙산, 간간이 보이는 민가들. 눈요기가 이만저만이 아니었다. 지구 자전에 의해 비행기가 해를 따라가는 것처럼 보이니 해는 몇 시간이고 그 자리에 있는 것 같았다. 하루 중 가장 아름다운 모습은 석양 무렵이라는데, 그 모습을 몇 시간이고 볼 수 있었다.

독일 시각으로 6시쯤 함부르크에 도착했다. 공항 밖에는 차량이 대기하고 있었다. 우리는 바로 호텔로 가서 여장을 풀었다. 여행 전, 롯데관광에서 여행비가 싼 관계로 2급 호텔이라는 말에 많이 걱정했었다. 우리 나이에는 잠자리와 식사가 좋아야 하는데 계약이 2급이라니 얼마나 푸대접을 받을까 걱정이 됐던 것이다. 그런데 서유럽은 1급이나 2급이나 별 차이가 나지 않고, 또 롯데라는 브랜드가 있으니 염려하지 않아도 된다는 말을 듣고 왔다. 와서 보니 듣던 대로 첫날밤의 잠자리와 식사는 생각보다 좋았다.

11월 3일(여행 2일 차)

호텔식으로 간단히 식사하고 승차했다. 기사는 주세페라는 로마인이었다. 30대 초반의 차분하고 건강한 기사였다. 자기 차를 매우 아낀다고 가이드가 말했다. 공식적인 가이드 소개와 기사 소개가 있고, 유럽 여행 시 가장 신경질이 나는 음료수와 화장실 이야기를 해주었다. 유럽 쪽은 석회수라 절대로 한 모금이라도 수돗물을 마셔서는 안 된단다. 마시면 바로 설사한단다. 로마인들은 석회수로 머리를 감기 때문에 모공이 막혀 대머리가 많다는 이야기도 덧붙였다. 그래서 물을 사 마셔야 하는데, 그 생수값이 작은 한 병(두 컵 정도)에 1유로

(한화 1,300원)란다. 화장실도 한 번 사용하는데 1유로라 한다. 가장 기초적이고 생리적인 일에 이렇게 돈을 내라니 마음 편할 리 없었다. 더구나 나는 유로와 달러에 트라우마가 있다. 1966년 월남 참전 목숨 수당이 1개월에 53불이었다. 그런 트라우마로 1달러, 1유로는 엄청난 돈이라 각인되어 돈을 쓰지 못하는 습관이 있었다. 이는 여행 시 집사람의 마음을 상하게 하곤 했다.

버스는 탁 트인 편도 5차선 아우토반 도로를 달렸다. 아우토반 도로는 독일의 자랑거리 중 하나로 세계에서 두 번째로 만들어진 고속도로다. 박정희 대통령이 이 도로를 시찰하고 우리나라 경부고속도로를 만들었다. 아우토반은 속도 제한이 없다. 그러나 버스는 100킬로미터 이상을 달릴 수 없다고 한다. 아우토반 도로가 그런 것이 아니라 대형 사고를 막기 위해서 그렇단다. 추월하는 차는 반드시 추월선을 이용해야 한다고 한다. 그런데 이 도로엔 오토바이도 달리고 있었다. 도로법에 허용되나 보다. 도로를 중심으로 거의 같은 높이의 야산이 끝없이 펼쳐졌다. 고속도로변 산이라 항상 가꾸는지 잘 정돈되어 있었다. 골프장 잔디밭처럼 푸른 잔디와 메타세쿼이아 같은 수종이 노랗게 물들어 있었다.

첫 관광지 하이델베르크까지는 1시간 30분 정도 걸렸다. 도착해 가장 먼저 눈에 띄는 것은 맑은 물이 흐르는 네카강과 그 강변에 있는 가로수였다. 강이 도심을 가로질러 흐른다고 한다.

먼저 고성으로 향했다. 성에 오르기 전 주변 건물들을 보았다. 중세 때부터 지어진 5층 건물들이 줄지어 빼곡히 늘어서 있었다. 도시 계획에 맞춰 지어진 것처럼 보였다. 옛날엔 마차길이었을 도로가 건물을 사이에 두고 있었다. 도로 폭이 상당히 넓다. 차도 다닐 수 있어보였다.

하이델베르크는 대학이 많은 도시란다. 중세 때부터 세워진 대학들에서 법률가, 철학가, 문학가, 과학자 등 많은 인물이 배출되었다 한다.

성 가까이에 버스를 주차하고 케이블카를 타고 고성에 올랐다. 이 성은 도시국가였던 중세 때 왕궁으로 쓰였는데, 난공불락의 성이었다고 한다. 그러나 대포가 발명되면서부터 성이 많이 파괴되었단다. 복원을 거듭하면서 산 낮은 곳으로 이주했고, 2차 세계대전 때 파괴된 것은 그대로 보존하고 있다 한다. 다시는 히틀러와 같은 사람이 있어서는 안 된다는 교훈을 후손들에게 주기 위해서일 것이다. 독일인의 역사의식을 확인할 수 있는 대목이었다.

성안에 참나무 130그루로 만든 22만 리터짜리 대형 오크통 두 개가 있었다. 전쟁 시 물이 떨어지면 포도주로 대용하기 위해 만들어 놓았다 한다. 통 주위를 도는 데만 몇 분 소요되었다.

성에서 네카강을 바라보니 더 아름다웠다. 네카강 주변에 가로수가 있었다. 그 가로수 따라 오솔길이 있었는데, 괴테의 산책로였을 것이라는 생각이 들었다.

성에서 바라본 네카강

다시 네카강가로 내려와서 강 다리 입구에 있는 구리로 만든 원숭이 상과 쥐 상을 보았다. 이곳에서 원숭이는 지혜를, 쥐는 다산을 상징한다. 맑은 네카강 물에 손을 담그고 괴테의 작품 《젊은 베르테르의 슬픔》을 생각해 보았다. 이루어질 수 없는 사랑에 힘들어하던 베르테르가 자살한 곳이 여기가 아닌가 하는 생각이 들었다. 그 소설이 발표된 후 사랑에 실패한 많은 젊은이들이 자살했다는데, 이를 베르테르 효과라 한다. 롯데그룹의 신격호 회장님은 이 소설 여주인공 롯데의 이름을 따서 롯데라는 상호를 만들었다고도 한다.

점심을 먹고 인스브루크로 향했다. 인스브루크는 오스트리아의 도시다. 장장 4시간이 걸린다 한다. 차창 너머로 정돈된 골프장 같은 잔디밭과 아름답게 물든 노란 단풍이 끝없이 펼쳐졌다. 2시간 달리다 화장실이 있는 곳에서 15분간 쉬었다. 유럽은 반드시 2시간 운행하고 15분 쉬고, 다시 2시간 달리고 30분 쉬어야 한단다. 승객의 안전을 위해서 그런 교통 법규를 만들었으며, 이를 위반할 때는 100만 원 정도 범칙금이 부과된다. 그래서 그런지 승객이 화장실을 다녀오고 모두 승차했어도 아직 3분이 남았다며 출발하지 않았다.

승차에 앞서 가이드한테 "옷깃만 스쳐도 영겁의 인연이 있다는데, 12일간 같이 생활하니 서로 인사를 해야 하지 않겠느냐?"며 수인사하기를 제안했다. 그러자 나보고 먼저 하란다. 못 할 것도 없지. 마이크를 들고 주소지, 이름, 과거 직장에 관한 이야기, 들고 있는 책의 독서 권장 등 신상을 털을 대로 털었다. 나이가 1944년생 74세라 하니 몇몇 분은 놀라는 기색이었다. 자기들과 연령 차가 커서 그랬을 것이다. 이제는 어디를 가더라도 여행객 중 항상 고령이다. 경험으로 이런 단기간 여행 시에는 신상을 많이 터는 것이 좋다. 그래야만 다른 사람도 자기 신상을 털고 그로 인해 가까워지기 때문이다.

여행객의 구성은 남자 7명과 여자 23명이었다. 남자 7명은 모두 부부간이므로 16명의 여자는 모녀, 자매, 이모와 조카, 친우들, 독신 등으로 구성되어 있었다. 여자들이 많은 탓으로, 그것도 처녀들이 있는 관계로 수인사는 하다가 멈추었다. 나 못지않게 거침없는 입담으로 수인사하는 친구가 있었다. 연천에서 블루베리 농장을 하는 김정근이란 분인데, 책을 많이 읽었는지 아는 것도 많았다. 며칠 지나 느낀 바이지만, 그분의 안식구는 어여쁜 얼굴에 음성도 부드럽고 행실도 바랐다. 부부의 금실도 좋게 보였다.

인스브루크에 도착해 바로 호텔 아닌 호텔로 가 여장을 풀었다. 우리나라의 1층이 유럽에서는 0층이다. 0층에서부터 4층까지 복도는 물론 침실까지 검붉은 바탕에 붉은 꽃잎 무늬의 카펫이 깔려 있었다. 청소하기 싫은 게으른 사람이나 사용할 카펫이었다. 검붉은 카펫이 깔린 좁은 복도는 저승길 같았다. 기분이 몹시 나빴다. 샤워하다 물이 침실까지 흘러 그 물을 수건으로 적시고 짜고를 반복해서 제거했다. 아침에 일어나니 모든 사람이 이곳에서 잔 것을 자존심 상한다 했다.

11월 5일(여행 3일 차)

식사 후 서둘러 인스브루크의 중심지이자 최대 번화가라는 마리아 테레지아 거리로 갔다. 도시국가 시대의 궁궐이 있었고, 그 지붕은 금으로 도금되어 있었다. 그 궁궐 앞에는 축구장 넓이의 광장이 있었고, 궁궐 옆 돌로 포장된 곳에는 꽤 높은 전나무가 있었다. 이런 도심에 무슨 전나무인가 이상하게 생각하고 자세히 보니 크리스마스트리를 만들기 위해 땅을 파고, 벤 나무를 세워 놓은 것이었다. 11월 초인데 벌써 크리스마스를 준비하는 것이다. 그들이 얼마나 기독교 신앙이 깊은가를 짐작할 수 있었다. 광장 변두리엔 중세 때 지었다는 5층 건물이 있었다. 0층은 상가이고 1층에서 4층까지는 아파트다. 그러니까 주상복합 아파트인 셈이다. 중세 때 건물이라 층계 입구는 손때가 많이 묻어 있었고, 각 층에는 주인 명패가 있었다.

대충 관람하고 베니스로 가기 위해 승차했다. 음악의 나라 오스트리아에 대한 기대를 가지고 왔는데 모차르트의 냄새도 맡지 못하고 떠나야 했다. 수도 빈이 어디쯤 있느냐고 가이드에게 묻자 멀다는 말만 한다. 이렇게 볼 바에야 관광국에 넣지를 말지. 얄팍한 상술이 미웠다.

여기서 베니스는 5시간이 걸린다 한다. 베니스는 영어명이고, 이탈리아 말로는 베네치아다. 이탈리아에서는 고속도로 휴게소에서 화장실에 가면 요금을 받지 않는다고 한다. 한 의원이 요금을 폐지하는 대가로 화장실을 마트 안에 두고, 마트의 입구와 출구를 달리 만들어, 반드시 마트 물건을 보게 하고 물건을 사도록 유인했다고 가이드가 말했다. 덧붙여 이름 있는 커피 이름(라테)과 아이스크림도 알려주었다. 2시간 동안 가면서 이탈리아와 관계되는 음악도 들려주었다. 중간에 버스에 내려 화상실에 가기 위해 마트에 가니 가이드의 말이 옳았다. 지루했던지 관광객 모두가 커피 한 잔씩은 했다.

다시 승차하고 가자니 어떻게 지루함을 달랠지 걱정이었다. 가이드의 목도 아플 것이다. 북부 유럽 여행 시 겪은 일이지만, 장시간 비행기를 타는 것도 힘들지만 버스도 마찬가지다. 이를 대비해서 하모니카를 준비해 가지고 갔다. 늙으면 학력도 미모도 돈도 별 의미가 없다. 체면도 큰 문제가 없다. 해서 거침없이 〈오빠 생각〉, 〈바우고개〉, 〈황성 옛터〉 세 곡을 불렀다. 의외로 반응이 좋았고 재창을 요구한다. 〈돌아오라 소렌토로〉와 〈아 목동아〉는 런던 가면서 더 부른다고 사양했다.

베네치아에 도착하니 현지 가이드에게 인계되었다. 가이드 이름이 안동 권씨에 조선 태종과 같다면서 권태종이란다. 작달막한 키인데, 임기응변이 능하고 언어감각이 좋아 많이 웃겼다. 가이드 중 가끔 노래를 부르는데, 전문 성악가라는 생각이 들었다. 성악 공부를 하기 위해 이탈리아에 유학 왔고, 돈을 벌기 위해 현지 가이드를 한다고 했다. 서부 유럽 현지 가이드는 음악, 미술을 전공한 유학생이 대부분이란다. 왜 예술가들이 서유럽 쪽에 모여드는가를 여행하면서 알았다.

베니스에 가까이 이르자 도시 가까운 곳에 그리 높지 않은 두 산봉우리가 있었다. 두 봉우리를 가리키면서 한 봉우리에 있는 성은 로미오 집이고, 다른 한 산봉우리에 있는 성은 줄리엣 집이라 한다. 그러면 저곳이 로미오와 줄리엣이 살던 베로나인가 자문했다. 또 한편으론 〈베니스의 상인〉에 대해서도 이야기하면 아는 만큼 잘 보이는 여행이 될 텐데 하는 아쉬움이 있었다.

베네치아는 해상도시다. 4세기 훈족이 쳐들어와 남녀노소를 막론하고 무자비하게 살상하자 이들 기마병의 침략을 피하기 위해 자구책으로 개펄이 있는 늪지대에 수없는 기둥을 박고 집을 지어 이룬 도시가 베네치아라 한다. 대부분의 전쟁은 군인인 남자만 살상하는데, 남녀노소를 가리지 않고 죽여서 싸워보지도 않고 항복했다고 하면서, 몽고군의 무자비한 정복전쟁을 간접적으로 비난했다. 몇 년 전 발칸반도를 여행하면서 불에 타다 만 성모마리아 상을 본 적 있는데, 훈족(몽고군)의 무자비함을 알리기 위해 지금까지도 그대로 놓아둔 것이라 했다. 불에 그슬린 성모상 옆에 켜 있는 촛불이 당시의 슬픔을 비춰주는 것 같았다.

11월인데도 비바람이 몹시 불었다. 지중해성기후인 이곳은 지금이 우기여서 매일 비가 온다 했다. 발칸반도 여행 시 비바람으로 고생한 적이 있어서 나는 튼튼한 우의를 챙겨 왔는데 집사람은 색깔이 마음에 들지 않는다고 작은 우산만 가지고 와서 많은 어려움을 겪었다. 다른 사람도 1,000원짜리 비닐 우의를 많이 가져왔는데, 무용지물이었다.

몰아치는 비바람으로 수상택시를 탈 수 있을까 걱정되는데 위험을 무릅쓰고 그대로 진행한다. 자그마한 배에 여덟 명이 탄다. 모두 빠질까 긴장한다. 나는 긴장을 풀어주기 위해 하모니카로 〈등대지기〉를 불러주었다. 모두 박수치는 것을 보니 긴장이 풀렸나 보다.

강 위에 집을 지은 베니스

현지 가이드 말로는 건물 1층의 바닥은 지구온난화로 바닷물의 수위가 높아지면서 물에 잠겼다 한다. 건물 한 채가 200억 원 내지 300억 원을 호가하는 것도 있다 한다. 어떤 건물은 미술관이고, 또 어떤 건물은 호텔인데, 그곳에서 먹는 밥 한 끼가 수백만 원이라 한다. 베니스에서는 차도, 청소차도, 자장면 배달도, 우편물도, 밖에 나가고 들어오는 것이 모두 배란다.

건물과 건물 사이를 오가는 것은 '곤돌라'라는 배다. 노를 저어 이용하는데, 큰 바가지 정도 크기의 배다. 곤돌라 운행자는 베네치아 출신만이 할 수 있는데, 전문대학에서 공부하고 자격증이 있어야 한다고 한다. 연봉이 한화 7억 원 정도 된다고 한다. 베네치아 사람들은 소득도 많고, 물가도 비싸며, 이탈리아에서 가장 부자란다.

수상택시를 타고 난 다음 곤돌라를 탔다. 30분 타는데 50유로다. 한화로 6만 5천 원이다. 비바람이 몰아치는데도 이 옵션을 그대로 진행한다. 그들의 수익과 관계되기 때문일 것이다. 다행히 우리 부부는 이 옵션을 선택하지 않아 주위 상가를 30분 동안 모두 구경했다.

베네치아에 있는 산마르코 성당

비바람이 몰아치고 날씨가 어두워지는데도 산마르코 광장, 산마르코 성당, 두칼레 궁전, 탄식의 다리를 아니 볼 수 없었다. 산마르코 성당은 세계적으로 유명한 성당이다. 828년 베네치아의 수호성인 마르코의 유체를 모시기 위해 창건되었다. 927년 화재로 유실된 후 1063년 10년에 걸쳐 복원공사를 진행한 끝에 현재에 이르렀다고 한다. 로마네스크 양식과 비잔틴 양식이 혼합된 건물로 둘레는 330미터이며, 다섯 개의 비잔틴 돔으로 되어 있다. 17세기에 이어 18세기에 제작된 천장의 모자이크는 사원의 창건 유래가 표현되어 있으며, 금박과 보석으로 치장된 황금 제단이 있다.

산마르코 성당 앞에 있는 산마르코 광장은 세계에서 가장 아름다운 응접실이라고 나폴레옹이 극찬했다 한다.

두칼레 궁전에서 베니스의 도시국가 공의회가 죄인을 공판하면 탄식의 다리를 건너 감옥에 수감되는데, '다시는 나올 수 없다' 해서 탄식의 다리라고 한단다. 세계에서 가장 바람둥이로 소문난 카사노바도 이곳에 수감된 일이 있었는데, 그는 간수의 아내를 유혹해 감옥의 열쇠를 구해 탈옥했다 한다.

리알토 다리는 운하를 거쳐 수중 건물로 가는 다리인데, 16세기에 대리석으로 만든 아치형 다리다. 그 다리 위의 아름다운 풍경을 보고 작곡한 것이 비발디의 〈사계〉라 한다.

두칼레 궁전은 드제 궁이라고도 하는데, 베니스 총독의 집무실과 최고사법부가 있고, 천국의 유화가 그려져 있다.

날씨 관계로 대중 관광을 마치고 피렌체로 가는 길목에서 식사하고 여장을 풀었다.

11월 6일(여행 4일 차)

아침식사를 마치고 서둘러 관광 준비를 했다. 오늘 여행지는 피렌체다. 베네치아에서 버스로 3시간 30분 거리라고 한다. 피렌체는 인구 15만의 아름다운 계획도시다. 옛날에는 도시국가였다. 도심엔 강이 흐르고 있고, 유럽 여느 도시와 마찬가지로 중세 때 지어진 5층 건물들이 마차길을 사이에 두고 가지런히 있다.

중세는 암흑시대라고 하는데, 암흑시대란 밀라노칙령으로 기독교를 승인(303년)한 콘스탄티누스 대제 때부터 1543년 콘스탄티노플이 터키에 함락된 때까지를 말한다. 근 1000여 년 동안 왜곡된 기독교 사상에 갇혀 인권이 유린되고, 수없이 많은 종교전쟁을 하고, 문화의 발전이 없던 시대다. 그러던 중 루터의 종교개혁과 함께 피렌체에서 문예부흥운동이 일어났는데, 이때부터를 문예부흥(르네상스)시대라 한다. 그러므로 피렌체는 문예부흥의 발상지인 셈이다. 그 시대, 여기서 활동한 화가 및 조각가로는 미켈란젤로, 레오나르도 다빈치, 라파엘 등이 있으며, 문학가로는 《신곡》을 쓴 단테, 정치가로는 《군주론》을 쓴 마키아벨리, 과학자로는 갈릴레오 등이 있다.

좌측부터 피렌체시에서 / 단테 생가에서

피렌체시를 한눈에 조망할 수 있는 곳에서 인증샷을 찍고 두오모 성당으로 갔다.

각 지역마다 가장 큰 성당을 두오모 성당이라 한다. 피렌체의 두오모 성당은 무덤 성당이란다. 르네상스 때 죽은 많은 저명한 사람들이 이곳에 묻힌 까닭이다. 이 성당에 시신이 없는 무덤이 두 곳 있는데, 그 하나가 단테의 무덤이라 한다. 그 당시 단테는 정치적인 압력으로 사형선고를 받고 탈출해 다른 곳(라벤나)에서 사망한 까닭으로 이 성당에 없다. 라벤나에 있는 그의 무덤 앞에는 꺼지지 않는 등불이 있다고 하는데, 그

비용은 단테를 추방한 피렌체시가 속죄하는 의미로 매년 지불하고 있다고 한다. 시신을 돌려주길 바라는데 주지 않는단다.

괴테가 《젊은 베르테르의 슬픔》에서 독일어를 순화했다면 단테는 《신곡》에서 이탈리아 언어를 순화한 공이 크다고 후세의 사가들은 평한다. 그러므로 단테는 이탈리아인의 언어의 고향이다.

단테의 생가에서 인증샷을 찍고 갈릴레오가 다녔다는 성당으로 갔다. 갈릴레오가 '그래도 지구는 지금 돌고 있다'고 말하면서 문을 팍 차고 나왔다는 성당 문을 보았다. 손때가 많이 묻어 있었다. 때 묻은 문을 보며 지구가 돈다는 진리가 믿어지게 된 것이 겨우 500년밖에 되지 않았다는 사실에 놀랐다.

이어 피렌체 시청이 있는 곳으로 갔다. 청사 옆 광장 중앙에서 큰 대리석 덩어리와 미켈란젤로가 조각했다는 다비드상을 보았다. 다비드상 옆에 있는 누더기 옷을 입은 마네킹 남자상을 만지니 움직였다. 깜짝 놀라 자세히 보니 산 사람이다. 그 모습이 어찌나 인자한지 천사 같았다. 아래를 보니 잔돈이 바구니에 놓여 있었다. 엉겁결에 동전 한 푼을 놓았다. 그러자 악수를 청한다. 악수하니 기분이 좋았다. 그러나 내 인색함이 부끄럽고 후회스러웠다.

중식을 먹고 로마로 향했다. 이번에는 4시간이 걸린다 한다. 피렌체에서 로마까지는 세계에서 가장 처음으로 만들어졌다는 고속도로를 탄단다. 고속도로라 하지만 우리나라 4차선 자동차 전용도로 정도밖에 되지 않았다. 가는 도중 몇 군데 상당히 높은 산 위에 마을이 형성되어 있는 것을 보았다. 꼭 성안 마을 같았다. 유럽에 흑사병이 돌 때, 사람들이 산속에 들어가 살면서 마을이 형성되었다고 한다. 그런데 지금은 부자들이 산속에서 많이 산다고 한다. 우리나라도 요즘 테라스하우스를 많이들 선호한다던데, 그 본을 보는 것 같다. 로마에서 살 수 있는 여러 가지 물건에 관해서도 이야기 나누었다. 올리브로 만든 비누며 엑기스, 포도주, 가죽 제품 등등.

로마시 가까운 곳에 여장을 풀었다. 로마시는 아주 만원이라 대부분의 관광회사가 버스로 1시간 거리쯤 있는 곳에 호텔을 잡는다 한다. 멀지만 새 호텔이라 기분이 좋았다. 이곳에서 3일간 숙식을 한단다. 이 정도면 괜찮지 하며 자위했다.

11월 7일(여행 5일 차)

오늘은 기사가 바뀌었다. 유럽 교통법에 며칠간 운행을 하면 하루 쉬어야 한다고 한다. 오늘은 폼페이, 소렌토, 나폴리, 카프리섬 투어 계획이 있다.

소렌토 다음에 카프리섬 그리고 폼페이를 보려 했으나 비바람이 몰아쳐 배를 탈 수 있을지 몰라서 폼페이로 먼저 갔다. 나폴리시에서 12킬로미터 떨어진 곳에 베수비오 휴화산이 있는데, 해발 1,281미터다.

79년 화산이 폭발해 폼페이 시민의 약 10퍼센트인 2,000명의 사람들이 도시와 함께 매장 당했다가 1592년 폼페이시 쪽으로 운하를 파면서 발견되었다. 폼페이시는 그 당시 로마 지배하에 있었는데, 큰 원형극장과 공중목욕탕, 윤락가가 있었고, 도로는 모두 포장되었다고 한다.

지금도 수도관과 우물물을 받는 공중 물받이가 있다. 수돗물은 각 가정으로 들어갔고, 공중목욕탕에서도 사용되었음을 알 수 있었다. 거리는 계획도시처럼 반듯한 길이 나 있고, 도로 주변에 윤락가임을 알 수 있는 집들이 즐비하게 서 있었다. 각 방마나 윤락가 침실로 사용된 흔적이 있었다. 그 당시에는 전기가 없었으므로 공중목욕탕 천정에 햇빛을 끌어들이기 위한 창문이 나 있었고, 온수를 만들 수 있는 난로와 데운 물을 모아 만든 온탕도 있었다. 매우 과학적이다.

당시 사용하던 포도주병도 보았는데, 세련됐고, 토기나 작은 항아리 정도의 크기였다. 동전도 포도주병과 마찬가지로 많이 보존되어 있었는데, 설민석의 책에서 윤락가에서만 사용했다는 동전을 본 기억이 났다.

산 사람에게 순간적으로 펄펄 끓는 현무암이 덮쳐 미라가 된 것도 있었다. 지금도 주위 모두가 현무암 가루로 덮여 있다. 황당하게 죽은 그 당시 사람들의 명복을 빌었다.

그 큰 사건이 구전도 되지 않고 1500년 동안 땅속에 묻혀 있다가 우연히 발견된 것에 한없는 무상함을 느꼈다.

훈족의 침입에 의한 베네치아의 불행이나 폼페이의 불행이나, 그 불행들이 후손들의 자산이 되어 관광 수입으로 편안하게 먹고살게 되었으니 그 역사의 아이러니가 나를 침묵하게 했다.

좌측부터 화산 폭발로 미라가 된 사람과 술병 / 폼페이 거리에서

중식 후 소렌토로 가기 위해 열차를 탔다. 폼페이 관광 시 잠깐 동안 해가 뜨더니 다시 비바람이 몰아친다. 환상의 섬 카프리섬에 갈 수 있을지 의심스러웠다.

소렌토 역에서 내려 선착장으로 가려다 비가 억수로 몰아쳐 알지 못하는 곳에서 비를 피했다. 가이드가 배가 떠날 수 없다며 카프리섬 옵션 120유로 중 70유로를 환불해 준다며 우리 모두에게 동의를 구한다. '소렌토만 왔다가 되돌아가는데 50유로나 받느냐?'며 불평스러웠지만 어쩔 수 없이 동의할 수밖에 없었다. 배에서 부르려 마음먹었던 하모니카도 포기하고 푸른 앞바다만 바라보며 가사만 읊조렸다.

아름다운 저 바다와 그리운 그 빛난 햇빛
내 마음속에 잠시라도 떠날 때가 없도다.
향기로운 꽃 만발한 아름다운 동산에서
내게 준 그 귀한 언약 어이하여 잊을까.
멀리 떠나간 그대를 나는 홀로 사모하여
잊지 못할 이곳에서 기다리고 있노라.
돌아오라 이곳을 잊지 말고
돌아오라 소렌토로 돌아오라.

소렌토 앞바다

얼마나 아름다웠으면 다시 돌아오라고 했을까? 그리운 임에게 간곡히 바란다. 그런데 가이드의 말을 빌리자면 임이 아니라 이 시를 다스렸던 시장님이라고 한다. 시장이 임기를 마치고 떠날 때 다시 돌아오겠다고 약속했으나 돌아오지 않자 이 노래를 시민들이 지어 불렀다 한다. 그리고 이 노래를 듣고 시장이 다시 돌아왔다고 한다.

카프리섬에 가지 못하니 시간이 많이 남았다. 그리하여 시장 구경을 갔다. 견물생심이라고, 좋은 가죽 제품을 보니 사지 않을 수 없어 집사람의 짊어지는 가방을 샀다. 정확히 말해 피렌체 면세점에서 사려다 가방이 너무 작고 값도 비싸서 로마에서 사려 미루다가 이곳에서 샀다. 나도 예쁜 가방을 하나 샀다.

나폴리로 가기 위해 열차를 탔다. 고등학생들도 귀가를 위해 많이 탔다. 아직도 이곳은 열차 통학을 하는 곳이 있단다. 귀가 시간이 3시쯤으로 너무 빠르다고 느껴졌다. 우리나라 인문계 고등학생은 밤 10시까지 학교에서 자율학습을 하는데.

다시 버스로 갈아탔다.

나폴리는 이탈리아에서 푸대접을 받는 곳이란다. 이탈리아의 조폭, 마피아의 본거지란다. 조폭이지만 합법적으로 행동한다고 한다. 그런데 이 조폭이 생긴 데는 슬픈 사연이 있었다. 옛날 나폴리가 작은 시골 마을이었을 때, 한 처녀가 시집가기 전날에 이웃 마을 청년들한테 윤간을 당했다 한다. 이에 분개한 나폴리 청년들이 뭉쳐 복수하고, 그것이 발단되어 마피아 집단이 만들어졌다고 한다. 버스를 해변가에 주차하고 12킬로미터 떨어진 바다 건너 베수비오 화산 인증샷을 찍고 숙소로 돌아왔다.

11월 8일(여행 6일 차)

오늘 기사는 다시 주세페다. 집에서 사랑하는 마누라와 아들을 만나보고 잘 쉬었느냐고 묻자 쉬기 위해서 집에 가지 않았다고 했다. 어찌 그럴 수가.

가이드가 관광을 매우 서둔다. 버스를 타고 1시간쯤 가니 7인승 승합차 다섯 대가 일렬로 서 있다. 한 곳이라도 더 보기 위해 일사불란하게 움직여야 한다고 한다. 여행이 끝나고 안 일이지만, 타임이 조금만 맞지 않아도 바티칸궁전에서 3~4시간 기다리는 것은 예삿일이란다. 서둘러야 여덟 곳을 볼 수 있다고 현지 가이드가 말했다. 현지 가이드는 화가의 길을 걷기 위해 유학을 왔다고 한다.

국내에서도 누구나 알고 있는 콜로세움으로 갔다. 차를 세우고 '진실의 입'을 보았다. 로마시대 위정자들이 반대 여론을 펼치는 사람들을 잡아다 진실의 입에 손을 넣고 사실을 말하면 손이 잘리지 않고, 거짓을 말하면 손이 잘린다고 말하면서 고문했던 곳이다. 영화 〈로마의 휴일〉에서 공주가 손을 넣고 깜짝 놀란 장면이 나온다.

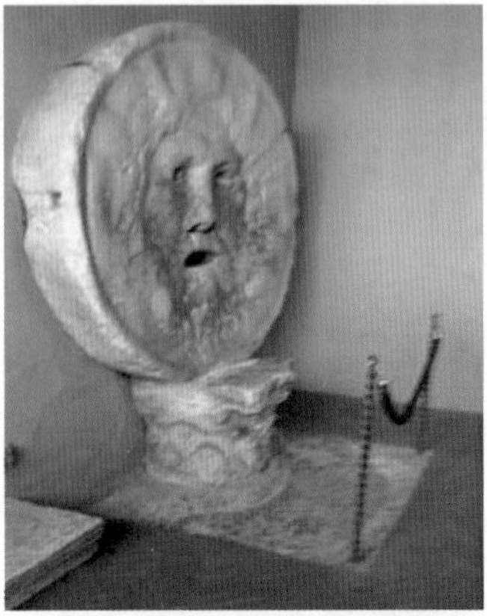

상단부터
진실의 입
콜로세움

'진실의 입'이 있는 곳의 도로 건너편에 불의 신 프로메테우스가 바위를 이고 서 있다. 불을 훔쳐 인간에게 주었다고 제우스의 미움을 받아서 밤새도록 독수리한테 간을 쪼아 먹히고, 없어질 만하면 다시 생겨, 다시 쪼아 먹히는 형벌을 영원히 반복하며 받는 프로메테우스는 로마 초기에 만들었는지 석상이 닳을 대로 닳았다.

화면으로만 보았던 콜로세움 옆에 갔다. 대형 원형극장 콜로세움은 아치형이고, 사이사이가 출입문이 나 있으며, 큰 원기둥이 사이사이를 받쳐주고 있다. 5만 관중이 순간에 들어가고 나올 수 있다고 한다. 그래서 안전사고가 있을 수 없다고 한다. 당시 로마 위정자들이 국민 여론을 스포츠나 연극에 치우치게 하기 위해 만들었다고 한다. 2000년 전 유물이라니 당시 로마 사람들의 찬란한 문화를 엿볼 수 있게 한다. 명불허전이라는데, '모든 길은 로마로'란 의미를 알 수 있을 것 같았다.

콜로세움을 벗어나 한참 가더니 어느 언덕 위로 우리를 하차시켰다.

영화 〈벤허〉에 나오는 마차 경주장

언덕 위에서 아래를 바라보니 잔디밭 사이로 길이 나 있었다. 영화 〈벤허〉에 나오는 마차 경주장이란다. 영화 장면에서 보는 것보다 작았다.

마차 경주장에서 벗어나 콜로세움 쪽을 바라보니 로마시대에 지었던 많은 석조건물들이 반듯반듯한 길 사이로 서 있었다. 어찌 2000년 전 지은 낡은 건물과 길들이 지금 지은 것과 구조상 별 차이 없이 저렇게 서 있을 수 있을까? 찬탄의 말이 절로 나왔다. 허물어진 집들은 허물어진 상태로 보존되어 있었다. 그것이 문화를 보존하는 방법인 것 같았다. 전쟁에 승리하고 온 장군을 기념하기 위해 세워진 개선문도 있다. 마치 로마시대에 사는 기분이었다.

스페인광장에 가니 많은 사람이 있었다. 스페인 대사관의 깃발이 휘날린다.

중식으로 달팽이 요리, 스테이크, 과일과 아이스크림을 먹었다. 12일 여행 중 한 끼 먹는 특식이다. 달팽이 요리가 정력에 좋다고 너스레를 떤다. 로마인 도우미가 한국말을 재치 있게 잘한다.

중식 후 바로 바티칸시국으로 향했다.

궁전에 들어가기 위해 간단한 검사를 받고 이어폰을 받았다. 〈천지창조〉를 설명하기 위해 만들어 놓은 설계도 판 앞에 가서 가이드로부터 아래와 같은 바티칸시국과 〈천지창조〉 그림에 대한 개략적인 설명을 들었다.

로마에 있는 개선문

바티칸시국은 바티칸궁전을 중심으로 산피에트로광장이 있는 남동쪽을 제외하고 중세와 르네상스 시대에 세워진 성벽으로 둘러싸여 있다.

이 성벽들 안이 바티칸시국이라는 작은 나라다. 가장 인상적인 건물은 4세기에 지어 16세기에 개축한 성베드로대성당이다.

바티칸 언덕 지역은 고대 로마인들이 신성시하던 지역이었으나 기원후 40년 경 칼리굴라 황제가 이 지역에 원형경기장을 착공하면서 용도가 바뀌었다고 한다.

원형경기장은 네로 황제 때에 이르러 완공되었는데, 로마 대화재의 범인으로 지목받은 많은 기독교인이 이 경기장에서 순교당했다고 한다. 예수의 제자 베드로도 이 원형경기장에서 십자가형에 처해져 이 지역에 묻혔는데, 이를 기리기 위해 그 묘지 위에 세워진 성당이 옛 베드로대성당이란다. 그런데 인솔 가이드는 정반대의 설명을 한다. 원래 이곳은 로마의 후미진 곳이었고, 내팽개치듯이, 더러운 이곳에서나 죽어 묻히라고 참형했다고 한다. 후자의 말에 일리가 있다. 로마인들이 멸시했던 팔레스타인을 신성한 곳에서, 또는 막 지은 원형극장에서 참형할 리 없다는 생각이 든다.

4세기 이후 바티칸시국은 전 세계 가톨릭을 지배했지만 19세기 이탈리아가 통일국가로 거듭나면서 교황령이 상실되고, 반목을 거듭하다가 라테란조약에 따라 당시 이탈리아 파시스트 정권인 무솔리니로부터 주권을 가진 독립국으로 인정받았다.

바티칸의 국민은 사제와 수녀가 대부분이지만, 성직자의 비서나 국내외 무역과 서비스 직종에 종사하는 평신도들도 포함되어 있다.

국민은 대부분 바티칸 성벽 밖에 거주한다. 바티칸시국의 여러 업무를 처리하기 위해 국민이 아닌 이탈리아 국민도 일하고 있다.

공식문서는 라틴어로 작성되지만, 공용어는 이탈리아어다. 국민에게는 시민권이 부여되는데, 시민권은 교황과 추기경, 성직자, 스위스 근위대, 일반 고용자 등에게 주어지며, 업무 기간이 만료되면 시민권은 해지된다. 2017년 현재 시민권을 갖고 있는 사람은 약 900여 명이란다. 스위스 근위대에 대해서는 상세히 후기할 것이다.

가이드가 바티칸시국에 대해 개략적으로 설명하고, 이어 미켈란젤로가 그린 〈천지창조〉를 설명한다.

1508년 미켈란젤로가 교황 율지우스2세로부터 명을 받아 시스티나 예배당 천장에 그린 〈창세기〉의 아홉 장면을 말하며, 우리나라에서는 '천지창조'로 많이 알려져 있다.

미켈란젤로는 사람들의 출입을 통제하고 천장 밑에 세운 작업대에 앉아 고개를 뒤로 젖힌 채 천장에 물감을 칠해 나갔다. 이로 인해 목과 눈에 이상이 생기기도 했지만, 그는 모든 어려움을 극복하고 혼자서 4년 만에 이 대작을 완성했다 한다.

이 작업을 시작하기 전 교황과 계약하기를 자기 집의 경제적 뒷받침을 해주기로 약속했는데, 그림을 그리는 도중 집에 무슨 연고가 있어 가 보았더니 한 푼도 도와주지 않았다 한다. 이에 항의하자 신성한 성화를 그리는데 돈으로 어떻게 줄 수 있느냐는 것이었다. 하여 그리기를 하지 않으니 다른 화가를 불러 그리다가 다시 미켈란젤로가 그려 그림을 완성했다고 한다.

이 〈천장화〉는 성서의 순서와는 반대로 노아에 관한 세 가지 이야기가 입구 쪽에서부터 그려졌는데, 완성까지는 네 단계를 거쳤다. 첫 번째는 두 개의 곡면 벽화에 그린 세 가지의 노아에 관한 이야기와 여덟 명의 나체상이며, 두 번째는 '아담과 이브의 원죄와 낙원추방'과 '이브의 창조', 네 명의 나체상, 두 명의 예언자, 네 개의 삼각형 벽화, 두 개의 곡면 벽화이며,

세 번째 단계는 아담의 창조, 하늘과 물의 분리, 달과 해의 창조, 빛과 어둠의 창조의 네 가지 이야기와 여덟 명의 나체상, 다섯 명의 예언자, 네 개의 삼각형 벽화, 두 개의 곡면 벽화로 되어있다. 네 번째는 나머지 모든 원형 벽화를 말한다.

그려나간 순서에 따라 화면은 점점 단순화되어 가는데, 이것은 높은 곳에 그려지는 천장화의 특수성을 미켈란젤로가 차츰 깨닫기 시작하면서 단순화되었다 한다.

미켈란젤로의 〈천지창조〉

그림은 1512년 완성되었다. 그 후 500여 년 동안 여러 차례에 걸쳐 덧칠되었다가 원상 복귀해야 한다는 여론에 밀려 1982년 일본 한 방송사의 후원으로 복원작업이 진행되었다. 9년에 걸쳐 본래의 색채와 형태로 복원되었다 한다.

이어 〈최후의 심판〉을 관람했다. 〈천지창조〉를 보고 난 후라 그런지 그 그림이 그 그림 같았다. 예술은 아는 만큼 보인다는데, 아는 것이 없어서 그런지 이해하기가 힘들었다. 예수를 중심으로 391명이 그려져 있다는데, 어떤 사람은 지옥으로, 어떤 사람은 연옥으로, 어떤 사람은 천당으로 올라가고 떨어지고 있다고 한다.

미켈란젤로는 1533년 교황 클레멘스7세로부터 시스티나 성당의 제단 위 벽에 최후의 심판도를 그리라는 명을 받았다. 클레멘스7세가 이 그림을 주문한 것은 신성로마제국군에 의한 로마의 점령과 약탈 등 재난의 연속에 대한 분노의 감정에서 시작되었다 한다. 이 작품은 단테의 《신곡》을 시각적으로 표현한 것이라 할 수 있단다.

1541년 이 작품이 발표되자 전 로마 시민의 경악과 찬탄의 표적이 되었다고 한다. 작품 속의 인물은 처음에는 모두 나체였다. 그러나 1564년 트리엔트공의회에서 "비속한 부분은 모두 가려져야 한다"는 칙령이 반포되어 생식기 부분에 덧그림이 그려졌고, 최근에는 원상복귀되었다 한다.

〈최후의 심판〉을 관람하고 궁전 밖으로 나오니 광장이 펼쳐진다. 성베드로대성당 앞에 있는 광장이다. 누군가가 성베드로대성당 안을 보자고 한다. 모든 성당이 다 그렇지 똑같은 것을 시간 낭비하며 또 보느냐고 했다. 그래도 권해서 성당 안으로 가니 엄청난 것들이 전개되었다.

성베드로대성당은 바티칸대성전이라고도 한다. 가톨릭의 총본산으로 유럽 역사에 중요한 역할을 한다. 교황청의 산피에트로대성당 관리 하에 있다. 그 역사가 깊어 기원을 말하면 성(聖)베드로의 무덤 위에 세워진 4세기의 바실리카식 성당으로 거슬러 올라간다. 16세기 미켈란젤로를 비롯한 당시의 대표적 건축가들에 의해 전성기를 맞은 르네상스의 건축이념에 바탕을 두고 재건되었다.

성당 안에 들어가니 역대 교황들을 동상으로, 또는 그림이나 미라로 볼 수 있게 모셔 있었다. 역대 교황들의 시신이 이 성당 안에 모두 안치되었다 한다. 성당 인에서 주기적으로 미사를 드리고, 미사 시 성도가 많을 때는 광장 앞 의자를 이용한다 한다. 광장 주변으로는 큰 돌기둥이 즐비하게 세워져 있고, 건물 위에는 성서에 나오는 선지자, 순교자들의 상이 3,000여 개가 조각되어 있다. 광장 끝부분은 로마 시로 길이 나 있는데, 그 모습이 열쇠처럼 되어 있었다. 그 열쇠로 천국의 문을 따고 들어가라는 의미란다.

3시쯤 관람을 마치고 광장을 바라보니 궁전에 들어가려는 대기 관광객이 끝도 없이 줄지어 있었다. 우리는 가이드의 재치로 일찍 관광을 마치고 호텔로 들어올 수 있었다.

11월 9일(여행 7일 차)

오늘은 캐리어를 가지고 차에 타야 한다. 가방을 챙기다 보니 로마로 오면서 산 비누 두 개가 없어졌다. 3일 동안 이 호텔에 있으면서 가방의 열쇠가 없어 지퍼만 닫아 놓았더니 방 치우는 사람이 손을 댄 것 같다. 창피해서 누구한테 말도 못하고, 집에 좋은 비누 많으니 사지 말라고 한 내 말을 무시하고 비누를 산 집사람한테 한마디 했다.

"탈모 방지 비누 쓰는 이탈리아 사람은 왜 대머리가 많으냐?"

"비누를 바꾸어 쓰고 싶어서."

3만 원짜리 비누지만 속상했다. 방 청소 팁으로 주는 1달러를 놓고 싶지 않았다. 여권과 돈이 든 지갑을 가방 밑에 놓고 다니려 했는데 그러지 않기를 다행이었다는 생각이 들었다. 여권이라도 없어졌으면 큰 낭패를 볼 뻔했다. 좋은 칼이 많이 있는데 그것은 손을 대지 않은 것이 다행이었다. 서양 사람도 칼 도둑질은 하지 않나 보다 하고 자문했다. 큰 경험이다.

여기서 피사까지는 4시간 걸린다. 2시간 운전하고 15분 쉬면서 주세페가 아내와 아들을 만났다. 남편이 오지 않으니 아내가 왔나 보다. 아내는 서양인답지 않게 키가 작고 얼굴에 화장기가 없다. 이모와 같이 온 젊은 여인이 몇 달러를 아기한테 준다.

피사에 도착하니 아프리카 행상이 사탑 모형, 우산 등을 사라고 졸라댄다. 돈도 되지 않는 것을 가지고 한 푼 벌려고 매우 애쓴다. 한 푼이라도 벌어 모국 부모님께 송금해야겠지. 연민의 생각이 든다. 그런데 이들이 관광객들의 돈을 훔친다고 하면서 주의를 요했다. 여기서 우리 일행도 당할 뻔했다. 다행히 잃은 것은 없었다.

좌측부터
피사의 사탑에서
밀라노 두오모성당

피사는 레오나르도 다빈치의 출생지란다. 피사에서 태어나 피렌체에서 활동했나 보다.

사탑은 대성당 동쪽에 있다. 사라센과의 전쟁에서 전승한 기념으로 만들었다 한다. 사탑 옆에는 두오모성당이 있는데, 탑이 기울어져 유명해지면서 주객이 전도되어 성당보다 탑이 더 유명해졌다 한다.

흰 대리석으로 된 원통형 8층 탑으로 최대 높이는 58.36미터이며, 무게는 1만 4,500여 톤이고, 기울기의 각도는 중심축으로부터 약 5.5도다. 꼭대기까지는 294개의 나선형 계단이 있다 한다.

갈릴레이는 이곳에서 무게가 다른 두 개의 공(1파운드, 10파운드)을 떨어뜨리는 낙하실험으로 모든 물체는 질량과 무관하게 동시에 떨어진다는 낙체 법칙을 실험적으로 증명했다고 한다.

중식 후 밀라노로 향했다. 밀라노까지는 3시간 30분 걸린단다. 오늘 버스 타는 시간이 7시간 30분이다.

밀라노 가까이에서 기사가 바뀌었다. 오늘 자기에게 할당된 운전 시간을 모두 소멸했기 때문이란다. 66세의 늙은 기사다. 버스를 밀라노 두오모성당 가까이에 주차했다. 그러자 경찰이 무언가 조사한다. 버스 기사가 늙게 보이니까 표적이 된 것 같다. 무전기로 기사의 운전 적성 검사를 확인하고도 두 명의 경찰을 지원받아 40여 분간 무엇인가 조사한다. 우리 한국 같아서는 운전면허증을 조사하고, 위반 사항을 알리고, 적발하고 확인까지 10여 분이면 될 것을, 경찰 지원까지 받아 발목을 잡고 있다. 우리 정서에 맞지 않는지 여기저기에서 욕설이다. 가이드의 말을 빌리면 1시간은 보통이란다. 날은 점점 어두워지고 한 자리에 오래 앉아 있으니 짜증이 이만저만이 아니다. 주세페에게 알렸는지 주세페가 도착하니 다시 그를 조사한다.

차 안에 장착된 전자 시스템에서 여러 자료를 분석하더니 이상 없음을 확인하고 가란다. 우리는 박수치고, 어둠 속에서 차를 내리고 불빛 속에서 관광을 했다.

밀라노는 세계적인 유행의 발상지란다. 시민 모두가 부자고 집값이 어마어마하게 비싸단다. 우리나라 강남쯤 되나 보다. 그런데 대부분 중세 때 지어진 집이라 유네스코에 등재되어 팔기도 어렵고, 사기도 어렵단다. 두오모성당 부분은 본래 재래시장이었는데 화재로 모두 소실되어 계획성 있게 재건축되었단다. 그런데 그 화재로 전염되던 흑사병이 없어졌다 한다. 그래서 축복의 화재라고 한단다. 새로 건축된 건물이라 길바닥도 휘황찬란하게 모자이크되었다.

밀라노 두오모성당은 14세기 안토니오 다 살루초라는 대주교가 밀라노의 정중앙을 지점으로 모든 주요 도로가 뻗어 나가는 자리에 대성당을 짓겠다는 포부를 가지고 짓기 시작해 18세기까지 500년 가까이 지어졌다. 더뎌진 이유는 재정상의 문제, 설계상의 문제 때문이었다. 오랜 세월 동안 짓다 보니 건물의 외양은 가지각색이 되어 모순투성이가 되어버렸다. 섬세하면서도 육중하고, 혼란스럽지만 영감을 발하기도 한단다.

3,000여 개의 기독교 대리석상이 있단다. 가장 널리 알려진 조각상은 '작은 성모'라는 뜻의 〈마돈니나〉로 가장 높은 스파이어 위에 서 있으며, 39,000장의 금박으로 덮여 있다고 한다.

지금도 지어지고 있는데, 돈이 없으니 우리나라 삼성에서 돈을 대어 짓고, 그 대가로 광고를 해준다고 한다. 우리의 자존심이 한층 올라갔다.

어둠 속에서 관광을 마치고 한참 버스를 타고 저녁식사를 하러 갔다. 식사를 하고 있는데 조금 전에 조사했던 경찰이 위반 사항이 있다면서 다시 왔다. 지독하다고 생각했다. 이런 것이 문화 차이인가 반문했다. 기사에게 확인하고 200유로(한화 26만 원)의 벌금을 가하고 사라졌다. 우리 모두 우울했다. 내일은 스위스행이다.

11월 10일(여행 8일 차)

8일차쯤 되니 여행이 즐겁다기보다 집 생각이 났다. 식사 후 스위스 루체른으로 가기 위해 버스를 탔다. 여기서 루체른까지는 3시간 30분 동안 버스를 타야 한다. 어제 200유로의 범칙금을 받은 기사가 안쓰러웠던지 포항에서 온 중년을 넘은 분이 5유로씩을 모금한다. 모두 합쳐 150유로를 주었다. 기사의 기분이 매우 좋아 보였다. 한턱 산다고 한다. 험한 산길을 운전해야 하는 기사를 위해 잘한 일 같다. 국경을 넘어 험한 산길을 잘도 운전한다. 스위스에 오니 지대가 높아서 그런지 기온이 낮고 알프스산 정상에는 흰 눈이 쌓여 있다. 기온이 낮은데도 산자락에 푸른 잔디가 정돈되어 있다. 사람의 손길이 닿은 것 같다. 자연 그대로라면 잔디밭 사이에 가시덤풀이라도 하나 있어야 하는데 그렇지가 않다. 그리고 산자락에서 8부 능선까지 적당한 간격으로 떨어져 있는 판잣집들도 사람이 살기에는 너무 열악하다. 나중에 가이드에게 물어보았더니 내 상상이 적중했다. 산자락 큰 집 외에는 사람이 살지 않고 잔디도 가꾸었다고 한다. 관광지 이미지를 살리기 위해 정부 차원에서 기획하고 실행한다고 한다. 옛날에는 스위스가 매우 가난하고 힘이 없는 나라였다고 한다. 1차산업 사회 때 산은 많고, 농경지는 적고, 기후는 낮고, 강수량은 적고, 강대국에 휩싸여 늘 전쟁에 노출되어 살기 힘든 나라였다고 한다. 그래서 용병을 수출하고, 중립국을 선포하고, 시계 같은 경공업을 발전시키고, 아름다운 국토는 관광객을 끌어들이고 해서 오늘날에는 GDP(국내총생산) 열아홉 번째 부자 나라가 되었다 한다.

루체른에 가까이 오니 알프스산 빙하에서 흘러내린 푸르고 시린 물이 흘러내린다. 가이드가 여기 물은 어떤 물이든지 마셔도 좋다고 한다.

버스에 내려 첫 번째로 쇼핑하는 곳에 갔다. 스위스 맥가이버가 유명하다고 해서 아들 선물로 작은 과도 몇 개와 함께 샀다. 상품 구입비가 50유로가 넘으면 초콜릿을 더 준다고 해서 칼을 더 샀다. 스위스 시계가 유명하니까 어떤 시계들이 있는가 구경도 했다. 시계가 귀한 때 같으면 하나 살 텐데 시간을 알려 주는 것은 차고 넘쳐 절제했다.

쇼핑 후 같은 집에서 중식을 했다. 가장 가까웠던 한 선생님이 위장이 좋지 않다며 따뜻한 물 한 컵을 요구하자 1유로를 달라고 한다. 어이없어 쳐다보니 한국 젊은 청년이다. 주인은 아닌 것 같고 아르바이트생 같았다. 이것이 서구 문화인가. 분노를 넘어 슬펐다. 우리나라 같으면 뺨 맞을 일이다. 아무리 선진국이라도 이건 아니다 싶은 생각이 들었다.

중식 후 걸어서 유럽에서 가장 오래되었다는 목조 다리 카펠교에 갔다. 다리 아래 흐르는 물이 산에서 내려오는 빙하물이라 매우 맑았다. 목조 다리 위를 걸어보고 인증샷을 찍었다.

이어 빈사의 사자상이 있는 곳으로 갔다.

좌측부터 유럽에서 제일 긴 스위스 목조 다리 / 빈사의 사자상

큰 대리석으로 조각한 사자상은 호프교회 북쪽의 작은 공원 안에 있으며, 프랑스혁명 당시인 1792년 8월 10일 루이16세와 왕비 마리 앙투아네트가 머물고 있던 궁전을 지키다가 전사한 786명의 용병을 기리기 위해 상징적으로 조각한 것이다. 빈사라는 말의 의미가 나타내듯 고용주에게 그 의무를 다하기 위해 그들은 죽을힘을 다해 싸우다가 목숨을 내놓았다. 루이16세가 사태를 알고 용병들의 목숨이라도 살리기 위해 귀국을 종용했으나 786명 전원이 죽을 때까지 그 의무를 다했다. 이로 인해 스위스 용병은 더욱 신뢰를 얻어 현재 바티칸시국에 고용되어 있다.

덴마크 조각가 토르발센의 작품으로 1821년 독일 출신인 카스아호른에 의해 완성되었다 한다. 마크 트웨인은 이 사자 기념비를 "세계에서 가장 슬프고도 감동적인 바위"라고 말했다 한다.

용감한 스위스 용병이여
의리의 용병이여
의무를 지킬 줄 아는 용병이여

삶의 가치를 일깨워 주는 용병이여
죽어도 죽지 않는 용병이여
후손을 아낄 줄 아는 용병이여
영원히 그의 이름 빛나라.

숙연한 감정을 안고 뮈렌산을 오르기 위해 버스를 탔다. 산길이 보통 위험한 것이 아니다. 오르다가 적당히 넓은 곳에 차를 세우더니 내려서 산 구경을 하라 한다.

어제 200유로의 범칙금에 우리 일행이 150유로를 보태준 것에 대한 서비스인 것 같았다. 가이드가 돈이 좋기는 좋다고 말했다. 차에서 내려 산세도 구경하고 여유 있게 몸도 풀었다. 저 멀리 알프스산 여기저기에 그림 같은 흰 눈이 쌓였다. 산자락은 푸른 잔디가 융단처럼 펼쳐져 있고, 적당한 간격으로 판잣집들이 띄엄띄엄 자리잡고 있다. 우리나라 시골 마을처럼 집이 붙어 있는 경우는 없다. 농부 각자가 영역을 차지하고 농사를 짓고 살았다는 증거일까?

누군가가 스위스 요들송을 부르기 시작했다. 같이 따라 합창을 했다. 알프스산에서 녹아내린 빙하의 물이 폭포 소리를 내며 하모니를 이룬다. 한참 흥겹게 놀다가 승차했다.

알프스산에서 두 번째로 높다는 융프라우를 보기 위해, 뮈렌산 자락의 케이블카가 있는 곳으로 10여 분 올라갔다. 시간이 촉박하다는 가이드의 말을 듣고 서둘러 케이블카를 타고 융프라우 봉우리가 보이는 곳에서 하차하고 봉우리(4,158미터)를 보았다. 하얀 눈 덮인 것을 빼고는 꼭 전주 모악산 봉우리 같았다. 통신 안테나 있는 것까지.

스위스 알프스산의
융프라우

돌아오는 길에 열차 창문 너머로 뮈렌산에 있는 전나무를 보았다. 전나무 가지는 밑으로 처지지 않는데, 항상 눈을 맞아 그런지 눈의 무게를 견디지 못해 모든 가지가 밑으로 처져 있었다. 하산해서 2시간 버스를 타고 프랑스 벨포트로 갔다.

내일은 고속 열차를 타고 프랑스로 가야하므로 버스 기사 주세페와도 작별했다. 8일 동안 무사히 운전해준 것도 고맙지만, 그동안 정이 들어서 막상 헤어지자니 섭섭한 마음을 금할 수가 없었다. 굿바이 주세페. 사랑하는 아내와 아들과 행복한 나날 보내세요.

11월 11일(여행 9일 차)

초고속 열차를 타고 파리에서 내려 다른 기사의 버스를 타고 베르사유궁전에 갔다. 너무나 화려한 것이 많고 정원도 끝이 없어서 어디서부터 어떻게 써야 할지 모르겠다. 개략적인 것만 쓸 수밖에 없다.

루이14세는 '짐이 국가다'라고 자처한 사람이다.

그러나 그는 어렸을 때 불우한 생활을 했고, 이를 극복하는 과정에서 강한 사람이 되어 여러 전쟁에서 승리해 프랑스의 영토를 넓혔고, 경제적으로도 부강한 나라를 만들었으며, 예술가들을 지원해 여러 방면의 예술을 발전시켰다.

다섯 살 때 왕이 된 루이14세는 스페인 공주였던 어머니의 실수로 물에 빠져 죽을 뻔하기도 했고, 가난에 시달리고 여러 번 반란으로 죽을 고비를 넘기기도 했다.

성년이 된 어느 날 신하인 재무장관이 루이14세의 환심을 사려고 왕을 초청했다. 성을 둘러본 왕은 그 어마어마한 화려함에 자존심이 상했다. 그래서 재무장관 보 르 비콩트의 건축에 참여했던 예술가들을 불러 유사 이래 가장 화려한 궁전을 지으라고 명령했다. 그래서 수많은 전문적인 건축가, 실내 장식가, 조경가 등이 참여해 50년 동안 막대한 비용을 들여 궁전을 지었다.

습지였던 이 땅의 자연조건을 완전히 바꾸어 숲을 만들고, 분수를 만들기 위해 몇 개의 강줄기를 바꾸고, 거대한 펌프를 만들어 150미터나 떨어진 세느강의 물을 길어다 부었다. 뿐만 아니라 궁전의 상판 천장 못까지 모두 장식했다.

1682년 궁전이 완공되자 파리에서 궁전을 베르사유로 옮기고 귀족들을 정치적으로나 경제적으로 기죽이기 위해 매일 수백 명의 귀족을 초청해 화려한 연회를 베풀었다. 그 당시엔 귀족이 경제적, 정치적으로 왕보다 강해 틈만 나면 왕 자리를 엿보는 자가 있었다 한다. 글 첫 부분에 왕이 가난에 시달렸다는 말은 이를 두고 한 말이다. 그러나 루이16세 때 경제적으로 어려워지자 1789년 프랑스혁명을 일으키는 불씨가 되었다.

수없는 미술품과 루이14세가 집무를 보던 사무실, 식당, 침대를 보았다. 침대는 일어나면 태양을 마주 볼 수 있는 자리에 놓여 있다. 스스로 태양신임을 자처했기 때문일 것이다.

점심식사 후 세느강의 미라보다리, 퐁네프다리, 알렉산더3세다리, 노트르담성당 등을 차를 타고 다니면서 관람했다. 미라보다리를 그중 눈여겨보았다. 대학 다닐 때 자주 암송했던 시가 있다.

미라보다리 앞에서

<미라보다리 아래>
미라보다리 아래 세느강은 흐르고
우리의 사랑도 흐른다.

마음속 깊이깊이 아로새길까
기쁨 앞에는 언제나 괴로움이 있음을

밤이여 오너라, 종아 울려라
세월은 가고 나만 머문다.

손에 손을 잡고 얼굴 마주하면
우리의 발밑 다리 아래로
영원의 눈길 지친 물살이
천천히 하염없이 흐른다.

사랑이 흘러 세느강 물처럼
우리네 사랑도 흘러만 간다.

어찌 삶이란 이다지도 지루하더냐
희망이란 또 왜 격렬하더냐.

햇빛도 흐르고 달빛도 흐르고
오는 세월도 흘러만 가니
우리의 사랑은 가서는 오지 않고
미라보다리 아래 세느강만 흐른다.

작가 아폴리네르라는 20세기 초 파리에서 활약한 시인으로 피카소의 소개로 로랑생이라는 재기발랄하고 귀여운 여류화가와 깊은 사랑을 했다. 그러나 두 천재의 격렬함과 아집으로 로랑생은 떠나고 아폴리네르는 노을이 붉게 물든 세느강가에서 이 시를 읊었다 한다. 위의 시는 이별하고 나서 그 사랑의 감정을 쓴 시지만 내게는 경제적으로 어려워 값싼 사범대학도 다니기 힘든 때에 위로가 되어준 시다. 오직 빨리 대학을 졸업하고 취직해서 집안을 보살펴야 한다는 일념으로 하루하루를 힘들게 살았던 때에 '마음속 깊이깊이 아로새길까 기쁨 앞에는 언제나 괴로움이 있음을'이란 시구는 큰 위안을 주었다.

이 시를 암송하면서 세느강은 어떤 강이고, 미라보다리는 어떤 다리일까 많이 궁금했는데 그것이 내 눈앞에 있으니 감회가 새롭다. 다리 옆 가까운 곳에 하늘을 찌를 듯한 에펠탑이 우뚝 서 있다.

세느강은 그리 큰 강이 아니다. 폭 50미터정도쯤 되고 물도 그리 맑지 않다. 옛날에는 파리를 흐르는 자연천이었다. 그런데 나폴레옹3세가 파리를 계획도시로 만들면서 세느강은 도심을 흐르는 강이 되었다. 수도를 흐르는 강으로, 세계에서 가장 큰 강이 한강이라는 것을 가이드에게서 알았다.

미라보다리 가까운 곳에 프랑스 육군사관학교가 있었다. 나폴레옹이 다녔던 사관학교다. 그의 생활기록부에 한 줄의 기록이 있는데, '시대를 잘 만나면 대성할 수 있는 사람이다'라고 써졌다고 한다. 사관학교의 도로 건너에 성당이 있는데, 그곳에 그의 유골도 있다 한다. 우리는 이어 나폴레옹 개선문에 갔다. 개선문을 중심으로 12대로가 뻗어 있었다.

프랑스 육군사관학교가 보이는 곳에서

1806년 오스텔리츠전투에서 승리한 나폴레옹의 명령으로 세워지기 시작했단다. 하지만 1812년 러시아전쟁에서의 첫 번째 패배로 공사가 중단되고, 나폴레옹의 사후인 1836년에야 루이 필의 요구로 겨우 완성되었단다.

개선문의 벽에는 장군들의 이름이 새겨졌고, 아부키 전쟁, 터키에서의 승리, 오스텔리츠전쟁 등 나폴레옹의 전쟁에서 영광스러웠던 장면들이 부조되었다. 또한 개선문의 안쪽 벽에는 나폴레옹이 이끄는 부대를 지휘했던 장군들의 이름이 양각되어 있는데, 전쟁 중에 전사한 사람의 이름에는 줄을 그었다.

이 개선문은 나폴레옹 명으로 세워지기는 했지만, 그 자신은 완공되는 것을 생전에는 보지 못하고, 사후 20년이 지나서야 유골만이 개선문을 지나갔다 한다. 개선문은 원래 영웅 외에는 지나갈 수 없다고 한다. 그런데 《레 미제라블》을 쓴 빅토리 유고는 영웅 대접을 받아 사후 그 유골이 지나갔고, 2차대전 때 파리를 점령한 독일군을 물리친 드골 장군도 지나갔다 한다. 그런데 현재는 누구나 지나다닌다.

이런 개선문이 파리시에 세 개나 있다 한다. 우리나라에는 하나도 없는데.

11월 12일(여행 10일 차)

첫 방문지는 몽마르트르 언덕이었다. 몽은 산이고 마르트르는 순교자란 뜻이다. 합치면 기독교인이 순교한 언덕이란 뜻이다. 두 명의 기독교인이 순교를 당했다 한다. 그래서 그 순교자를 기리기 위해 성당도 세웠다.

순교 당할 때는 파리의 변두리였고 후진 곳이었을 것이다. 파리 주위는 허허벌판이다. 우리 서울은 사방이 산으로 둘러싸였는데, 높이 130미터 되는 이 언덕이 파리에서 가장 높은 곳이란다. 가난한 사람들이 많이 살았고, 인상파 화가 고흐와 피카소도 무명 시절에 이곳에서 그림을 그렸단다. 그래서 그런지 성당 옆 공터 여기저기서 화가 지망생들이 관광객을 상대로 돈을 벌기 위해 인물화를 그리고 있었다. 우리 부부도 인물화는 그리지 못할망정 고흐가 그림을 그린 장소라서 인물화를 그리는 화가 옆에서 인증샷을 찍었다.

생전에 860여 점이나 그림을 그리고도 제대로 평가를 받지 못해 겨우 한 점만이 동정적으로 친구에게 팔려 가난에 시달리다 권총 자살한 고흐! 그의 〈자화상〉은 그의 생활을 잘 표현한 것 같다.

좌측부터 나폴레옹 개선문 / 몽마르트르 언덕 위에 있는 사크레쾨르 대성당

고흐 생각으로 가슴 아련함을 가지고 비를 맞으며 에펠탑이 있는 곳으로 갔다. 그러나 몰아치는 비바람 때문에 탑에 오를 수 없다고 한다. 코스를 바꿔 파리에서 가장 유명하다는 백화점에 갔다. 사위 선물이 마음에 걸리던지 집사람이 가벼운 물건을 넣고 다닐 수 있는 가방을 사자고 해서 여기저기 둘러보고 가방 하나를 샀다.

점심을 먹고 세계 3대 박물관의 하나인 루브르박물관에 갔다. 루브르박물관은 영국의 대영박물관, 바티칸시티의 바티칸 박물관과 함께 세계 3대 박물관으로 꼽힌다.

1190년 지어졌을 당시에는 요새에 불과했지만 16세기 중반 왕궁으로 재건축되면서 그 규모가 커졌다 한다. 1793년 궁전 일부가 중앙 미술관으로 사용되면서 루브르는 궁전의 틀을 벗고 박물관으로 탈바꿈하기 시작했다. 이후 수백 년 동안 전 세계에서 수집한 회화, 조각 등 수많은 예술품이 합쳐져 오늘날 30만 점가량에 이른다고 한다. 훔쳐온 것들도 많다고 말한다. 그러자 우리 일행 누군가가 우리도 병인양요 때 의궤를 도난당했다 한다. 전체를 다 돌아보려면 며칠은 걸린다고 한다.

정문에 들어서자 유리 피라미드가 설치되어 있었다. 1989년 중국계 미국인 건축가 에이오 밍 페이가 설계한 유리 피라미드다. 영화 〈다빈치 코드〉에서 본 기억이 있다. 루브르의 상징으로 당당히 자리잡고 있단다.

복도 쪽에 굴뚝같은 것이 있었는데, 그 밑이 해자(垓字: 침입을 막기 위해 성 옆에 도랑을 판 부분)란다. 처음 지을 당시 요새임을 증명한다. 2층에서 다빈치의 〈모나리자〉를 보았다. 작은 액자 속에 있는데, 관광객이 많고 경비가 삼엄하다.

이곳은 많은 관광객이 길을 잃는다고 한다. 그림에 몰입되어 일행을 놓치는 경우가 많아서 그런 일이 흔하다고 한다. 가이드의 말을 듣고 조심했으면서도 나도 일행을 잃고 한참 동안 당황했는데 현지 가이드가 와서 동행했다.

조금 벗어난 곳에 크게 그린 모조품이 있었다. 180도로 돌며 모나리자 눈자 위를 응시해 보았다.

어느 각도에서 보아도 같은 모습이다. 미술을 전공한 가이드 말이 그렇게 그린 점이 다빈치의 천재성이란다. 16세기 때 다빈치는 벌써 입체적인 그림을 그린 것이다. 어느 작품 평에서 빙긋이 웃는 모습이 잉태한 여인의 행복감이라며 그 점을 높이 평가하는 미술평을 읽은 적이 있다고 말하자, 〈모나리자〉의 얼굴은 중성이고 미완의 작품이라면서 다빈치 그림의 대부분이 미완이라고 말한다.

나폴레옹관에서 〈나폴레옹 대관식〉 그림을 보았다. 가이드 해설이 대관식 때 어머니는 없었는데 그림에는 넣었다고 한다. 나폴레옹이 조세핀과 이혼하고 재혼했던 오스트리아 공주, 여동생, 남동생. 매제들 그리고 친구들도 있었다.

좌측부터 유리 피라미드 / 〈모나리자〉 진품

나폴레옹 대관식

이 대관식 때문에 베토벤의 〈영웅 교향곡 3번〉의 이름이 바뀌었다. 베토벤은 독일과 오스트리아의 전제군주제도 정치의 폐해를 실감하고 있었는데, 나폴레옹이 프랑스혁명의 혼란을 수습하고 공화정을 베풀 것으로 생각하고, 그에 이끌려 그를 찬양하는 교향곡 3번을 작곡했다 한다. 곡명을 〈보나파르트 교향곡〉으로 명명하고, 그를 로마의 위대한 집정관이라고 찬양했으나, 스스로 황제 대관식을 올리자 화를 내며 “그도 평범한 인간에 지나지 않는다. 자신 이외의 모든 인간 위에 군림해서 독재자가 되고 싶은 것이다”라고 외치고 악보의 표지를 찢어 버렸다 한다. 그 후 〈신포니아 에로이카(한 위대한 인물을 추념하기 위해서〉로 수정했다.

프랑스혁명의 발발 원인이자 희생물이 된 루이16세 왕비 그림을 보았다.

왕비 마리 앙투아네트는 헝가리와 보헤미아 여왕인 마리아 테레지아의 열다섯 번째로 태어난 공주다. 열네 살에 루이16세와 정략결혼한 왕비는 왕의 성적 결함으로 합궁하지 못해 결혼한 지 7년 동안이나 자녀가 없었다. 아름답고 품위 있으며 합스부르크왕가의 혈육이었던 왕비는 내성적이고 무뚝뚝

한 편인 데다가 외모도 볼품없고 우유부단한 루이16세와 사이가 좋지 않았다 한다. 향수와 우울증에 시달려 살다 보니 상당히 사치스러운 점이 있었다. 그러나 그런 사치는 역대 어느 왕비에게나 있었던 일이라고 한다. 그러나 경제적으로 어려웠던 프랑스 국민들은 왕비의 사치 때문이라고 생각했으며, 마침 염문설과 목걸이 사건이 혁명의 도화선이 되었단다.

사태가 심각해지자 친정으로 망명하려 했으나 붙잡혀 루이16세에 이어 단두대에서 목이 베였다고 한다. 다음은 왕비에게 씌운 죄목이다.

1. 친정 오스트리아의 스파이 역할
2. 왕의 판단을 흐리게 했다.
3. 사치로 국민의 세금을 탕진했다.
4. 질펀한 파티
5. 일곱 살 된 루이17세(그림 속의 아기)에게 성적 유희를 가르쳤다.

그런데 왕비 재판의 배심원들은 혁명의 거두 로베스 피에르를 제외한 열두 명은 구두수선공, 카페 주인과 같은 혁명 열성 분자였다고 한다.

루이16세의 아내인 마리 앙투아네트

왕비마저 단두대에서 참형 당할 때 시누이한테 자녀들을 부탁했는데, 그 고모도 단두대의 이슬이 되어버렸다. 아들 루이 17세는 원인 모르게 갑자기 죽어 공동묘지에 묻었고, 딸은 불도 없는 창고에 방치되었다가 포로가 된 프랑스 혁명군과 맞바꾸어 외조모인 오스트리아 여왕에게 갔다가 외삼촌 아들과 결혼했다 한다.

왕비를 끌고 갈 때 분뇨를 나르는 마차를 이용했다고 하고, 단두대에서 목을 맬 때는 위를 보이지 않게 하는 것이 법인데 혁명군은 위를 보게 했다고 한다. 이런 잔학싱에도 왕비는 왕비로서 의젓하고 품위를 지켰다 한다.

프랑스혁명의 상징인
자유여신상

백성들이 왕비에게 빵이 없다며 빵을 달라고 하자, 빵이 없으면 케이크를 먹으라고 했단다. 우리나라 어린이들이 쌀이 없다고 말하면 라면 먹으라고 하는 말과 같다. 서민의 실정을 아주 몰랐던 것 같다.

정치는 모르고 아름답고 순진무구한 왕비를 후세의 역사가들은 이렇게 평한다고 한다. 왕비가 정치를 알았으면 프랑스의 역사가 바뀌었을 것이라고.

그 바뀐 역사가 영국이나 일본 또는 태국처럼 입헌군주국이 되었을까? 나는 국가가 어려울 때 왕의 말 한마디로 국민이 단합되는 모습이 부러운 사람이다.

저녁 식사를 하고 야경을 보기 위해 세느강에 갔다. 세느강 선착장에서 유람선을 타고 에펠탑 쪽으로 40여 분간 가며 주변 야경을 보다가 에펠탑이 있는 곳에서 하선했다.

에펠탑은 1889년 프랑스혁명 100주년을 기념하기 위해 세워진 탑이다. 귀스타브 에펠에 의해 설계되어 세워진 탑이라 에펠탑이라 명명되었다.

원래는 박람회가 끝나면 철거될 계획이었다고 한다. 에펠탑은 파리하면 사람들이 제일 먼저 떠올리는 상징이지만, 당시 파리 시민들은 예술의 도시 파리와 에펠탑이 어울리지 않는 '추악한 철 덩어리'라 해서 미관을 해친다는 이유로 비판의 대상이 되었기 때문이다. 특히 파리 예술가들의 반대가 심했다 한다. 그래서 1909년에는 철거될 뻔했지만, 다행히 그 당시 최신 송신 안테나를 세워야 하는 시도와 맞물려 에펠탑을 이용하자는 좋은 아이디어가 있어 철거의 위기를 면하고 지금에 이르렀다.

에펠탑은 320미터로 처음 세워졌을 때는 세계에서 가장 높은 건축물이었다. 철골로 만들어져 여름에는 15센티미터가 늘이나 더 높아진다. 건물 전체가 철골 구조로 되어 있어 강한 바람에도 13센티미터 정도밖에 흔들리지 않는다.

에펠탑을 배경으로

3층까지는 총 1,652개의 계단이 있고, 2,500만 개의 못이 사용되었으며, 총 무게는 10,000톤이고, 4년마다 도색 작업을 하는 데 많은 돈이 들어 관광수입만으로는 적자란다.

건립 당시에는 전기가 없어 세느강의 강물을 끌어들여 그 물의 낙차의 힘으로 엘리베이터를 올리는 기법을 사용하는데, 현재까지 한 번의 고장도 없이 사용한다고 한다.

우리 일행 모두가 한 엘리베이터에 타고 3층으로 올라갔다. 보기보다 매우 넓었다. 사무실이 있고 편의점도 있으며 식당도 있었다. 여기 식당에서의 밥 한 끼가 수십만 원 한다고 한다. 한 바퀴 도는 데 수 분 걸리는 것 같았다. 바람이 쌀쌀해서 바로 아래로 내려와 호텔로 왔다.

11월 13일(여행 11일 차)

5시에 일어나 6시에 호텔에서 출발해야 한다. 열차로 도버해협을 건너야 하기 때문이다. 열차 시간은 관광객 마음대로 바꿀 수 없는 것이 아닌가? 전날 밤부터 가이드나 우리 모두가 긴장했다. 원래는 이른 아침이라 아침을 도시락으로 해결하려 했는데 가이드의 배려로 식당에서 식사를 했다. 이른 아침인데도 음식도 좋았고 분위기도 좋았다.

열차에 타기 전 모든 쇠붙이를 거두어 택배로 먼저 보내야 한단다. 지금까지 유럽 5개국을 거치면서 국경에서 아무 제약을 받지 않았는데 영국만은 달랐다. 섬나라인 영국은 육로로 오는 테러분자는 도버해협 열차로 건너는 사람뿐이니까 열차에서 내리는 사람만 잘 단속하면 되기 때문이다. 그래서 하모니카까지 칼과 함께 부쳤다.

어떻게 바다 밑으로 철길을 냈을까? 끝없이 발전하는 인류문명이 경이롭고 한 번 건너보고 싶었는데, 그 소망이 현실로 이루어지는 순간이었다.

도버해협은 너비는 30~40킬로미터이고 깊이는 35~55미터에 달한다. 영국의 도버와 프랑스의 칼레 간의 좁은 해협이다. 1만 년 전 빙하기가 끝나고 해수면이 높아지면서 서로 분리되면서 도버해협이 탄생했다.

도버해협을 기준으로 영불 양국의 거리가 겨우 34킬로미터 정도 떨어져 있기 때문에, 맑은 날은 건너편의 해안이 훤히 보이는 경우가 잦단다. 특히 영국 쪽 해안에 있는 하얀 절벽의 경우 더더욱 눈에 띌 수밖에 없는데, 영국의 별칭 중 하나인 '하얀 나라'라는 명칭이 여기서 유래했다고 한다.

한편 짧은 거리 탓에 프랑스와 수없이 많은 전쟁을 했고, 1588년에는 영국과 스페인과의 칼레해전도 있었다.

프랑스와의 전쟁에서는 가슴 아린 사건이 있었다.

1346년 8월 3일 영국왕 에드워드3세는 3만 4천 명에 달하는 정예군으로 칼레를 점령하고도 8,000명의 칼레군을 누르는 데 11개월이나 걸렸다. 그 지긋지긋한 항전에 화가 난 에드워드3세는 무시무시한 명령을 내렸다. "짐이 경고했던 대로 칼레 주민을 모두 죽여라!" 몰살의 위기에 처한 칼레 주민 대표들은 매달리고 또 매달렸다. "무고한 양민을 죽이지 말아주십시오. 대신 우리 목숨을 바치겠나이다." 간청에 에드워드3세는 "그렇다면 용서하마. 그래도 이토록 어리석은 저항에 대한 대가는 치러야 한다. 저항에 가장 앞장섰던 여섯 명이 삭발하고 목에 밧줄을 맨 채 맨발로 찾아와 처형대에 오르라"는 명령을 내렸다.

누가 먼저 죽을지를 놓고 칼레 주민들은 고민에 빠졌다. 목숨을 건지게 되었다는 안도감과 누군가는 희생되어야 한다는 불안이 교차하던 때 가장 부유한 상인 피에르가 앞장섰다. 고위관료인 장 데르에 이어 그 아들, 지체 높은 자들이 서로 죽겠다고 나섰다. 마지막에는 두 사람이 동시에 손을 드는 통에 지원자가 일곱 명으로 늘었다. 이튿날 아침, 피에르는 나타나지 않았다. 지원자 중에서 마음이 약해져 늦는 사람이 생길지도 모른다는 생각에 스스로 목숨을 끊은 것이다.

피에르의 소식에 마음을 다잡은 지원자들은 당당하게 영국군 진영으로 걸어갔다. 죽음을 자처한 주민 대표 여섯 명을 접한 에드워드3세는 적지 않게 놀랐다고 한다. 귀족과 부유한 상인이라던 사람들마저 기나긴 농성으로 아사 직전의 마른 상태였기 때문이다.

출산을 앞둔 에드워드3세 왕비 필리파가 태아에게 해를 끼칠 수 있다며 자비를 구했다. 결국 왕명이 내려졌다. "모두 용서하노라."

이 칼레 주민 대표 여섯 명을 조각한 로댕의 작품을 대영박물관에서 보았다. 아사 직전의 대표들에게서 절망과 가련, 비애와 결기가 서려 있었다. 북유럽 여행 시에는 러시아의 여름궁전에서 그림으로 보았다. 그 당시 가이드는 부자인 피에르가 "더러운 영국 놈 손에 죽을 수 없다"면서 스스로 죽는다며 자살했다고 한다. 그래서 그림에는 다섯 명이라고 한 기억이 난다. 로댕은 이를 조각하는 데 5년이 걸렸다 한다.

이 조각은 노블레스 오블리주의 대유이기도 하다.

부주의로 사진을 찍지 않아 여기에 사진을 올리지 못하는 것이 아쉽다.

파리에서 시속 300킬로미터로 가는 고속열차는 참 빠르기도 하다. 우리나라에도 일찍이 고속열차가 만들어졌지만 타본 것은 이번이 처음이다. 우리나라 고속열차는 빠르기만 하지 좁고 열악하다는데, 이건 국제 고속열차라 그런지 넓고 컴퓨터 작업 할 수 있는 시설도 갖추어져 있으며 쾌적하다. 열차 창문으로 프랑스의 끝없는 벌판이 보인다. 언제 이 벌판이 끝날까? 프랑스는 산이 적다는데 모두가 벌판 같았다.

도버 해저터널 또는 칼레 해저터널은 영국 도버와 프랑스 칼레를 잇는 바다 밑의 터널로 38킬로미터다. 우리는 파리에서 열차를 타고 출발해서 2시간 반쯤 가서 런던에 도착했으니 해저만 가는 데는 7~8분 걸렸을 것이다.

런던에 도착하니 듣던 대로 검색이 심했다. 비행기 탑승 시만큼이나 엄격하게 검색했다. 역사 밖으로 나오니 현지 가이드가 대기하고 있었다. 발을 약간 절었으나 말씨가 차분하고 박식했다.

가장 먼저 하는 말이 영국은 운전대가 우측에 있고 좌측통행을 하기 때문에 차 조심 하라는 것이다. 그의 말대로 나도 모르게 여러 번 놀랐다.

점심시간이 늦을지라도 시간 절약하는 방법으로 관광을 하자는 것이다. 새벽 밥 먹고 아무것도 먹지 않아서 배가 고파도 어쩔 수 없는 일이다.

먼저 대영박물관에 갔다. 고고학 및 민속학의 수집품 80만 점이 소장되어 있으며, 런던에 있다.

박물관과 부설 도서관은 1753년 한스 슬론 경이 소장하고 있던 예술품과 장서를 정부가 매입하면서 설립되었다 한다.

책으로만 읽었던 고대 그리스, 로마의 신화에 나오는 신들을 관람했다. 그리스나 로마, 이집트에 조각으로 길거리에 흩어져 있는 것들도 합법적으로 돈을 주고 수집해 미완의 상태로 맞추어 놓은 것도 있었다. 영국인들의 정신을 엿볼 수 있는 부분이다.

상단부터
조각으로 된 것들을 모아 완성한 그리스 로마 상
대영박물관에 있는 로제타석

로제타석 또는 로제타돌에는 고대 이집트의 상형문자, 이집트 민중문자, 고대 그리스 문자 등 세 가지 문자로 기원전 196년 프톨레마이오스5세의 공덕을 기리는 내용이 새겨져 있다. 이 돌은 나폴레옹이 이집트를 침략했을 때 한 프랑스 군인이 발견한 것인데, 프톨레마이오스 왕이 사제들에게 큰 은혜를 베푼 것을 찬양한다는 것이 주 내용이다.

그 전문의 일부를 써 본다.

'새로운 왕이시며 왕관의 주인이신, 영광이 크시고 이집트를 평탄케 하시며 신들에 대해 경건하며 적들보다 우월하며 인간의 삶을 올곧게 하시고, 헤페스투스 대왕처럼 30년을 다스리시고, 태양과 같은 왕이시며, 위 세상과 아래 세상의 위대한 왕이며, 헤패스투스가 인정하신 부모를 공경하는 신들의 자녀이며, 태양이 승리를 허락하시고, 제우스의 현신이며……'

1802년부터 영국 박물관에 전시된 이 돌은 760킬로그램의 돌덩이지만 세계에서 가장 값진 비석이란다.

고대 이집트 미라들

클레오파트라의 미라를 비롯해 여러 미라를 보았다. 그 당시 사람들은 내세가 있다는 것을 믿고 부유층 집에서는 죽기 전에 바로 동맥을 끊어 피를 빼고, 옆구리를 찔러 장기를 모두 꺼낸 다음 약품 처리를 하고 미라를 만들었다고 한다. 하도 많은 미라에 이승인지 저승인지 분간하기 어려웠다.

로제타석 옆에 비모의 소년상이 있어 알아보니 람세스2세란다.

람세스2세는 이집트 왕 세티1세의 아들이며, 세티1세는 《구약성서》에 나오는 모세를 양자로 삼아 기른 왕이다. 따라서 모세의 형이기도 하다.

람세스2세는 파라오 재위 기간이 60년 또는 66년이란다. 정치 수완도 좋아 이집트를 부강한 나라로 만들었고, 영토도 넓혔다. 당시 평균 수명이 40세 정도였는데 90세가 넘도록 살면서 후궁도 많이 두었고 자식도 많이 낳았다고 한다. 많은 업적과 장수로 인해 태양의 신으로 여겨졌다. 지금도 이집트 곳곳에서 그의 동상이 출토되고 3300년 전 람세스2세의 미라가 있단다. 사진으로 본 람세스2세의 미라는 두상이 크고 턱도 다부지다.

모세의 형이었던 람세스2세

한국관도 있었다. 우리나라 유물이 여기 있는 것뿐이겠는가. 어느 정도 형식만 갖추어 놓은 느낌이 농후하다. 우리나라의 훌륭한 불상이 수많은데도 아주 못생긴 몽골인을 닮은 고려시대 석가모니 상을 전시해 놓고 석가모니 상의 전형이라 한다. 틀린 말이다. 부처는 왕자이며 인도 사람이다. 기독교인들이 많은 서구인들의 폄훼성 평가라는 생각이 들었다.

박물관을 나와 곧장 템스강 선착장으로 갔다. 우리나라 한강은 주변에 주로 아파트만 있는데 템스강 주변은 유서 깊은 건물이 많다고 한다.

템스강은 바다의 밀물이 개펄을 거쳐 역류되어 오기 때문에 흐린데도 오염되지 않고, 많은 어류가 서식하고 있다고 한다. 간만의 차도 매우 심하다 한다.

템스강을 유람하는 배에 탔다. 여러 나라의 관광객으로 배 안이 붐볐다. 강바람이 매우 차다. 런던은 매일 비가 오다시피 하는데 오늘은 맑다. 다행이다.

썰물 때라 배가 흐르는 강물을 거슬러서 국회의사당 쪽으로 움직인다. 강 주위에 있는 여러 건물을 보았다.

선착장 주변은 금융가라 세계적인 은행이 있었다. 강변 따라 타워 브리지, 런던교, 셰익스피어공연장, 국회의사당과 시계탑, 런던아이, 런던시청, 6·25 때 참전한 군함 벨파스트호 등을 관람했다. 벨파스트호는 낡아 관람용으로 정착되어 있었다.

웨스트민스터사원에서 하선했다. 영국 역대 왕들이 모두 여기에서 결혼식을 하고, 대관식을 하고, 죽으면 이곳에 묻힌단다. 왕뿐만 아니라 영국을 빛낸 많은 위인들이 여기에 잠들어 있다는데, 대충 적어 보면 바이런, 초서, 처칠, 다윈, 디킨스, 드레이크, 디즈태일러, 넬슨, 뉴턴 등이다.

좌측부터 템스강의 타워 브리지 / 웨스트민스터사원

아무 업적이 없이 이곳에 묻힌 사람도 있는데, 그는 토머스 파라는 사람으로 사유는 152세까지 살았기 때문이란다.

이어 버킹엄궁에 갔다. 버킹엄궁은 영국 왕의 궁전이다. 2만 제곱미터의 호수를 포함하면 19만 제곱미터 넓이의 궁정이다. 1703년 버킹엄공 존 셰필드가 뽕나무밭을 구입해 버킹엄하우스를 지으면서 시작되었다 한다.

대정원 외에 무도회장, 음악당, 미술관, 접견실과 도서관 등이 들어서 있다. 이틀에 한 번씩 행하는 왕실 근위병 교대식은 볼거리로 매우 유명하다. 왕이 움직이는 노선 따라 영국기도 따라 움직여 꽂혀 있다 한다.

영국 왕족은 여자나 남자나 반드시 군에 입대해야 하고, 전쟁이 일어나면 참전해야 한다고 한다. 국민들로부터 존경받을 만하다. 우리나라 지도자와 대조된다.

드넓은 궁정에 여우가 산다고 한다. 흑사병이 심할 때 여우가 쥐를 잡아먹으므로 쥐를 없애는 차원에서 들 여우를 그대로 살게 했단다. 그러므로 여기저기 여우 굴이 있겠지.

관광을 마치고 공항에 갔다.

여행 올 때보다 거리는 더 먼데 뒤에서 밀어주는 편서풍의 영향으로 2시간 빨리 한국에 왔다.

03. 스페인(에스파냐) 여행

내 인생의 여정은 영화 〈국제시장〉의 덕수와 흡사하다. 1944년생인 나는 일제시대에 태어났다. 6·25 전쟁 시에는 부모님과 4남매가 《정감록 비결》에 안전한 피난처로 알려진 충남 공주시 유구읍에 가까운 동해동으로 이사했으며, 휴전이 되자 다시 고향인 전주시 덕진구 남정동으로 귀향했다. 1950년 내전으로 인해 초등학교 입학 적령기를 놓친 나는, 1953년 아홉 살에야 본의 아니게 선생님에게 강제로 끌려가 입학했다. 1950년대 그 어려운 시대를 지나고 1960년대 4·19혁명 때는 고등학생 신분으로 데모대에 끼여 민주화 운동도 했다.

1965년도에는 어려운 가정형편 탓으로 등록금이 없는 국립사대인 공주사범대학에 진학했고, 그 대학도 다니기 힘들어

군에 지원 입대했으며, 제대 후 대학 다닐 일을 생각해서 월남전에 지원 참전했다.

1972년 2월 10일 졸업하고 19일 지나 3월 1일 김제여·중고에 첫 발령을 받았다. 교육공무원으로 첫발을 디딘 나는 월급 받기가 바쁘게 줄줄이 세 동생을 뒷바라지해야 했으며, 서른 살이 되도록 연애나 결혼은 생각하지도 못했다. 그러던 어느 날 여학교 총각 선생님이었던 내게, 존경하지도 않는 이종사촌을 통해 중매가 들어와 지금 집사람을 만났다. 몇 번 만나지도 않고 어머님과 상의도 없이 결혼을 결정하고 1973년 4월 26일 결혼했다.

첫날밤을, 긴 방을 가운데 농으로 막은 방에서 아랫쪽 방은 어머님과 동생들이 자고 우리 부부는 윗쪽 방에서 새웠다. 신혼여행은 꿈도 꾸지 못했다. 이런 이유로 나는 평생 동안 집사람으로부터 원망을 들었다. 하여 그 죄책감으로 인해 집사람과 함께 다른 나라 여행을 30여 곳 했고, 집사람은 더 했다.

유럽여행은 동서남북 두루 했다. 그래도 스페인과 포르투갈 등 몇 나라는 빠졌다. 그러던 차 이사직으로 있는 대건신협에서 오스트리아와 크루아티아 등 동유럽과 발칸반도에 간다고 했다. 해서 같이 가지고 했더니, 간 곳을 또 가냐며 자기는 안디옥 동갑내기 교인들과 함께 스페인에 간다고 했다. 혼자 잠자리 들 일을 생각해 스페인 쪽으로 발을 바꾸었다.

여행사는 모두투어이고, 우리 일행은 집사람의 안디옥 교인 갑자 친구 두 분(오명자, 오영자)과 오명자 님의 부군 형 선생님, 오영자 님의 자매 세 분, 나를 합해 여덟 명이다. 모두투어 전체로는 스물일곱 명이다. 인솔 가이드는 조신정 님이다. 청순한 얼굴에 차분하면서도 언어가 매우 정제되고 간결하다.

내가 가지고 있는 지구본에는 스페인 국명이 없고 에스파냐로 되어 있다. 스페인이란 명칭은 영어명이고, 그들 본국 사람들은 에스파냐라고 한다. 우리나라 사람들은 서반아라고도 한다. 입헌군주국으로 국민성이 정열이 강하고, 투우, 콜럼버스, 내전 등으로 우리에게 많이 알려졌다.

에스파냐는 기원전 카르타고의 속국이었으나 한니발 장군과 싸움에서 로마에 지자 로마의 땅이 되었다고 한다. 무리하게 피레네산맥과 알프스산을 넘고 온 한니발 장군은 로마의 속국의 힘을 얻어 로마를 치려 했으나 도움을 얻지 못하고 지구전과 게릴라전을 편 로마에 패했다 한다. 그 당시 로마의 속국인들은 노예였지만 노예제도가 연좌제가 아니어서 자식들

세대에서는 자연히 로마 시민권이 부여되고, 로마 시민이 되면 매일 일정량의 식량 배급이 나오니 한니발을 돕지 않아 카르타고는 망하고 로마의 땅이 되었다고 한다. 영화 〈한니발〉에서 알프스산을 넘으며 산 비탈길에서 떨어져 죽고, 동사하는 군인과 코끼리의 모습이 선하다.

7월에 예약금을 지불하고도 13시간 반 비행기 탈일을 생각하니 걱정이 앞선다. 딸이 노구가 걱정이 되었던지 이제 그만 다니라 한다. 유럽 여행 대부분이 거대한 가톨릭성당이며 그게 그것인데 시간, 돈, 정력 낭비라는 자책감도 들었다. 몇 년 전부터 여행을 다녀 보면 20~30여 명의 단체 여행객 중 가장 고령이다. 벅차고 들뜬 마음보다 무사히 다녀올 수 있을까 하는 걱정스러운 마음이었다.

10월 23일(여행 1일 차)

4시에 전주에서 리무진을 타고 8시에 인천 국제공항에 도착해 12시 20분에 대한 항공편으로 출항했다. 같이 간 형 선생님 사모님이 창문 쪽으로 자리를 부탁한 것이 내게로 돌아왔다. 나는 장거리 비행기를 탈 때는 화장실을 빙자해 자주 자리를 드나든다. 그런데 창가 쪽에 앉으니 보통 고통스러운 일이 아니었다. 그러나 참을 수밖에.

기내식 점심을 먹고 위스키 두 잔을 마셨다. 피로와 함께 느긋하게 한잠 잤다.

자고 나서 밖을 보니 비행기가 중국 위를 지나가고 있었다. 바다를 메운 곳에 마을이 형성되었는지 바다 옆에 마을이 있고, 마을 곳곳에 호수와 강이 있어 계획된 도시처럼 집들이 질서정연 했다. 가끔가다 아파트도 보인다. 강줄기가 마을을 휘감고 있는지 강인지 도로인지 분간할 수 없었다. 도로라면 차량이 보여야 하는데 차량은 보이지 않고, 강줄기라면 너무 많다. 그런데 이런 마을이 몇십 분 동안 계속 이어져 보인다. 시속 900킬로미터로 가는 비행기로 몇십 분을 본다면 얼마나 큰 마을인지 이해가 되지 않는다.

비행 도중 스페인이 7시간 늦다 해서 시계를 7시간 뒤로 늦췄다. 유럽은 대부분 8시간 늦은데, 대서양변에 있는 스페인이 왜 7시간 늦나 이상하게 생각했다. 그런데 바르셀로나에 가면서 서머타임이 오늘로 끝난다는 가이드의 말을 듣고 그 이유를 알았다.

비행기에서 본 중국 해변가 마을

스페인 시간으로 19시쯤 마드리드에 도착했다. 서머타임 실시로 19시인데도 서녘 하늘에 해가 있다. 우리나라에서 12시 20분에 출발해 13시간 반이나 비행했는데도 해가 지지 않고 있다. 왜 그럴까? 지구 자전 방향으로 비행기가 왔기 때문이다. 지구의 자전 속도는 1,609㎞/h다. 그런데 비행기는 평균 900㎞/h다. 똑같이 인천공항에서 출발해 지구는 시속 1,609킬로미터로 달리고 비행기는 900킬로미터 정도로 달린 셈이다. 마치 잘 달리는 선수와 거의 배나 느린 선수가 달려 13시간 반에 측정해 생긴 결과다. 우리가 마드리드에 도착했을 때 지구는 미국쯤 갔을까? 만약 비행기가 지구의 자전 속도인 시속 1,609킬로미터로 비행했다면 1000년을 달렸어도 같은 태양 빛을 볼 수 있었을 것이다.

마드리드공항에서 입국 수속을 마치고 비행장 밖으로 나오니 수도인데도 미세먼지는 보이지 않고 맑은 햇빛에 상쾌하다. 어디를 보아도 단층집이다. 도심 곳곳이 수목으로 덮여 있다. 차량도 막힘이 없다. 빌딩 숲에 차량으로 뒤덮인 서울의 거리와 대조적이다. 그러니 우리는 매연 속에서 살 수밖에.

인구밀도도 우리와는 비교가 안 된다. 스페인 면적은 504,030제곱킬로미터에 인구는 46,397,462명(2018년 통계)으로 인구는 우리와 거의 같고, 면적은 남한의 4.7배쯤 된다. 거기에 우리는 영토 대부분이 산악으로 되어 있는데 스페인은 어디를 가나 들이나 야산으로 되어 있어 가용 면적이 비교가 안 된다.

공항에 대기 중이던 버스를 타고 내일 첫 관광지인 톨레도 쪽으로 약 40분쯤 가서 정해진 호텔에서 여정을 풀었다. 숙소가 깔끔했다. 이 정도면 훌륭하다는 생각이 들었다. 그러나 집사람이 스트레스를 많이 받았는지 잠을 제대로 이루지 못한다.

10월 24일(여행 2일 차)

호텔식으로 간단히 아침 식사를 하고 1시간쯤 버스를 타고 난공불락이었다는 톨레도 옛성에 도착했다. 톨레도라는 지명을 몇 번이나 들었음에도 낯설다. 에스파냐 말은 시끄럽기만 하고 인명이나 지명이 잘 각인이 되지 않는다. 왜 그럴까 생각하니 에스파냐 말이 경음(ㄲ, ㄸ, ㅃ, ㅆ, ㅉ)과 격음(ㅋ, ㅌ, ㅊ, ㅍ)이 많아 그런 것 같다.

톨레도는 마드리드에서 남쪽으로 70킬로미터 떨어져 있는 곳으로 타호강에 둘러싸여 있는 관광 도시이자 스페인의 옛 수도로, 스페인의 역사와 문화, 예술에 있어서 마드리드와 함께 가장 중요한 도시다. 기원전 2세기 로마의 식민지 시대를 거쳐 8세기 서고트왕국의 수도가 되었고, 그 후 이슬람 세력의 지배를 받으면서 가톨릭, 유대교, 이슬람교 등 세 가지 종교의 유적지가 공존하는 특별한 도시가 되었다. 무어인들이 지배하던 시기에는 '톨레도의 칼'로 대변되는 철제 생산과 경공업이 크게 발달해 황금시대를 맞이했지만, 15세기에 수도가 마드리드로 옮겨지자 침체기를 걷기 시작했다고 한다.

현대식 무기가 아닌 활과 검으로 싸운 시대에는 난공불릭의 성이었다고 한다. 성 밖 둘레는 모두 해자로 되어 있고 물도 깊은지 푸르고 물살도 세다. 성도 에스컬레이터를 타고 한참을 올라갔다. 높은 언덕에 궁을 짓고 빙 둘러 성벽을 쌓고, 성벽 아래는 해자를 만들었으니 난공불락의 성일 수밖에 없다는 생각이 들었다. 완전히 원을 이룬 해자를 볼 때 부분적으로 인공 해자라는 생각이 들었다.

이 해자의 물은 1,007킬로미터 길이의 타호강에 합류해서 대서양으로 흐른다고 한다.

해자가 보이는 톨레도성

백제도 공주의 공산성을 이렇게 만들었다면 그리 쉽게 무너지지 않았을 것이란 생각이 들었다. 백제는 시조 온조가 한강을 기준으로 위례성을 쌓고 개국 후 공주로, 부여로 도읍을 옮겼다. 여러 차례 도읍을 옮기다 보니 백성에게 많은 부역을 요구했고 부역에 시달린 남편들이 죽자 과부가 된 부인들이 한이 맺혀 부른 노래가 고창에 전래되는 〈방등산가〉다. 가사는 전해지지는 않지만 그 배경 설화에 한이 담겨 있다.(정호안 공저《스토리텔링 백제 가요》참조)

공주에 있는 공산성은 금강을 끼고 있는 높은 낭떠러지를 의지하고 세워졌다. 성을 중심으로 톨레도성처럼 해자를 만들었다면 신라와 당나라 연합군에 그리 쉽게 무너지지 않았을 것이다. 의자왕은 싸워보지도 못하고 공산성으로 도망했으나 포로로 잡혀 2만여 명의 백성과 함께 당나라로 끌려가는 수모를 당하고 나라는 망했다.

톨레도는 톨레도 지방의 주도이면서 카스티아 라 만차 자치구의 주도이기도 하다.

또한 소설《돈키호테》의 저자 세르반테스의 고향이어서 소설의 배경이기도 하다.

톨레도성 밖에서

1560년에는 수도가 마드리드로 옮긴 후 중요성이 약해졌지만 스페인 문화를 잘 대변하는 곳이어서 시 전역이 국립기념지로 선포되었다. 이 시의 대성당에는 엘 그레코, 고야, 반 다이크 등 화가들의 그림이 소장된 박물관도 있다.

1987년 12월 유네스코 세계문화 유산 도시로 지정되었단다.

성안에는 산토 토메 교회가 있는데, 교회 안에는 걸작 〈오르가스 백작의 매장〉의 그림이 있다. 물론 그림 아래에는 백작이 매장되었다. 오르가스 백작은 톨레도 지방의 귀족으로 신앙심이 깊었고, 이곳을 후원했으며, 소외된 사람을 도와 널리 존경을 받았다.

그림은 오르가스 백작의 장례식에서 백작의 영혼을 하늘로 데려가는 두 성인의 모습을 담고 있다. 천상계인 상부와 지상계인 하부로 이루어진 이 그림은 상단은 그리스도와 성모마리아가 영혼을 맞이하는 모습을, 하단은 장례가 치러지는 모습을 그렸다. 중앙 부분에는 천사가 팔을 감싸고 있는 것을 볼 수 있으며, 이는 백작의 영혼을 표현한 것이란다.

성안을 둘러보니 중세 때 만든 길을 그대로 사용하고 있다. 현대 살림에 맞게 콜라며 맥주 등을 배달하는 차들이 좁은 길을 많이도 다닌다. 속도를 내고 달리니 차 조심하라고 주의를 준다. 가게에는 중세 때 입은 기사들의 갑옷과 칼과 창들이 진열되어 있었다. 성벽을 무너지지 않게 하기 위해 흙 사이로 철심을 박은 것이 지금도 검게 보인다.

성 입구에서 성안까지는 상당히 높다. 에스컬레이터를 타고 한참을 올라와야 한다. 사방이 해자로 되어 있고, 높은 언덕에 집을 짓고 성문을 지키니 난공불락의 성이란 말이 이해가 된다.

성 밖으로 나와 바차를 타고 성 둘레를 관람한 후 일행과 인증샷을 찍은 후 스페인의 수도인 마드리드로 향했다.

마드리드 시가지에 들어서자 가운데 중앙선에 해당하는 곳이 매우 넓고 큰 나무들이 우거졌다. 양쪽 차선도 200년 전에 만들어진 도로치고는 매우 넓었다. 도로 옆으로 세워진 건물들은 6층 건물이 많았고 바스크 양식으로 웅장했다. 같은 시기 프랑스 파리에서 나폴레옹3세가 계획적으로 만든 것과 거의 비슷하다는 생각이 들었다. 구도심은 중세 때 깔아놓은, 마차가 다닐 수 있도록 만든 자갈길은 유럽 어디에서나 볼 수 있는 공통된 양식이다.

쭉쭉 뻗은 시가지를 지나 마드리드왕궁에 도착했다.

왕궁은 원래 9세기에 세워진 무슬림의 요새가 있던 자리다. 무슬림이 물러난 후에는 합스부르크 왕가가 요새를 궁전으로 사용했으나 1734년 크리스마스 밤에 대형 화재로 소실되었다. 소실된 왕궁의 복원 작업을 진행하면서 1764년 지금과 같은 모습으로 완공되었다.

마드리드는 스페인 왕의 공식 거처이지만 현재는 공식 행사에만 사용되고 실제로는 거주하지는 않는다고 한다. 사방 150미터의 왕궁 안에는 2,800개의 방이 있는데, 그중 50개의 방만 일반에 공개하고 있다고 한다.

궁전 밖 광장 푸에르타숲에는 마드리드를 상징하는 복분자를 먹으려는 곰 상이 있고, 스페인을 말아먹은 페르난도7세의 기마상도 있다. 우리 일행은 "나라 말아먹은 왕의 동상을 무엇 때문에 세웠느냐?"며 웃으며 거리를 걸었다.

이어 1734년 화재로 인해 소실될 뻔했던 미술품을 옮긴 프라도미술관으로 관광을 옮겼다. 미술관 입장이 매우 엄격했다. 모든 쇠붙이를 조사하고 미술품에 위협을 줄 수 있는 물건은 반입을 금했다.

마드리드의 상징인
곰과 복분자

프라도미술관은 본래 채소밭이었는데, 마드리드궁전이 화재가 나자 미술품을 이곳에 임시로 옮겨 보관해두었다가 미술관이 된 경우라 한다.

스페인 하면 현대 화가인 피카소를 첫째로 뽑는 화가인 줄 알았는데 고야를 첫째로 삼는다고 한다.

고야는 혼돈과 불확실성의 시대에 인간의 어리석음과 본성을 낱낱이 까발린 에스파냐의 천재 화가이며 귀머거리 화가다. 총구 앞에서 전쟁과 폭력의 극심한 공포감을 온 얼굴로 토로해내는 인물들이 등장하는 고야의 작품(〈1808년 5월 3일〉)은 우리 미술 교과서에 실려 있기도 하단다.

고야의 〈옷을 벗은 마하〉는 그림이 그려진 19세기 초 당시 지나친 나체의 그림이라고 고야를 종교재판소에 서게 했고, 물의를 일으키기도 했다고 한다. 이 그림은 150여 년이 지난 1969년 우리나라에서 성냥갑 바깥에 인쇄되어 법정에서 격렬한 음란물 논쟁을 일으키기도 했다.

고야는 귀머거리가 된 뒤에는 '유령'이 등장하는 암울한 그림을 그렸다고 한다.

고야의 그림 〈페르난도7세〉는 어떤가. 페르난도7세는 카를로스4세와 파르마의 마리아 루이사 사이에서 태어났다. 그의 부모는 마누엘 데 고도이를 총신으로 두었는데, 고도이는 1795년 이후 바젤평화조약으로 프랑스에 항복한 뒤 평화공이라는 공허한 칭호를 갖고 있었다.

고도이가 프랑스의 스페인 침입을 막지 못하자 카를로스는 1808년 3월 17일에 일어난 아란후에스 반란으로 퇴위하고 아들 페르난도에게 왕위를 물려주었다. 그러나 프랑스군은 계속 진격해와 마드리드를 점령했고 나폴레옹은 페르난도를 국경 너머로 불러들여 왕위를 다시 그의 아버지에게 돌려주도록 강요했다. 페르난도는 왕위를 나폴레옹에게 주었고, 나폴레옹은 그의 형 조제프를 스페인 왕위에 앉힌 뒤 전쟁 동안 페르난도를 프랑스에 붙잡아 두었다.

그래서 스페인의 좌파들은 민중들에게 페르난도를 '멸망왕'이라고 불렀다. 멸망왕의 오명을 얻은 페르난도7세 가족이 고야에 의해 가족사진처럼 그려졌는데, 왕이 무척 미련하게 그려져 있었다. 고야의 심술이라고 가이드가 말한다.

또 왕궁광장에는 페르난도7세의 기마상이 세워져 있었다. 우리 일행은 "나라 망해 먹은 왕의 동상은 왜 세웠는지 모르겠다"고 웃으며 동상 옆을 지나갔다고 전술한 바 있다.

틴토레토의 〈세족식〉은 그림을 보는 위치에 따라 감상이 달랐다. 그림의 구도 중심을 가운데에서 보니 개가 그림의 중심이 되었고, 그림 오른쪽 하단 끝에서 보니 예수님이 베드로의 발을 씻어주는 모습과 발을 씻기 위해 준비하는 다른 제자들의 모습이 중심이 되었다. 보는 위치에 따라 구도가 변하는 것이다. 집사람한테 "왜 예수님이 제자들의 발을 씻어주느냐?" 고 물으니 '낮은 자세로 살라'는 가르침을 주기 위해서란다. 나는 그 말을 듣는 순간 망치로 머리를 맞는 충격을 받았다.

"낮은 자세로 살라."

인생을 사는 방법 중 이보다 더 훌륭한 자세가 있을까?

삶의 자세의 시작과 끝이라는 생각이 든다.

〈세족식〉

미술품은 상할까봐 사진을 찍을 수 없다. 진품만을 보는 것으로 만족해야 했다.

숙소로 가는 도중 세계적인 축구 명문 클럽 레알 마드리드 홈구장을 갔다. 60유로 선택 관광이며 관광객 중 여자분이 많아 희망자가 적어서 운동장 밖에서만 인증샷을 찍고 숙소로 돌아왔다.

10월 25일(여행 3일 차)

아침식사를 호텔식으로 간단히 하고 90여분 버스를 타고 《돈키호테》의 배경이 되는 풍차가 있는 마을 콘수에그라로 갔다. 차창 밖으로 눈을 돌리니 끝없는 벌판이고 벌판은 밀밭이다. 10월이라 밀은 모두 수확되었는지 밀은 없고 맨땅이다. 사방 어디를 보나 먼발치에도 산은 보이지 않는다. 산이 없으니 계곡이 없고, 계곡이 없으니 강이 없고, 강이 없으니 물이 없다. 왜 높은 언덕에 밀방아를 찧는 풍차가 군데군데 있을까 하는 의문이 풀렸다. 전기가 없던 시대에 기계를 이용할 수 있는 방법으로, 물이 없으니 바람을 이용한 동력을 얻기 위해 풍차를 만든 것이다. 우리나라는 산이 많으니 계곡이 많고, 계곡이 많으니 물이 많고, 그래서 물을 이용한 동력을 얻어 방아를 찧기 위해 물레방아가 만들어졌다는 추론이 성립되었다.

풍차가 보이자 가이드의 세르반테스의 《돈키호테》에 대한 자랑이 지나치다. 작품 《돈키호테》가 세계 문학의 시작이고 끝이란다. 셰익스피어의 작품 《햄릿》과 《돈키호테》의 대조적인 캐릭터만 말했어야 했다.

세르반테스는 마드리드의 대학가 알칼라 데 에나레스에서 일곱 남매 중 넷째로 태어났다. 아버지 로드리고 데 세르반테스는 하급 귀족 가문의 외과의사여서 매우 가난했다. 이에 세르반테스는 제대로 된 교육을 받지 못했고 가족은 여러 도시로 이사를 다녔다. 이외의 어린 시절은 거의 알려지지 않고 있다고 한다.

1570년 22세 때 이탈리아의 추기경을 따라 로마로 건너가 군인이 되어 레판토해전에 참가했으나 부상으로 왼손에 장애를 가졌다. 1575년에는 해적에게 잡혀 알제리에서 5년간 노예로 생활하다가, 성삼위일체수도회의 도움으로 주인에게 몸값을 지급하고 가족이 사는 마드리드로 돌아와 글을 쓰기 시작했다.

1585년 소설 《라 갈라테아》를 출판했으나 인기를 별로 끌지 못했다. 1605년 《돈키호테》 제1부를 발표해 대단한 인기를 모았으나 생활에는 도움이 되지 못했다. 1615년 《돈키호테》 제2부를 완성했지만 평생 가난하게 살다가 1616년 4월 23일 향년 69세로 세상을 떠났다.

형 선생님과 함께
풍차 앞에서

《돈키호테》의 여관에서 인증샷을 찍고 휴게소 가게에서 전 세계를 일주하는 오토바이 여행객인 우리나라 사람을 만났다. 그의 말은 2017년 6월에 동해에서 러시아 블라디보스토크의 배를 타고 러시아로 가서 36일 동안 오토바이를 타고 유럽으로 갔고, 동유럽, 북유럽을 다닌 후 영국으로 건너가 여행 중 신사의 나라라는 영국에서 오토바이를 도난당했다고 했다. 어쩔 수 없이 중고 오토바이를 사서 도버해협을 건너, 다시 서유럽 여행 중, 서유럽 남단인 스페인에 왔다고 한다. 하루에 경비가 얼마나 드느냐고 물으니 3만 원 정도 든다고 한다. 잠은 텐트에서 자고 식사는 손수 해먹으니 3만 원은 휘발유 값 정도인 것 같다. 대단한 사람처럼 보였다. 각국의 물건 값도 훤히 알고 있었고, 스페인은 물가가 싼 편이라고 말해주었다.

커피 한 잔 후 다시 버스를 타고 3시간이 소요되는 코르도바로 향했다. 이번에는 가도 가도 끝이 없는 올리브밭이 펼쳐진다. 산도 올리브 산이다. 저 많은 올리브를 누가 수확할까? 촌락도 없고, 농가도 없다. 스페인에서는 농지가 국유지이고 농부가 농지세를 내고 경작한단다. 올리브는 심은 후 40년이 되어야 열매가 달려서 올리브 심는 집으로 시집가려 한다고 한다. 후손들이 부유하게 살 수 있으니까. 우리나라는 왜 올리브나무를 심지 않을까? 하기야 40년이 흘러야 열매를 맺는다 하니 빨리빨리 하는 국민성에 장기간 투자할 사람도 없을 것이다.

산이 없으니 개울이 없고 물도 없다. 비가 오면 그대로 땅으로 스며드는 것 같다. 간혹 가다 작은 강이 있기는 한데 녹색 물감을 풀어 놓은 듯 녹조현상이 심하다. 그러니 물고기가 살 리가 없다.

2시쯤에 코르도바에 도착했다. 코르도바는 카르타고인들에 의해 세워졌다고 짐작되며 《성서》에 나오는 다시시시(市)라는 주장도 있다.

로마제국 하에서 번성했으나 서고트족의 지배 시절인 6~8세기 초에 쇠퇴했다. 711년 이슬람교도들에게 점령되면서 큰 피해를 입었다. 그 후 이슬람교 부족들 간의 분쟁으로 복구가 지체되다가 우마이야왕조의 아브드 알 라흐만1세가 스페인 이슬람교 세력의 최고지도자가 되고, 756년 이 도시를 수도로 삼은 후 회복되기 시작했다. 아브드 알 라흐만1세가 이 도시에 세운 대사원은 후계자들에 의해 계속 확장되다가 아부 아미르 알 만수르에 의해 완공되었다. 가끔씩 일어나는 반란으로 어려움도 겪었지만, 이 도시는 우마이야왕조의 지배하에서 급속히 성장해갔다.

11세기 초 내전이 발생해 칼리프 통치구역이 해체되자 스페인 이슬람교도들의 군소 왕국들은 이 도시를 두고 힘을 겨루었다. 1236년 카스티야의 왕 페르난도3세에게 정복되어 그리스도교 국가인 스페인에 합병되었다.

이슬람교도들의 교두보인 그라나다와의 전선에서 군사기지가 되었다가 1492년 그라나다가 함락된 후에는 교회, 수도원, 귀족들의 저택이 있는 조용한 도시가 되었다.

코르도바에서 막 버스에 내리니 10월 25일인데도 뜨겁고 찬란한 햇빛이 견디기 힘들 만큼 내리쬐었다. 여행 준비물로 선글라스와 선크림, 모자와 양산을 준비하라는 가이드의 당부가 왜 있었는지 알 수 있었다. 한여름에는 섭씨 40도를 오르내린다고 한다.

처음 간 곳은 유대인들이 산다는 곳이었다. 여행 예정지로 이곳을 간다기에 많은 호기심을 가졌다. 집시로 시작해서 이집트인들에게 수천 년을 노예로 살았고, 모세에 의해 출애굽

해서 가나안 땅으로 들어가 왕국을 세웠지만 다시 나라를 잃고, 스스로 신으로부터 선택된 민족이라지만 2차대전 때 히틀러에게 600만 명이 학살되는 대참사를 당했고, 기원후 2000년 동안 세계 문화의 조류는 기독교 문화가 주류를 이루고 있는데도 예수를 인정하지 않는 유대인들!

정말 그들은 노벨상을 가장 많이 받고, 미국의 부호 대부분이 유대인이라는데, 신으로부터 선택된 민족인가?

유럽의 동서남북 20여 개국을 여행했지만 모두가 기독교 문화의 흔적이고, 현재도 기독교, 유대교, 이슬람교 모두가 뿌리는 여호와 신이지만 싸우며 죽이고 있다. 언제까지 우리 인류는 종교로 인해 반목하며 살아야 하는가?

신에게 구원받고자 신을 믿는데 그 신 때문에 수많은 사람들이 싸우며 죽는 아이러니를 겪어왔다.

신이 인간에게 준 이로움과 해로움은 어느 것이 비중이 큰 것인가? 이 모두가 신이 만든 것이 아니고 인간이 만든 것이 아닌가? 유대인 유발 하라리가 쓴 《사피엔스》를 보면 인간 스스로가 만든 것이란 생각이 든다.

상단부터
유대인의 거리
메스키타 사원

예수를 메시아로 인정하지 않는 유대인들은 어떤 사람이고, 어떻게 살고 있을까? 호기심을 가지고 유대인들이 사는 골목에 들어섰다. 꼬불꼬불한 좁은 골목으로 들어서자 벽들이 모두 흰색이다. 이 지방은 햇빛이 따가워 복사열을 차단하기 위해서란다. 그래서 그런지 10월 말인데도 햇빛 아래 있을 수 없을 정도로 뜨거운 자외선이 내리쬐었다.

유대인들의 집 테라스에는 갖가지 꽃들이나 종려나무의 잎이 꽂혀 있었다. 그들의 전통문화란다.

유대인이 사는 곳에서 조금 떨어진 곳에 이슬람인이 모여 산다. 그곳으로 가니 정사각형의 정원이 있고, 그 정원에는 먹을 수는 없지만 향이 짙은 오렌지나무가 있다. 그늘에는 탁자들이 놓여 있다. 정원을 중심으로는 여러 세대들이 집을 짓고 살며, 정원을 공동으로 이용하면서 이웃끼리 친교를 유지한다고 한다.

이슬람교는 기독교처럼 십일조를 내지 않고 정원을 중심으로 운영하는 병원, 식당, 갖가지 상점들이 이윤의 얼마씩을 내면서 사원의 경비로 사용한다고 한다.

코르도바에 있는 메스키타 사원은 25,000명을 수용해 예배드릴 수 있는 곳이다. 이곳은 본래 이슬람교 사원이었으나 기독교인들이 이슬람 세력을 몰아낸 후 더욱 확장해 현재는 가톨릭 성당으로 사용하고 있다. 따라서 이슬람교 문화와 가톨릭 문화가 공존하고 있다.

785년 아라비아 왕족 압둘라만1세가 건축을 명했고, 1236부터는 기독교 교회로 사용했으며, 1523년에는 사원의 안 중앙에 성당이 세워졌다고 한다.

넓고 웅장한 지붕을 받치기 위해 수많은 2단 아치형 기둥이 서 있고, 성당 안에는 많은 성화와 조각상들이 있다.

이곳에서 〈홀로페르네스의 목을 든 유디트〉라는 성화를 보았다. 한 손에는 잘린 목을, 다른 한 손에는 종려나무 잎(그림과 관계되는 상징물)을 들고 있었다. 가이드의 말이 여인이 사람 목을 든 그림은 〈요한의 쟁반〉 그림과 이 그림뿐이라고 말한다. 〈요한의 쟁반〉 그림의 배경 이야기는 마태복음 14장에 잘 기록되었기 때문에 여기서는 〈홀로페르네스의 목을 든 유디트〉의 배경 설화만 써보겠다.

목을 든 유디트

이 그림은 17세기 피렌체의 자랑 크리스토파노 알로리가 그린 그림으로 《구약 외경》에 나오는 유디트의 설화를 그린 것이다.

아득히 먼 옛날, 잔인한 아시리아 군대가 평화롭던 유대의 산악도시인 베툴리아를 침략했다. 군대를 이끌고 온 장수 홀로페르네스는 잔인하기 그지없었다. 남자는 죽이고, 여자는 겁탈하고, 재산은 약탈하는 등 도시 전체를 유린했다. 이를 보다 못한 귀족 출신의 과부 유디트는 아름답게 치장한 후 하녀를 데리고 적군의 막사에 몰래 기어들어 가 자신이 쫓기고 있다고 했다. 그녀는 홀로페르네스를 만나기 위해, 몇 가지 기밀을 말해주겠다고 했다. 홀로페르네스는 젊은 유디트의 모습에 압도되어 그녀를 만찬에 초대해 놓고 욕구를 채운 후 만취해서 잠자리에 쓰러졌다. 이때 유디트는 홀로페르네스의 검을 빼내어 그의 목을 잘랐다. 그녀는 홀로페르네스의 목을 보자기에 싸서 하녀와 함께 집으로 돌아가 홀로페르네스의 목을 베툴리아 도성 벽에 매달았다. 다음날 대장의 목을 본 아시리아 군대는 서둘러 도성을 떠났다. 베툴리아는 그로 인해 해방될 수 있었다. 누구도 유디트가 순결을 버린 것에 왈가왈부하지 않았다. 이 애국심은 임란 때 논개의 이야기와 비슷하다.

요한의 쟁반

프라도미술관에서는 그림을 절대로 촬영할 수 없다. 해서 〈요한의 쟁반〉을 촬영하지 못하고 아쉬움에 다른 곳에서 구한 이 그림으로 대체한다.

프라도미술관에서 본 〈요한의 쟁반〉 미술품은 살로메의 젖가슴이 창녀처럼 튀어나왔고 요녀처럼 그려졌는데, 이 그림은 목을 든 살로메가 너무 미녀이며 애잔한 모습이다.

메스키타 사원 관람 후 거리를 나와서 만나는 사람마다 얼굴을 유심히 보았다. 저 사람은 유대인인가? 무슬림인가? 기독교인가? 길거리에서 어머니와 뛰노는 유아를 만났다. 콧날이 날카롭고 쑥 들어간 파란 눈이 매우 귀여웠다.

저녁 식사 후 스페인 전통춤인 플라멩코를 관람 후 호텔에 들어갔다. 여행 중 호텔이나 식사가 모두 훌륭했고 옵션도 무리하지 않고 관광객의 의견을 존중해 진행했다. 모두투어가 이렇게 훌륭한지 몰랐다.

10월 26일(여행 3일 차)

식사다운 식사를 하고 우의를 준비하고 대성당으로 향했다. 스페인은 아침이 늦다. 그들은 간식을 합해 하루에 다섯 끼를 먹는다는데, 밤 10시쯤 저녁을 먹으니 늦게 일어나고 아침도

10시쯤 먹는단다. 그래서 우리도 관광지가 가까우면 9시쯤 호텔에서 출발한다. 오늘은 스페인 여행의 가장 하이라이트라는 스페인광장을 가려 했다. 그런데 비가 내릴 뿐만 아니라 무슨 일이 있는지 경찰이 막아서고 있다. 아랍인들 테러 첩보라도 받았는지. 우리는 할 수 없이 세비야 대성당으로 향했다. 세비야 대성당은 비잔틴시국의 성베드로대성당, 영국의 세인트폴 성당에 이어 세계에서 세 번째로 큰 성당이다.

세비야는 '시장이 열리는 곳'이란 뜻이다. 지정학적인 요충지라 로마 시대에는 조공이 드나들었고, 이슬람 시대에는 두 번째 수도였으며, 대항해 시대에는 황금의 도시였다. 그래서일까? 세비야는 여유롭고 넓은 느낌이다. 거리의 오렌지 가로수도 그 여유로움에 일조한다.

세비아 거리는 최신식인데 마차도 달린다. 그런데 마차를 끄는 말똥이 보이지 않고 깨끗하다. 이유가 뭘까 하고 살펴봤더니 말 엉덩이에 무엇을 매달았다. 뭐라고 해야 하나? 똥받이를 매달고 다닌다는 표현이 적절할지 모르겠다. 아무튼 그런 용도의 넓적한 것을 엉덩이에 매달고 다니고 있었다. 완전히 현대와 과거가 사이좋게 공존하는 도시다.

상단부터
세비아 거리
땅 위에 떠 있는 콜럼버스의 관

세비야성당 안에서 제일 흥미로운 것은 아메리카를 발견한 콜럼버스 무덤이었다. 아니 정확히 말해 콜럼버스가 들어 있는 관이다. 그 관을 네 명의 소국의 왕이 공중에 떠받치고 있다. 네 명의 왕은 카스티야, 레온, 아라곤, 나비라가다.

독특한 사실은 콜럼버스의 주검(유골)은 땅에 묻혀져 있지 않고 있다는 사실이다. 콜럼버스는 그 당시 스페인 정부에 섭섭함이 있어 죽어도 '시체를 스페인 땅에 묻지 말라'고 유언했다는데, 관으로 메고 있으니 유언대로 묻지 않은 편이다. 콜럼버스에 대한 자세한 이야기는 후에 기록하기로 하고 여기서는 관에 대한 이야기만으로 글을 맺겠다.

성당에서 거리로 나와 과달키비르강가에 있는 세비아 황금의 탑이 있는 쪽으로 갔다. 세비아 황금의 탑은 1220년 이슬람교도가 건설한 탑으로 당시에는 탑 위가 황금색의 타일로 덮혀 있었기 때문에 그렇게 불리기 시작했다.

강 맞은편에는 팔각형의 은탑이 있었다는데 지금은 없다. 1756년 대지진 때 무너져 없어졌다고 한다. 황금의 탑과 강 건너편에 있던 은탑 사이에 쇠줄을 메어놓고 통행하는 배를 검문했다고 한다.

이곳에서 마젤란이 세계일주 항해를 떠났다 한다. 그 인연으로 현재에는 해양박물관이 되었다.

이 탑은 세비아에 있는 알몬아데 시대의 마지막 작품 중 하나로 역사적 의미가 크다.

좌측부터 황금탑 앞에서 / 헤밍웨이가 즐겨 찾던 투우장

점심식사 후 2시간 30분간 버스를 타고 론다로 이동했다. 2시간 30분 동안 가는 길도 끝없는 벌판이며 다복솔 같은 올리브나무가 열병식 하듯 서 있다. 차창 밖으로 보이는 어느 벌판에 이르자 이곳이 로마의 황제였던 줄리어스 시저의 땅이었다고 한다. 가이드와 나는 지식 경쟁이라도 하듯 시저에 얽힌 클레오파트라 이야기며, 삼두정치에 관한 이야기 등을 나누었다.

론다에 가까워지자 야산 같은 산이 보이며 주로 검은 소들이 보인다.

론다는 스페인 최초의 투우장이자 근대 투우의 발상지란다. 투우는 1년에 두세 차례만 하지만, 경기 중 인명사고가 나곤 해서 그마저도 정부에서 지양하는 추세라고 한다.

투우는 야생한 700킬로그램 이상의 소만 사용한다고 한다. 투우사는 17~25세로 민첩하고 담대한 사람이란다. 나이가 많고 결혼한 사람은 부양가족으로 인해 담력이 적고 민첩성이 적기 때문이란다. 짐승과의 싸움이지만 정정당당한 규칙이 있다고 한다. 소가 투우장에 들어오기 전 캄캄한 울안에 가둬 두었다가 갑자기 밖으로 나오면 스페인의 찬란한 햇빛에 광기를 내고 사람에게 대든다고 한다. 우리 일행은 투우장 밖에서 인증샷을 찍고, 투우를 좋아해서 투우장 주변에서 살았다는 헤밍웨이 집 부근으로 갔다.

영화 〈누구를 위하여 종은 울리나〉의 배경이 된
누에보다리와 헤밍웨이가 살던 집

투우장에서 100미터가량 떨어진 곳에서 영화 〈누구를 위하여 종은 울리나〉의 배경이 된 누에보다리 위로 올라가 주변을 둘러보았다.

누에보다리는 120미터 높이의 타호협곡 위에 세워져 론다의 구시가지와 신시가지를 이어 주는 다리로 대표적인 론다의 랜드마크다. 협곡 아래는 과달레빈강이 흘러 옛날부터 두 지역의 소통에 어려움이 있었고, 이 문제를 해결하기 위해 건설한 세 개의 다리 중 하나다. 당시 아라곤 지역의 천재 건축가였던 마르틴 데 알데후엘라가 40여 년 동안 공을 들여 1793년 완성했는데, 세 개의 다리 중 가장 늦게 완공되어 '누에보(새로운)'라는 이름을 가졌다.

스페인내전 당시에는 이곳에서 포로들을 떨어뜨려 죽였고, 다리 중간 아치에 있는 공간은 감옥으로 사용했다는 슬픈 역사를 지닌 장소이기도 하다. 현재는 사진 촬영지로 전 세계 작가들에게 사랑받고 있다. 우리 일행도 차를 마시며 그곳에서 사진을 찍었다.

헤밍웨이는 투우장에서 다리를 건너면 바로 보이는 낭떠러지 위에 지어진 단층집에 세를 얻어 살았다고 한다. 그곳에서 투우장을 오가며 《누구를 위하여 종은 울리나》를 집필한 것 같다. 미국인인 헤밍웨이가 스페인 내전 때 종군기자로 참여하면서 보고 느낀 것을 바탕으로 상기 작품을 쓴 것 같다.

스페인 하면 전 세계 인류에게 회자되는 콜럼버스 말고도 투우, 흑사병, 그리고 스페인내전을 지나칠 수 없다. 나는 남의 나라의 내전에 인간의 양심으로 보고만 있을 수 없어서 목숨을 걸고 싸운 유럽 지성인들에 숙연해져 많은 명상을 하곤 한다. 이번 여행도 그러한 의문이 단초가 되어 무엇인가 찾을 수 있을까 했다.

스페인내전은 내전이라고는 하지만 독일, 이탈리아, 소련 등이 개입했고 전 세계에서 공화주의를 지키려는 의용군이 참전했다는 점에서 사실상 국제전이라도 할 수 있다.

스페인내전은 수십 년 동안 스페인 역사와 정치가 양극화한 결과로 일어났다. 내전의 양측은 교회, 군부, 기업가 등의 국가주의자와 중산층, 노동자 등의 공화파였다. 내란은 유혈 폭동, 군사 봉기, 암살 등으로 이어졌다. 독일과 이탈리아가 국가주의자(프랑코파)를 도왔고 소련이 공화파에 장비와 물자를 공급했다.

1936년 7월 모로코 발령에 불만을 품은 프란시스코 프랑코

장군이 군부를 중심으로 한 파시즘 진영을 이끌고, 민주적 선거로 집권한 좌파 정부를 전복하기 위해 쿠데타를 일으켰다. 5개월 전 정치와 종교의 분리와 토지개혁을 내세워 노동자 농민의 지지를 받은 인민전선 정부가 출범했지만 기득권층인 군부, 가톨릭교회, 왕당파, 지주·자본가들은 권력을 순순히 내놓지 않았다. 해서 프랑코파와 공화파로 완전히 갈라졌다. 여기에 제2차 세계대전의 전운이 감돌던 복잡한 국제 역학 구도 속에서 주변 국가들이 가세했다. 파시즘정권이던 독일과 이탈리아는 15만의 대군을 보내 프랑코를 전폭 지원했지만, 확전을 우려한 영국과 프랑스는 불간섭 원칙을 고수했다. 소련도 공화파를 지원했으나 거리상의 이유로 한계가 있어 물자만 지원했다. 그리고 전 세계의 좌파 지식인, 공화주의자, 자유주의자, 무정부주의자 등이 의용군 '국제여단'을 결성해 공화파 시민군과 연대해 싸웠다. 앙드레 말로, 어니스트 헤밍웨이, 파블로 네루다 등 세계적 지성과 문호들도 총을 들고 스페인 전선으로 향했다.

1937년 4월 독일 공군은 공화파를 지지하는 지역에 있던 작은 도시 게르니카를 융단 폭격해 1,600여 명의 민간인이 죽었다. 순전히 신무기를 시험해볼 요량으로 전략적 요충지도 아닌 게르니카를 초토화한 이 사건은 전 세계에 큰 충격을 안겨주었다. 피카소가 이 비보를 전해 듣고 전쟁의 참상을 그려낸 작품이 〈게르니카〉다.

내전은 1939년 3월 28일 프랑코군이 수도 마드리드에 입성하면서 파시스트의 승리로 끝났다. 이 전쟁으로 100만 명(최근 집계는 50만 명이라고 함)이 죽었다고 한다. 내전에서 인류는 일그러진 자신의 양심들을 드러낸 편이다. 프랑코는 무수히 많은 공화파를 처형하고 장기 독재를 이어가다 1975년에 죽었다고 한다.

그의 무덤이 어디 있느냐고 묻자 국립묘지에 있다고 한다. 하지만 지금 국립묘지에서 끌어내자는 여론이 일고 있다고 가이드는 말한다.

역사는 헤겔의 변증법처럼 변하고 발전한다. 변화된 패러다임으로 새 잣대를 내밀어 끌어내는 것이 과연 옳은가? 자문해보았다. 그렇다면 알렉산더나 칭기스칸, 나폴레옹도 영웅으로 평가하지 말고 전범이나 살인자로 취급해야 하지 않은가? 많은 처를 거느린 세종대왕은 축첩가 내지 성추행자로 보아야 하지 않은가?

무엇이 진리인가? 무엇이 옳은가? 생각해 볼 문제다.

론다에서 관광 후 다시 2시간 30분가량 버스를 타고 내일 관광지인 그라나다로 향했다.

10월 27일(여행 4일 차)

8시에 알람브라궁전으로 향했다. 늦으면 입장이 곤란하다는 것이다. 스페인은 인구는 5천만이 못 되는데, 관광객은 7천만이 넘고, GDP의 4퍼센트를 차지한다고 한다. 외침이 적어 문화유산이 그대로 보존되어 볼거리가 많아 동서남북 유럽을 모두 관광하고 마지막으로 스페인을 찾는다고도 한다.

많은 건축가들은 인류가 만든 가장 아름다운 예술 건축물로 동양의 타지마할과 서양의 알람브라궁전을 꼽는다고 한다. 둘 다 이슬람 건축물이다.

왜 그럴까?

그라나다는 일곱 개의 언덕 위에 세워진 세련된 문화와 물질적 풍요로움이 어우러진 스페인의 고도다. 도시 한가운데를 다로 강이 동서로 가로지르고, 강 건너편 언덕은 알람브라궁전이 차지하고 있다. 이곳에 세워진 알람브라궁전은 그라나다의 대유라고 할 수 있다.

겉으로 보면 붉은빛이 도는 견고한 돌 조각을 쌓아 만든 밋밋하고 조악한 궁전에 지나지 않지만, 궁전 안으로 들어가면 이슬람 건축의 특징인 투박한 껍질 속에 숨은 화려한 장식들이 박혀 있다. 보석 세공하듯 넓은 건물에 이렇게 알맹이들을 넣을 수 있을까 하고 감탄이 절로 나온다. 또한 인류 역사의 획기적인 전환점이 된 사건이 그라나다의 알람브라궁전에서 벌어져 그 역사적 의미가 매우 크다.

1469년 카스티야의 여왕 이사벨1세는 사촌이며 한 살 연하인 유럽 왕자 중에서 가장 잘생겼다는 아라곤 왕 페르난도2세와 정략결혼하면서 두 왕국은 합쳐졌고, 내륙 왕국인 카스티야와 해양 왕국인 아라곤은 서로 잘 어우러져 갑작스럽게 커지면서 알람브라를 정복하려는 움직임으로 이어졌다.

강대국이 된 두 왕조는 이베리아반도의 마지막 이슬람 세력이던 나스르 왕조에 쳐들어가자 보압딜 왕은 더 이상 버틸 수가 없었다.

1492년 새해 1월 1일 밤, 나스르 마지막 왕 보압딜은 시민들의 안전을 보장받는 조건으로 궁전 열쇠를 바치고 항복했다고 한다.

이슬람 왕조가 멸망하고 새로운 주인을 맞이할 무렵, 스페인 병사들은 이곳 시민들의 안전을 보장해 주겠다는 페르난도 2세와 보압딜 왕의 약속을 아는지 모르는지, '원수를 사랑하라'는 예수님 말씀을 지키기 위해 닥치는 대로 약탈하고 아무런 거리낌 없이 잔혹한 살육을 저질렀다.

이교도를 소탕하고 신성한 하느님의 땅을 세운다는 그들의 종교적 사명 앞에 한 문명이 무참히 짓밟혔다. 그렇다고 무슬림들이 순순히 무릎을 꿇은 것은 아니다. 이교도의 지배를 받느니 차라리 죽음을 선택한 사람들은 처참한 역사를 잊지 않고 후세에 전하기 위해 그들의 피를 곳곳에 뿌렸다. 그 피는 하얀 벽면을 붉게 물들였고, 아직도 군데군데 그 흔적이 남아 있었다.

그 흔적을 보면서 1492년을 기점으로 100년 전과 100년 후를 생각해 보았다. 1392년에는 이성계가 쿠데타를 일으켜 조선을 세우면서 왕 씨들을, 1592년 임진왜란 때는 왜적들이 우리 조상들한테 그런 만행을 저질렀을 것이라는 생각이 들었다.

가톨릭교가 이 땅을 휩쓴 지 이미 오래지만 알람브라궁전은 여느 아랍 궁전과 크게 다르지 않다고 말한다.

아랍어로 '붉은 빛'이라는 뜻의 알람브라는 궁전 안으로 들어서면 아라야네스 정원이 가장 먼저 맞이한다. 분수가 있는 전형적인 아랍식 실내 정원은 천국에서의 휴식을 표현한 시원한 공간 구조를 골격으로 삼는다. 아라베스크 무늬의 벽면 장식과 마치 보석을 박은 듯 화려한 조각품은 말로 표현할 수 없는 아름다움의 극치를 보여준다. '사자의 정원'으로 발길을 옮기면 열두 개의 사자상이 떠받치는 분수가 중앙을 장식하고 있다. 둥그렇게 등을 맞대고 있는 사자의 입에서는 연신 물줄기가 뿜어져 나온다. 다로강의 물을 끌어들여 이렇게 만들었다고 한다. 그렇게 흘러내린 물줄기는 홈을 따라 정원 구석구석까지 퍼져 나가고 있었다.

물이 부족한 곳에 사는 아랍 사람들은 물에 대한 애착이 무척이나 강하다고 한다. 황량한 사막에서 어쩌다 발견되는 오아시스는 그들에게 꿈이자 희망일 것이다. 그들은 오아시스에 대한 애착을 사자의 정원에 그대로 옮겨 놓았다. 벽면마다 현란한 아라베스크 식 서체로 신성한 '코란'의 글귀를 가득 새겨 그들의 꿈과 희망을 표현하기도 했다.

알람브라의 아름다움에 매료된 이사벨 여왕은 "내 생애보다 더 귀한 궁전에는 더 이상 손댈 게 없다"며 그대로 보전하기로 결정했다고 한다.

그러면서도 이슬람 사원 정면을 헐어 버리고 그 자리에 성당을 지어 가톨릭의 상징적 승리를 충분히 새겨 놓았다. 성당 정면 주춧돌 위에 양군이 칼로 치열하게 싸우는 모습이 새겨졌다. 그러나 앞에서 서술한 것처럼 왕 보압딜이 시민들의 안전을 보장받는 조건으로 궁전을 바치고 항복한 것이지 싸운 것이 아니다.

비겁하게 승리의 정당성을 표현하기 위해 싸운 것처럼 표현했다고 가이드는 말한다.

그 외는 알람브라는 원래 모습을 그대로 유지하고 있는 셈이라고 한다.

붉은 석양이 유난히 낮게 깔린 어느 날, 그라나다의 어느 무명 시인은 보압딜의 항복을 두고 목 놓아 울었다.

불운한 왕이여!

죽을 용기가 없어 그라나다를 떠나는 못난 왕이여!

남아 있는 인생이 무어 그리 대단할진대

그까짓 왕관 하나 벗어던지지 못하고 그라나다를 떠나가느뇨.

한편 보압딜은 에스파냐에서 쫓겨나 지브롤터 해협을 지나 북아프리카로 건너갔다. 800년 전, 그의 선조가 이베리아반도를 점령하면서 의기양양하게 건넜던 바로 그 길을 거슬러 올라간 것이다. 모로코의 이슬람 도시 페스에 정착한 뒤 63세를 일기로 눈을 감았다고 한다.

알람브라궁전을 여기저기 구경하다가 여름궁전으로 갔다. 이슬람인들은 무더운 지방에 살기 때문에 집을 지을 때 열을 식히기 위해 분수대를 많이 만든다고 한다. 여름궁전도 마찬가지다. 정원 사이로 기다랗게 분수대를 만들어 놓았다. 이 분수대에서 프란시스코 타레가 〈알람브라 궁전의 추억〉을 작곡했다고 한다. 이 곡은 〈사랑의 로망스〉와 더불어 세계에서 가장 훌륭한 기타 곡으로 평가되고 있다. 이 곡은 트레몰로 주법으로 연주되는데, 그 애잔하고 낭만적인 멜로디는 후반부에서 더욱 감동을 준다. 프란시스코 타레가는 그의 제자였던 콘차 부인을 사랑했는데, 그녀는 그의 마음을 받아주지 않았다고 한다. 실의에 빠진 채 여행을 하던 중 알람브라 궁전 분수대의 물방울 떨어지는 모양을 보고, 또 떨어지는 물소리를 들으며 그 아름다움에 감정을 이입해서 이 곡을 만들었다고 한다.

가이드는 설명을 마친 후 휴대전화로 이 곡을 들려주었다. 떨어지는 물소리가 기타 소리와 같았다.

스페인에 가기 전 스페인 민요 한 곡 쯤 배워 하모니카로 부르려고 했지만 배우지 못하고 〈사랑의 로망스〉와 이 곡을 수없이 들어 더욱 낯익게 들렸다.

애달픈 사연에 한껏 숙연한 마음을 안고 서둘러 발렌시아로 향했다. 발렌시아 가까운 곳에서 27일 여정을 풀었다.

기타곡 〈알람브라궁전의 추억〉의 배경이 된 알람브라의 여름궁전.
좌측 비스듬히 누워 있는 향나무가 그 당시 나무란다

10월 28일(여행 5일 차)

아침식사가 너무 좋았다. 모두투어에 다시 한번 감사했다. 서둘러 8시에 버스를 타고 발렌시아로 향했다.

28일 새벽 3시부터 서머타임이 끝난다고 해서 잠자리에 들기 전 시계를 1시간 늦게 조정해 놓았다. 따라서 8시지만 9시부터인 셈이다.

과학박물관과 구시장을 관람할 계획이었다. 그런데 그날 마침 발렌시아에서 마라톤대회가 있었다. 마라톤 코스가 시장을 빙빙 도는 코스였다. 계획했던 곳의 관람은커녕 밖으로 빠져나갈 수도 없었다. 과학박물관은 차창으로 외관만 보고, 구 시장 관람은 포기해야 했다. 기사의 노력으로 겨우 빠져나와 바르셀로나로 갈 수밖에 없었다.

5시간의 장시간 버스를 타고 가는 동안은 나무도 풀도 별로 없는 사막과 같은 회색빛 거친 자갈땅만 볼 수 있었다. 올리브나무를 심어 놓았지만 거름기가 없는지 나무가 초라하다. 차창으로 보고 있던 집사람이 풍광이 좋지 않은지 옆에서 짜증을 낸다. 2시간 버스를 타고 가다 운행을 중지하고 중식을 먹었다. 유럽은 기사의 피로를 막기 위해 운행시간을 철저히 지킨다. 우리가 타고 가는 버스도 앞 유리창 위에 운행시간을 알려주는 전자표지판이 있었다. 한국에서 볼 수 없었던 그 표지판을 보고 저것이 무엇이냐고 질문을 한다. 중식 후 잠깐의 휴식시간에 '무슨 땅이 저럴까?' 하고 자세히 보니 화석 모래였다. 아마 가까운 곳에서 먼 옛날에 화산 폭발이 있었구나 생각했다.

바르셀로나에 가까워지자 올리브나무 대신 오렌지나무가 보인다. 바르셀로나에서는 올리브나무에 열매가 달리지 않는다고 한다. 그래서 관상수 나무로서만 자란다고 한다. 그 말을 듣는 순간 '올리브 열매가 아무 곳에서나 열리지 않기 때문에 우리나라에서 작목하지 않는구나'라는 생각에 미쳤다. 올리브는 주로 지중해 주변의 나라에서 작목되는데, 지중해를 끼고 있는 바르셀로나에서 열매가 달리지 않는다는 가이드 말이 이해되지 않았다. 올리브는 한 그루에서 기름 1리터 정도 짤 수 있다고 한다. 그래서 그런지 세계에서 가장 많이 생산되는 스페인에서도 고가 식품이다.

바르셀로나에 도착해서 콜럼버스 동상이 있는 곳으로 가 점심식사를 했다. 지중해 바닷물이 도심까지 들어온다. 바다 위에 다리가 세워졌고, 부산 영도다리처럼 일정한 시간 간격으로 다리가 갈라지면서 그 사이로 배들이 시내 쪽으로 오간다. 부두에 한 발 비빌 곳조차 없이 돛단배가 떠 있다. 모두가 타고 즐기는 배들이다. 이곳 사람들의 생활상을 반영하고 있었다.

바르셀로나는 스페인의 주요 항구이자 상업 중심지로 문화 사업, 아름다운 경치로 유명하다고 한다.

비옥한 평야지대는 산으로 둘러싸여 기후가 온화하고 쾌적하며, 제조업, 조선업, 관광업을 중심으로 경제가 이루어지고 있다고 한다.

철도망은 거미줄처럼 뻗어 있고, 프라트 국제공항이 있으며, 바르셀로나 항구는 17세기에 건설되었다고 한다.

점심식사를 마치자마자 현지 가이드가 와서, 가우디의 가장 유명한 건축물인 구엘공원을 가자며 서둔다. 늦으면 입장이 불가능하다고 한다.

먼저 공원 설계자부터 알아보면 가우디는 대대로 철을 다루는 집에서 약한 몸으로 태어났다 한다. 건강을 위해 지중해 바닷가에서 자연과 더불어 사색을 하며 외롭게 성장했다고 한다.

구엘공원은 지중해와 바르셀로나 시내가 한눈에 내려다보이는 곳에 있다. 천재적인 건축가 가우디가 경제적인 후원자 구엘 씨의 '영국의 전원도시를 모델로 대규모 주택단지를 지어 달라'는 부탁을 받고, 그의 상상력과 창의력을 발휘해 자연과 인간을 어우러지게 만든 작품이 구엘공원이다.

허허벌판인 이곳에 고급 주택을 지어 부유층에게 분양하려고 했지만, 돌도 많고 경사진 비탈길이어서 작업을 하는 데 많은 어려움을 겪었다고 한다. 결국 지형적 한계와 자금난 등을 극복하지 못하고 14년이라는 긴 공사 기간에도 불구하고 단지 두 개의 건물과 커다란 광장, 예술작품 같은 벤치 정도만 남긴 채 야심찬 프로젝트는 미완성으로 끝나고 말았다.

그러나 구엘 사후 바르셀로나 시가 이 땅을 사들여 다음해 시영공원으로 재탄생시켰다.

가우디와 구엘의 이상 주택이라는 본래의 계획에는 실패했지만 지금은 엄청난 역작이 되어 매년 수많은 관광객이 몰려들고 있다.

원래 60호의 집을 지으려 했다. 60호 주민이 공유할 수 있는 광장을 만들기 위해 계곡에 돌기둥을 쌓고, 그 위에 광장도 만들었다. 또한 계곡으로 흐르던 물을 광장 위로 흐르게 하고, 그 흐르는 물은 다시 광장 밑에 만들어 놓은 물탱크에 침하하게 해서 저장되게 하고, 넘쳐흐르는 물은 광장 밑 계단 길옆에 분수처럼 흐르게 만들었다.

이 건물의 모자이크에 사용된 재료는 버려진 병이나 타일 조각으로 크기에 따라 적재적소에 배치함으로써 미적 완성을 이루었다.

구엘공원을 구경하고 서둘러 사그라다 파밀리아(성가족교회)로 발을 옮겼다. 사그라다 파밀리아는 스페인 바르셀로나에 짓고 있는 로마 가톨릭 성당이다. '사그라다'는 스페인어로 신성한 또는 성스러운이라는 뜻을 가졌으며, 파밀리아는 가족을 뜻하기 때문에 성가족성당이라고도 불린다. 가우디가 설계하고 직접 건축을 책임졌다. 2010년 11월 교황 베네딕토16세가 교황청에서 주는 대성당으로 승격을 선포했다.

사실상 바티간 시국에 있는 베드로성당보다 크지만 교황청에서 그를 인정하지 않기 때문에 2위에 머문다고 한다.

좌측부터
돌을 붙여 나무껍질처럼 만든 기둥을 세우고 터널을 만들었다
광장 밑 계단 옆으로 물탱크에서 넘친 물이 도마뱀 입을 통해서 흐른다

1882년 허허벌판이었던 땅에 신부 몇 사람이 성당 건축을 제안하면서 빌라르가 건축을 시작했다. 1883년 빌라르가 사임하자 가우디가 수석 건축가로 취임해 고딕 건축 양식과 아르누보 양식을 결합한 건축 및 엔지니어링 스타일로 프로젝트를 변형시켰다. 가우디는 그의 남은 생애를 이 프로젝트에 전력을 다했다. 1926년 73세의 나이로 사망했을 때 프로젝트의 4분의 1이 완료되었다. 가우디를 중심으로 여덟 명의 기사가 논의해 성당을 지었으며 지금도 짓고 있다.

건물을 지탱하기 위해 몇 겹의 수많은 아치형 기둥, 갖가지의 성물, 햇빛의 흡입 및 반사로 인한 내부의 조명 설계 등 그 엄청난 공사에 우리는 입을 벌리고 감탄사만 연발할 수밖에 없었다. 내부보다 《신약 성경》에 나오는 스토리로 외부를 장식한 것이 더욱 훌륭하다는 생각이 들었다. 외부 조형물은 신약 성경에서 중요한 성경적 인물을 스토리텔링식으로 양각했다.

성당 건축은 개인의 기부금에만 의존하기 때문에 천천히 진행되었다가 1950년대에 스페인 남북전쟁으로 중단된 일이 있었으며, 컴퓨터 지원 같은 기술의 발전으로 2010년 중반에 건설이 가속화되었다 한다.

가우디 사망 100주년인 2026년에 완공될 것으로 예상된다고 한다. 그런데 134년 동안이나 공사를 했으면서 건축 허가를 받지 않아 시 당국으로부터 466억 원의 벌금을 받아 계획대로 될지 의문이란다. 경비가 그동안 얼마나 사용되었는지, 그리고 앞으로 얼마가 들지 가늠할 수 없다고 한다.

2017년 IS의 테러 공격을 받아 우리가 입장할 때는 경계가 매우 삼엄했다. 우리가 내는 입장료가 건축하는 데 기부한 것이라는 가이드 말에 조금은 자부심이 나기도 했다.

아래의 사진은 예수님이 십자가에 못 박힌 모습과 못 박은 병정들, 예수님의 무덤 그리고 성모님 자매, 막달라 마리아 세 분의 모습이다.

가우디는 결혼하지 않고 43년간 온 심혈을 다해 이 거대한 작업을 진행했다. 결혼하지 않은 이유는 실연 때문이었다고 한다.

좌측부터
바르셀로나에 있는 사그라다 파밀리아 성당 / 사구라다 파밀리아 성당의 외부 양각된 부분

파도 모양을 한 건물
(가우디 작품) 앞에서

약한 몸과 여린 마음의 소유자였던 가우디가 실연을 당하고 성당 건축에만 심혈을 기울인 것은 신의 섭리라고 이곳 사람들은 말한다.

기타 곡 〈알람브라궁전의 추억〉을 지은 프란시스코 타레가나 가우디 둘 다 실연의 아픔을 예술품으로 승화했다. 그 아픔이 얼마나 컸으면 그랬을까? 명상에 잠기게 하는 대목이다.

지중해 서녘 하늘에서 비치는, 노을빛에 젖은 첨탑을 보며 '예수님이 인류에게 미친 영향이 어디까지인가?'를 생각하며 스페인에서 마지막 밤을 새울 호텔로 향했다.

호텔로 가면서 파도를 본 뜬 가우디가 설계한 건축물도 보았다.

내일은 몬세라트다.

10월 29일(여행 6일 차)

아침 일찍 서둘러 세계 4대 성지의 하나인 몬세라트로 향했다. 관광객이 많아 늦으면 성모마리아 상을 볼 수 없다고 서둔다. 스페인에 오기 전 파티마 성모 발현지를 검색해 보고 파티마 성모 발현지를 가 보았으면 하는 바람이 있었다. 그런데 그곳 계획이 없었다. 그래서 다른 발현지로 가나 보다 생각했는데 현지 가이드님이 검은 성모님 발견지로 간다고 한다. 잠결에 "가이드님! 발현과 발견의 의미는 많이 다릅니다" 했더니 스페인 언어를 되새겨 번역해 보면서 발견이라고 한다. 구체적인 유물이 있는 모양이다. 졸은 사이에 전설은 듣지 못하고 '발견'이란 단어만 들었던 모양이다. 나는 그때까지 몬세라트에 성모님이 나타나셨다 사라진 곳으로만 생각했다.

몬세라트는 바르셀로나에서 북서쪽으로 약 50킬로미터 정도 떨어진 곳에 위치해 있는 해발 1,236미터 높이를 자랑하는 바위산이다. 이 산은 로마인에게는 몬스세라투스(톱니 모양의 산), 카탈루냐인에게는 몬트사그라트(신성한 산)라는 이름으로 부른다고 한다.

붉은색을 띤 사암과 역암 산봉우리들이 침식작용 때문에 들쭉날쭉하고 거친 모습으로 거대한 산기슭 위에 솟아 있다. 어느 것은 사람처럼, 어느 것은 코끼리처럼. 어느 것은 두꺼비처럼 보인다. 보는 이에 따라 여러 형상을 하고 있다.

예수님을 품안에 안고 있는 검은 마리아상은 전설에 의하면 〈누가〉가 조각해 사도 〈베드로〉가 스페인으로 가져온 것으로 전해지며, 무어인이 지배할 당시 동굴 속에 감춰져 있었다고 한다.

730미터 고지에서 880년에 우연히 발견된 이래 수많은 순례자들이 이곳을 찾고 있다고 한다.

우리는 730미터 고지까지 열차를 타고 올라가서 성당 안에 모셔진 성모상을 보고 각자 소망을 기원하고 나올 수 있었다. 관광객이 적은 탓으로.

몬세라트는 나폴레옹 침입 때 피해를 보았고, 스페인내란 때도 그곳 신부님들이 공화파들이 많아서 피해를 보았다고 한다.

산 중턱에서 성모마리아 상이 있었다는 동굴을 보고 여러 등산길을 중심으로 산세를 보며 인증샷을 찍었다.

스페인에서는 성당이나 미술관에서 예수님 상이나 성모상이 작가의 상상력에 만들어진 하나의 우상이라고 생각하기 때문에 사진 촬영을 허용했다. 그러나 미술 작품은 사진 촬영 시 빛의 반사로 작품이 훼손될까 봐 촬영을 엄격히 금했다.

1. 천당에 가기 위해 세운 탑, 몬세라트 730고지에서
2. 몬세라트산 중턱에 있는 검은 성모상
3. 몬세라트 중턱에서

몬세라트 중턱에서 버스를 타고 내려가 바르셀로나 중심지에 이르러 하차했다. 자유 시간을 주어, 중심가를 형 선생과 함께 거닐었다. 세계 각 지방에서 온 각양각색의 사람 물결을 보았다. 마주치는 한 사람 한 사람의 얼굴 특징들을 보며 저 사람은 어떤 국가 사람일까 생각해 보았다.

20여 분쯤 걸어 어제 자세히 보지 못했던 콜럼버스 동상을 자세히 보고 인증샷도 찍었다. 60미터 높이의 꼭대기엔 콜럼버스가 있고, 아랫부분은 항해에 관한 것이 있었다. 이사벨 여왕부터 배, 어부, 사자상 등이 스토리텔링식으로 양각되어 있었다.

한 사람의 항해가 두 대륙 사람들의 운명을 바꾸는 결과를 낳았다면 실로 위대한 발견이라고 부를 만하지 않을까? 콜럼버스의 신대륙 발견으로 유럽은 광대한 식민지를 얻어 수많은 자원을 얻고 새로운 영토를 획득했다. 하지만 아메리카 대륙의 인디언들은 대대로 살던 고향 땅을 유럽에서 건너온 사람들에게 빼앗기고 쫓기는 신세가 되고 말았으니 한 대륙에는 엄청난 선물을, 한 대륙에는 좌절과 절망을 안겨준 셈이다.

그렇다면 콜럼버스라는 항해사가 역사에 미친 이 위대한 결과는 과연 필연일까, 우연일까? 죽는 날까지 자신이 발견한 대륙이 지도에 나타나 있지 않은 신대륙임을 몰랐던 콜럼버스. 인도로 가는 신항로를 개척하기 위해 떠났다가 여행길에서 우연히 이루어진 신대륙 발견의 공을 콜럼버스가 차지할 자격이 있는 것일까? 수많은 학자들이 이 점을 두고 열띤 공방을 벌이곤 하지만 아직 결론은 나오지 않고 있다.

그가 인도로 가는 신항로를 찾기 위해 스페인 항구를 떠났을 때 이미 지리상의 발견을 위한 제반 여건은 골고루 갖추어진 상태였다. 때문에 신대륙은 굳이 콜럼버스가 아니더라도 다른 누군가에 의해 가까운 시기에 발견되었을 것이라고 주장하는 사람도 있다. 반면 그가 신항로 개척을 위해 기울인 관심과 노력이 그를 역사의 주인공으로 만들었다고 주장하는 사람도 있다. 어느 편이 옳고 그른지 판단하기는 어려운 일이다.

콜럼버스는 1451년 스위스의 제노바에서 직공으로 일하던 스페인 인 도메니코 콜롬보와 스페인계 유대인 수산나 폰타나로사 사이에서 태어났다. 그의 어린 시절은 거의 알려져 있지 않지만, 어린 시절부터 선원 생활을 했다고 한다.

그는 1474년과 1475년 무렵 에게해의 키오스섬에 유향을 사러 가는 항해에 참가했고, 1476년 5월에는 플랑드르로 향하는 상선대에 참여했다. 그다음 해인 1477년 초에는 잉글랜드, 1478년에는 마데이라를 방문하기도 했다. 이러한 여행 때문에 그는 미지의 바다에 흥미를 느끼고 라틴어와 스페인어를 배우고, 각종 세계지리서를 섭렵했다.

그는 1484년 포르투갈의 왕 주앙2세에게 대서양 항해 탐험을 제안하고 지원을 요청했으나, 희망봉 항로를 준비 중이던 왕이 허락하지 않자 에스파냐로 갔다. 당시 에스파냐는 카스티야와 아라곤으로 나뉘어 있었다. 카스티야 여왕 이사벨1세와 아라곤 왕 페르난도2세가 카스티야를 공동 통치하고 페르난도가 아라곤을 단독 통치하는 상태였다. 정치적, 지리적, 종교적 통일을 이룩하고 국가의 비상을 꾀하던 이사벨과 페르난도 부부는 해외 진출에 관심이 컸지만, 콜럼버스가 지나치게 많은 조건을 제시하는 바람에 거부하고 말았다. 그러나 포르투갈에 대한 경쟁의식으로 더 넓은 선교지를 필요로 한 성직자들은 여왕을 설득해 결국 콜럼버스를 등용시켰다.

이사벨 여왕은 콜럼버스를 해군 제독에 임명하고, '그가 발견하는 것의 10퍼센트를 콜럼버스의 소유로 한다'(산타페 조약)는 조건 하에 선박 두 척을 내주고 승무원 모집에도 협력해 주었다.

그는 당대 유럽인이 가지고 있던 중요한 사명인 기독교의 전파 혹은 미지의 세계에 대한 순수한 탐구심에서가 아니라 인도와의 교역으로 얻을 수 있는 각종 향신료의 수입, 금과 보물을 이유로 탐험을 시작했다. 실제로 그의 항해일지를 보면 금과 보물에 대한 언급이 10일 동안 수백 차례나 등장한다. 또한 이사벨 여왕과의 계약 내용에도 부의 축적이 가장 큰 쟁점으로 기록되어 있다. 그는 총 네 차례나 아메리카 대륙을 항해했는데, 아메리카에 상륙한 것은 그중 첫 번째 항해 때의 일이다.

1492년 8월 3일 산타마리아호, 핀타호, 니냐호 세 척에 120명의 승무원을 태우고 마침내 파로스 항구에서 그토록 꿈꾸던 항해에 나섰다. 카나리아제도에 정박한 후 9월 6일에 고메라 섬을 떠나 계속 서쪽으로 항해하다가 10월 12일에는 바하마 제도의 한 섬에 도착했다.

콜럼버스는 인도의 한 부분에 도착한 것으로 확신하고 신에게 감사의 뜻을 표시하기 위해 이 섬을 '성스러운 구제자'라는 뜻의 산살바도르 섬이라고 명명했다. 그리고 원주민인 인디오들로부터 황금과 향신료가 나는 땅에 대한 정보를 얻어 쿠바에서부터 히스파니올라섬까지 항해했다.

첫 번째 항해의 성공으로 1493년 9월 25일 출발한 두 번째 항해는 17척의 배에 1,500명에 달하는 승무원들이 경쟁적으로 승선했다. 그러나 히스파니올라섬에 도착하자마자 희망과 기대는 실망과 불만으로 바뀌고 금광 채굴에 징발되었던 원주민들도 반란을 일으켰다. 콜럼버스는 황금과 향신료 대신 반란을 일으킨 원주민들을 노예로 본국에 송환했으나 이사벨 여왕의 분노만 사고 말았다

이같이 어려운 상황을 타개하기 위해 1498년에 세 번째 항해에 나섰다. 그러나 역시 향료를 찾는 데 실패했으며, 또한 섬에서는 콜럼버스의 지배로부터 독립하려는 프란시스코 데 로르단 일파의 반란이 일어나기도 했다. 1500년 8월, 콜럼버스는 그의 통치 능력을 심사하기 위해 섬을 방문한 사찰관 보바딜리야에 의해 족쇄가 채워진 채 본국으로 송환되었다.

1502년 니콜라스 데 오반도가 새로운 총독으로 임명된 후 마지막으로 네 번째 항해를 떠났지만 아무런 수확도 없이 귀국했다(1504년). 이 항해로 인해 그는 급속히 건강이 나빠졌고, 1506년 5월 21일 바야돌리드에서 자신이 발견한 섬들이

아시아의 일부라고 믿은 채 죽었다.

콜럼버스의 시신은 스페인 세비야에 묻혔으며, 1542년 히스파니올라의 산토도밍고대성당으로 이장되었다.

그의 서해항로 발견은 아메리카 대륙이 비로소 유럽인의 활동 무대가 되고, 현재의 미국이 탄생할 수 있었던 근본적인 토대를 만들었다는 점에서 중요한 의의를 지니고 있다. 하지만 그의 신대륙 발견 이후 일부 유럽인들의 침략적인 행위로 원주민들이 노예로 잡혀가거나 학살을 당하고, 유럽의 전염병이 옮겨가 신대륙 발견 100년 만에 원주민의 수가 손에 꼽을 만큼 줄었다는 폐단을 낳았다.

마드리드에 세워진 콜럼버스 동상에서

바르셀로나 중심 거리를 거닐고 한창 배가 고플 때 중식을 먹으러 갔다.

30여 개국을 다니면서 여러 가지 음식을 먹었지만, 마지막 중식은 특별했다. '빠이야'라는 중국식 음식인데, 메뉴는 다음과 같다. 뷔페식에 추가해 자기 식성에 알맞은 재료를 선택해 주방에 주면 주방에서 만들어주어 먹는 것이다. 수식으로 표현하면 '뷔페식+자기 요리 음식'인 셈이다. 뷔페 음식도 훌륭했지만 2차로 먹는 메인요리는 더욱 훌륭하다.

식당에 들어가기 전 뷔페식에 욕심 부리지 말라고 가이드가 주의를 준다. 욕심을 부리다가는 메인요리를 다 먹지 못하고 버린다는 것이다. 그런데 뷔페식이 좋다 보니 절제하기가 힘들다. 메인요리도 고기와 해산물 재료로 아주 다양하다. 그 재료도 절제하기 힘들다. 아니나 다를까 많은 사람들이 실컷 먹었다가 음식을 남긴 사람들이 많았다.

외국인들 보기에 부끄러웠다.

점심 식사 후 마지막 코스인 25회 하계 올림픽이 열렸던 몬주익 올림픽경기장으로 갔다.

몬주익은 유대인이 살았던 곳으로 유대인의 산이란 뜻이다.

해발 213미터인 이 언덕에서 아름다운 바르셀로나와 지중해를 한눈에 내려다 볼 수 있다.

1992년 8월 9일, 이곳에서 황영조가 마라톤 금메달을 따면서 우리나라의 올림픽 종합 순위가 7위에 올랐었다. 56년 전인 1936년 같은 날에 손기정 선수가 베를린 마라톤 대회에서 금메달을 딴 날이기도 하다. 같은 날, 같은 종목이었지만 다른 점은 손기정 선수는 불행하게도 일장기를 달고 달렸고 황영조는 태극기를 달고 달렸다는 것이다. 따라서 우리 선수가 두 개의 금메달을 따고도 황영조 선수가 딴 금메달이 마라톤 부문에서 우리나라 최초의 금메달인 셈이다. 아시아 선수로는 두 번째 금메달이다.

지중해변에 있는 바르셀로나는 해풍 탓인지 미세먼지가 적고 햇빛이 유난히 찬란하다. 8월 여름 날씨는 섭씨 40도를 오르내린단다. 이 무더운 날씨에 마라톤이라니 끔찍하지 않은가. 그런 탓으로 이날은 기록 경기라기보다 선두 다툼이었다고 한다.

설상가상으로 30킬로미터부터 메인스타디움까지는 완만한 언덕길이다. 염천에 죽음의 언덕길은 지옥의 길이었다고 한다. 차라리 달리는 차에 머리를 들이박고 죽고 싶은 심정이었다고 한다. 그때 30킬로미터까지 선두 자리를 차지하고 오던 황영조 앞에 일본 선수가 뛰고 있었다고 한다. 메인스타디움이 가까워지자 일본 선수가 자주 뒤에 오는 황영조를 뒤돌아보았다. 황영조는 그가 불안한 상태에 있다는 것을 읽었다고 한다.

'그래, 일본 선수한테는 질 수 없지' 하며 뛰고 또 뛰었다. 일본 선수를 따돌리고 결승점에 도달한 그는 찬란한 세레머니도 하지 못하고 기절해 쓰러졌다.

많은 국민이 온 세상 사람들이 보는 앞에서 태극기를 달고 메인스타디움을 누비었으면 얼마나 좋을까 하는 아쉬움이 있었다. 그러나 그 이튿날 한 신문 사설은 이렇게 썼다.

"그는 마라톤 대회의 진면목을 제대로 보여준 선수였다."

이 말의 의미를 알기 위해 마라톤 역사를 살펴보겠다.

BC 491년 봄 페르시아(지금 이란) 국왕은 그리스의 각 도시국가에 사신을 파견해 '흙과 물'을 요구했다.

이 말을 달리 표현하면 그들로 하여금 투항해 페르시아의 속국이 되라는 것이었다. 그러나 그리스의 가장 큰 두 도시국가인 아테네와 스파르타는 완강히 저항했다. 아테네인들은 페르시아의 사신을 산 위로 끌고 올라가 깊은 못에다 내던졌고,

스파르타인들은 사신을 우물로 끌고 가서 우물 속을 가리키며 "이 안에 흙도 있고 물도 있으니 얼마든지 가져가라"고 하면서 우물 속에 수장시켰다. 이에 격노한 페르시아 왕은 대군을 거느리고 그리스 원정에 나서게 했다.

페르시아의 강대한 함대는 아테네 성에서 동북으로 60킬로미터 떨어진 마라톤평원에 상륙했다. 아테네인들은 즉시 달리기를 잘하는 필립피데스를 우방인 스파르타에 파견해 원조를 청했다. 필립피데스는 놀라운 속도로 이틀 동안 150킬로미터를 달려 스파르타에 이르렀다. 뜻밖에도 스파르타 통치자는 자신들의 풍속인 '달이 둥글어지기 전에는 출전할 수 없다'며 달이 둥글어지면 도와주겠다는 구실로 출전을 거부했다. 사실 그들은 출전할 생각이 없었던 것이다. 이 소식을 전달받은 아테네에서는 즉시 전체 공민들, 노예들까지도 군대에 편입시켜 유명한 총사령관 밀티아데스의 인솔로 마라톤 평원에 나아가 페르시아 군대와 결전을 벌였다. 아테네 군대는 불과 1만 명밖에 되지 않았지만, 페르시아 군대는 10만 명이나 되었다. 그러나 아테네가 승리를 거두었다. 밀티아데스는 승리의 소식을 아테네인들에게 알려주기 위해 다시 필립피데스를 찾았다. 그는 부상한 몸이었지만 즐겁게 그 임무를 맡아 나섰다. 그는 마라톤평원으로부터 아테네 중심광장까지 달려가 소식을 기다리고 있던 사람들에게 "우리가 이겼노라"라는 말 한마디를 남기고 그 자리에서 숨을 거두었다.

이 전투의 승리를 기념하고 영웅 필립피데스의 공적을 표창하기 위해 1896년 아테네에서 개최된 제1회 근대 올림픽 대회의 한 종목으로 마라톤 경기를 채택했다. 올림픽 봉화 주자 선수는 마라톤평원에서 출발해 그 당시 필립피데스가 뛰었던 그 길을 따라 아테네에 도착하게 했는데, 그 거리가 42.195킬로미터다.

몬주익 올림픽 때 스페인에 사는 우리 교민들의 응원 열기는 대단했다고 한다. 금메달 열두 개에 종합 순위 7위는 우리 교민에게 많은 자긍심을 갖게 했다. 더구나 올림픽의 꽃인 마라톤에서의 금메달 획득은 교민들을 흥분의 도가니에 빠지게 했다.

이를 기념하기 위해 700명의 바르셀로나 교민들이 돈을 모금해 황영조 선수의 기념비를 세우려 했으나 시 당국에서 산 사람의 동상은 세울 수 없다고 해서 좌절되었다. 그러다가 바르셀로나와 경기도가 자매결연을 하면서 지중해와 바르셀로나가 한눈에 보이는 몬주익 언덕에 우리나라에서 제작한 비석 일곱 개가 세워졌다. 이때 황영조 선수의 동상도 자리하게 되었다. 우리 여행객도 자부심을 가지고 기념 촬영을 했다.

관광을 모두 마치고 4시쯤 저녁을 먹었다. 점심식사를 여행 중 가장 잘 먹어 생각이 없는데, 비행기를 타면 저녁 기내식이 늦게 나오기 때문에 먹어야 한다고 한다. 낭비 같다.

입국 절차를 밟고 비행기에 올랐다. 비행 중 '콜럼버스'의 생애를 다룬 영화를 보면서 지루함을 조금 달랠 수 있었다. 편서풍의 영향으로 90분간 비행시간이 줄었다.

6박 8일 동안 의지하고 대화의 벗이 되었던 형 선생님과 사모님 그리고 안디옥 교인 오영자 자매님께 감사드립니다.

무사히 다녀와서 다행이다.

<고무도장으로 무장한 천사>

2차 세계 대전 당시인 1940년 봄, 북쪽에서 내려온 나치가 순식간에 프랑스를 점령하자 그곳에 살던 유대인 집단 대부분이 프랑스를 떠나 남쪽으로 도망쳤다. 국경을 넘으려면 스페인이나 포르투갈행 비자가 필요했다. 수만 명의 유대인이 생사가 갈린 종잇조각을 얻기 위해 보르도로 주재 포르투갈 영사관에 몰려들었다. 포르투갈 정부는 프랑스에 있는 영사들에게 외교부의 승인 없이는 비자를 발급하지 말라고 했다. 하지만 보르도로 주재 포르투갈 영사 소사 멘데스는 그 명령을 무시하고 비자를 발급하겠다고 선언했다. 나치의 탱크가 보르도로로 다가오는 가운데, 소사 멘데스와 그 팀원들은 비자를 발급하고 도장을 찍느라 잠도 자지 못하고 하루 24시간씩 열흘 밤낮을 일했다. 수천 장의 비자를 발급한 뒤 소사 멘데스는 탈진해 쓰러졌다.

난민들을 수용할 마음이 없던 포르투갈 정부는 요원들을 보내 명령에 불복한 멘데스를 고국으로 호송했고, 그의 외교관직을 박탈했다. 그러나 인간의 고통에 아랑곳하지 않던 관료들도 문서에는 깊은 존경심을 보였다. 그리하여 소사 멘데스가 명령을 어겨가며 발급한 비자는 프랑스, 스페인, 포르투갈 관료들에게 받아들여져 나치가 친 죽음의 덫에서 3만 명의 영혼을 구했다. 겨우 고무도장 한 개로 무장한 소사 멘데스는 홀로코스트에 개인으로서는 가장 큰 규모의 구조 작전을 벌였다.

지인들에게 권하고 싶은 세상이 보이는 책,
유발 하라리의 《호모데우스》에서

몬주익 황영조 동상 앞에서

4장

아직 충분히 젊다

01. 퇴임해도 멈추지 않는다

나는 호적이 3년이나 늦어 교육계 정년이 만 62살인데도 66살 되도록 교직에 있을 수 있었다. 많은 동료가 정년을 앞두고 2, 3년씩 일찍 명예퇴직한다. 그런데도 난 인생 나이 감각이 더딘지 정년보다 3년을 더 버텼다. 나이가 많은지도 모르고. 생활의 편안함 때문이었을 것이다.

전주고등학교에서는 방통고 담임하는 것과 바둑의 즐거움에 빠져 시간가는 줄도 모르고 생활했다. 그러다 정년을 3년 반 남겨 두고 장기 복무로 또 옮겨야 했다. 가고 싶은 곳은 이리고등학교였는데 갈 수 있을지 확신이 없었다. 익산시로 내신을 했으나 이리여고로 전보될지 걱정이었다. 다행히 이리고등학교로 발령을 받았다.

2006년 2월 어느 날, 바둑을 두고 있는데 대학 졸업 동기인 이리여고 최영희 교장한테서 전화가 왔다. 자기 남편이 이리고등학교 교장인데, 내가 이리고등학교로 발령이 났으니 모른 척하면 안 될 것 같아서 전화했다는 것이다. 세심한 배려다. 참 고맙고 똑똑한 친구다. 그러니 명문고 교장이 되었지.

발령받은 2월 26일 교장에게 인사차 학교에 갔다. 6년 만에 다시 온 학교다. 떠날 때 운동장 주변에 심어 놓은 느티나무가 상당히 자라 완전했다. 테니스장이었던 곳은 거대한 도서실이 되었다. 기숙사도 여러 동 더 지었다. 앞 건물과 뒤 건물 사이에 새 건물이 들어서 여백이 줄어들었다.

교장인 김상현에게 인사를 가니 부인인 최 교장한테 얼마나 부탁을 받았는지 자리며 모든 것을 배려해 주셨다. 부장들이 결재하러 가면 혹시나 내게 어려운 일을 맡기지 않았는지 조사한다는 이야기도 들었다. 가장 편안한 자리에 편안한 수업을 했다.

이리고등학교는 전에 8년이나 근무했기 때문에 친정에 온 기분이었다. 그러니까 9년째 근무하는 셈이다. 2006년, 새로 부임한 첫해에 소진이의 혼사를 맞이했다. 부임하자마자 큰 경사를 치르니 선생님들께 미안했다. 그해 10월에는 대선이가 공무원에 합격해 10개월간 훈련에 임했다. 모든 사람에게 자랑이었다. 모두가 부러워했다. 입신양명(立身揚名) 이현부모(以顯父母) 효지종야(孝之終也)의 참 의미를 알 수 있었다.

2007년 대선이의 결혼도 치렀다. 두 번의 경사를 이리고등학교에서 맞이했다. 어쩔 수 없는 경사지만 직원들에게는 고맙고 미안한 일이다.

2008년 시은이가 태어났다. 시은이란 이름은 며느리의 의견을 따라 지었다. 대선이는 딴 이름을 지으려 내게 의견을 물었으나 산모의 고생이 가장 크다는 생각이 들어 며느리 편을 들었다. 며느리가 국민은행에 입사한 지 얼마 안 되어 장기간 휴직하기가 어려운 형편이었다. 시은이 외할머니께서 보살펴 줄 수 있어서 다행이고 고마웠다. 우리 부부에게는 큰 고민을 해결해 준 셈이다.

2006년부터 2008년 사이 누구나 부러워할 대선이와 며느리의 취직, 결혼, 손녀들의 출산 등 여섯 건의 큰 경사가 일어났다.

2009년 8월 31일 38년간의 공직 생활을 마치고 정년퇴임을 했다. 사범대학을 마치고 누구나 교직에 첫발을 디디지만 정년으로 퇴임하는 수는 30퍼센트 정도 된다고 한다. 국가에서 주는 두 번째로 큰 황조근정훈장도 받았다. 누구나 정년퇴임을 한다고 훈장을 받는 것은 아니다. 근무 중 견책 이상의 처벌만 받아도 받을 수 없다고 한다.

퇴임과 동시에 자녀들 가족과 함께 통영으로 여행을 떠났다.

퇴임 후 첫 번째로 한 일은 집 리모델링이었다. 한 달간 매제인 학천이와 함께 리모델링을 했다. 전라북도장애인부모회장으로도 부임했다. 2010년 2월 처음에는 초빙식이었으나 나중에는 투표로 회장으로 부임한 것이다.

부임하자마자 건물 리모델링과 제도 개선을 위해 노력했다. 부모회 산하 규모는 주간 보호는 장애인이 20여 명에 교사 세 명, 단기 보호는 장애인 열다섯 명에 교사 세 명이었다. 단기 보호에 교사가 네 명으로 두 명씩 24시간 맞교대해야 하는데, 세 명이 맞교대할 수 없으니까 교사 두 명이서 한 명씩 어벌쩡하게 24시간 계속 근무를 하고 있었다. 그런 데에는 이유가 있었다. 회장 자리를 두고 나와 같이 출마했던 분이 교사 한 자리를 차지하고 있었기 때문이다. 그녀는 투표에서 떨어지자 사표를 내었다.

그녀가 사표하고 교사 자리를 제대로 충원함으로써 정상적인 근무 여건이 형성되었다. 지금 생각하면 그런 구조는 불법인데다가 말도 안 되는 것이었다. 그런데도 이사장이나 이사 모두가 그것을 개선하지 못하고 나머지 두 교사만 혹사당하고 불평불만 속에서 생활했다.

또 하나 가관인 것은 토요일, 일요일 및 법정 공휴일에도 일숙직으로 혹사당하고 있었다. 세상에 어느 도둑이 훔쳐갈 곳이 없어서 장애 기관에 와서 물건을 훔쳐갈 것인가? 훔쳐갈 것이란 아무것도 없는데 도둑이 든다고, 또 화재 난다고 교사들에게 일숙직을 하도록 했다. 일숙직 하는 곳이 묘지가 옆에 있는 구석진 곳이다 보니 어느 여교사는 부모와 같이 일숙직을 했다. 나는 과감하게 도난 방지 시설인 세콤에 가입하고 일숙직을 폐기했다. 전대 회장이 반대했지만 도둑이 들면 세콤 회사에서 보상할 것이고 불이 나면 화재보험에서 새 건물을 지어 줄 것이니 두려울 것도 없다며 설득하고 강력히 추진했다.

근무 개선 문제는 직원들의 숙원이었다. 얼마나 힘들었는지 집단 사표를 내며 요구한 문제였다. 직원들이 사표를 내면 새 직원으로 바꾸고, 다시 사표를 수리하고 새 직원으로 바꾸면서도 개선하지 못한 문제였다. 직원들의 근무 여건을 개선한 것은 내가 회장 자리를 그만둔 지 5년이 넘은 지금도 직원들이 고맙게 여기는 문제다.

건물 리모델링도 직접 했다. 업체에 맡기면 2층 하나만 보수하는 데에도 6,000만 원 든다는 것을 재료 하나하나를 직접 사들여 직원들과 같이 하면서 2,000만 원으로 위아래 층을 말끔히 리모델링했다. 그리고 이를 이사들에게 보고했다.

다음에는 오랜 염원이었던 재판 건에 대한 일이었다. 38년간의 교사 생활은 온실 속의 화초 생활이었다. 경찰서 한 번 가본 일이 없는데 어쩔 수 없이 재판에 참여했다. 한국장애인부모회와의 민사 재판 건이었다. 부모회 설립 시 한국장애인부모회 전북지회로 등록하고, 이사장과 이사들이 백방으로 노력해 토지를 사고 건물을 세웠더니, 한국장애인부모회 측에서 지회 재산을 인정하지 않았다. 그래서 한국장애인부모회를 탈퇴하고, 사단법인 전라북도장애인부모회를 설립해, 독립적인 장애시설이 됨으로써 재산권 분쟁이 일어났다.

내가 부임했을 당시 지방법원에서 땅은 복지법인 어린이집으로 되어 있으므로 상관없으나 건물은 한국장애인 것으로 판결이 났다. 그래서 상고심인 고등법원의 판결을 기다리는 형편이었다. 재판에 임하면서 배경 지식을 알기 위해 1,000여 쪽이 넘는 지방법원 준비과정 기록물들을 숙지해야 했고, 법원에 드나들면서 상고심 재판 준비를 해야 했고, 판사가 한국장애인 쪽과 화해하고 다시 합치라는 권고안에 동의할 수 없는 이유도 마련해야 했다.

그런데 상고심도 1심과 같은 판결이 나서 다시 대법원에 상고했다. 대법원에서 고등법원으로 파기 환송되고 고등법원에서 다시 재판해 우리가 이기고 재산권도 찾아왔다. 대법원 상고심 때 전대 회장이 여러 번 변호사를 바꾸라고 권유했지만, 그동안 해온 안호영 변호사(현재 국회의원)를 그대로 선택했다. 수임료 400여만 원에 1,000쪽이 넘는 재판 기록을 읽고 준비할 변호사도 없을 뿐만 아니라 구관이 명관이라고, 그동안 준비해온 변호사가 내용을 잘 알기 때문에 잘 하리라 믿었기 때문이다. 내 예상이 적중했다.

직원들의 근무 여건 개선, 리모델링, 재판 건 등 굵직굵직한 문제를 해결하니 〈관동별곡〉에 나오는 급당유의 선정을 떠올리며 자만심이 생기기도 했다. 그러나 한편으로는 자존심 상하는 일도 많고, 회장 자리를 압박하는 문제도 많았다. 부모회 대회 때 도지사, 시장, 교육감 등을 행사에 참여하게 하는 문제와 기부 유치 문제였다.

평생 누구한테 아쉬운 부탁하지 않고 살았던 교직원의 틀이 몸에 익어 시청이나 도청, 교육청을 드나들면서 우리 행사에 참여해 달라고 부탁하는 것은 자존심을 매우 상하게 했다. 또 살림을 타인의 기부로 유지해야 하는 일은 거지 근성이 몸에 익어야 하는 일이다. 이 두 문제는 회장의 능력을 저울질하는 잣대로 평가되기도 한다.

다음 문장들은 내가 회장으로 재임하면서 자필한 글들이다.

회장 선거 시 의견 발표

안녕하십니까.

방금 추천을 받은 박소례 아버지 박동록입니다.

오늘 눈길로 오시느라 고생이 많으셨습니다. 모이신 회원님이 어머님들이시군요. 장애인 자식을 부부가 같이 낳고도 어려운 뒤치다꺼리는 어머님들 몫입니다. 아버님들 집에서 한 번씩 혼나야겠습니다.

제가 이 자리에 선 것은. 40여 년 동안 교직 생활을 하다가 작년 8월에 이리고등학교에서 평교사로 정년퇴직했습니다. 퇴직 무렵에는 오랫동안 직장 생활도 했으니 남은 인생 동심으로 돌아가 독서나 하며 즐겁게 살려 했는데 어느 날 갑자기 이곳 부모회장 초빙 의사를 아내에게서 들었습니다. 아마 이사 몇 분이 뜻을 모아 부덕한 저를 회장으로 초빙한 것 같습니다.

사실 저는 그때 잘 할 수 있을지 많이 고민했고 그래서 여러 선배에게 자문을 구하고 자식들의 의견도 듣고, 주변 반응이 긍정적이어서 지난 1월 열한 분이 모인 이사회에서 검증도 받았습니다. 그때는 만장일치로 추대하는 분위기였고, 같이 출마하는 김정숙 씨로부터 정관도 받았습니다. 그런데 오늘 투표까지 했습니다. 투표하는 마당에 회원 여러분은 저에 대해 잘 모르실 것 같아 몇 가지만 진솔하게 간단히 말씀드리겠습니다.

첫째, 장애인에게 가장 필요한 애정과 끈기가 40점 정도밖에 안 됩니다. 인문계 고등학교에서 오랫동안 진학지도를 맡다 보면 학생을 점수로 서열화하는 습관이 있어 그리된 것 같습니다.

둘째는 집단을 이끌어 갈 수 있는 열정에 대해 생각해보았습니다. 저는 어느 일이든 맡으면 완벽할 정도로 끝장을 보려는 열정이 있습니다. 그런 성격으로 1960년대 대학등록금 마련을 위해 월남 갔고, 교사 월급으로 세 명의 동생을 가르쳐 결혼시켰으며, 31년 동안 병든 어머님을 모시고도 두 자식을 가르쳐 가정을 안정적으로 이끌어 갔습니다. 속담에 수제비 잘 만드는 사람이 국수도 잘 만든다고, 가정을 잘 이끌었으니 우리 재단도 잘 이끌 수 있지 않겠습니까?

셋째, 청렴도입니다. 저는 공직 생활을 하면서 두 번의 경고를 받았는데, 한 건은 숙직하면서 졸은 사건이고, 한 건은 요일제 차량 운행을 지키지 못해서였습니다. 성실히 정직하게 다닌 공으로 퇴직 때는 정부로부터 황조근정훈장을 받았습니다.

넷째는 위기상황 관리입니다. 25년 동안 운전하면서 접촉사고 한 건 없었고. 40여 년 동안 학급담임을 하면서 안전사고 한 건 없었으며, 지난겨울 자모회에서 인천 송도에 갔을 때 화장실 문제 해결이라든가, 길거리에서 찬 도시락을 먹자고 했을 때 고속도로 휴게실에서 먹자고 제안한 것도 하찮은 일 같지만 제 아이디어였습니다.

다섯째, 장애아에 대한 전문지식은 대학원에서 유아교육론을 교재로 공부한 것 몇 권, 사범대학 때 인지학, 교육학 그리고 자식을 위해 읽은 자폐증에 관한 몇 권 정도로 특수교사 자격증은 없습니다.

여섯째, 행정 능력은 공주사범대학을 졸업하고도 저처럼 평교사로 정년퇴직한 사람은 드물 것입니다. 능력이 없어서라기보다 자식 가르치기 위해 시내로만 돌다 보니 승진할 기회가 없었습니다. 그러나 후회는 없습니다. 회장직을 맡으면 정관에 기초를 두고 상식에 근거해 합리적으로 판단하며, 모르는 것은 배우면 됩니다.

이제 저에 대해서 어느 정도 이해하셨을 줄 믿습니다. 초빙되었던 사람이 선거까지 간다는 것은 부끄러운 일입니다마는 회장이 되면 열심히 하도록 하겠습니다.

2010년 4월,
감사의 글월 드립니다.

(사)전라북도장애인부모대회를 마치고

푸른 하늘에 국화 향기 그윽하고, 코스모스는 실바람에 가는 허리로 춤을 춥니다. 지난 10월 20일 (사)전라북도장애인부모회에서 '장애인의 자아실현과 사회통합'이라는 표어를 내걸고 부모대회와 가족 어울한마당 잔치를 베풀었을 때 귀중한 시간을 쪼개어 참석해주신 데에 진심으로 감사드립니다.

장애인은 수준이 수준이라 모든 것이 거칠고 부족했습니다. 그러나 못난 것은 못난 대로 아름다움이 있는 것으로 봐주셨으면 합니다. 자기 몸 하나 건사하기도 힘든 장애인들이 오랜 각고 끝에 보여준 장기(사물놀이, 태권도, 마술, 노래 등)자랑이었습니다. 자칫 체념과 기피 속에서만 살아야 하는 장애인들도 이런 자기 성취와 자기 표현으로 자아가 실현되고, 이런 것들을 참석해 봐준 귀빈들이 있었기에 사회는 통합되고 아름다움이 형성된다고 생각합니다.

앞으로도 저희 (사)전라북도장애인부모회는 후원해주시는 여러 귀빈께 힘입어 장애인들의 복지 향상에 투명하고 정직하게 최선을 다하겠습니다. 찾아뵙고 인사드림이 도리인 줄 알지만, 서면으로 감사드림을 죄송하게 생각합니다. 저희 재단에 애정을 베풀어 주시는 모든 분께 신의 가호가 있기를 바랍니다.

밖에는 청량한 가을 햇볕이 온 누리에 가득합니다.

2010년 10월,

전라북도장애인부모회장 박동록 드림

존경하는 임재성 선생님께

체험하지 못했던 맹추위가 연일 계속됩니다. 지금도 일요일이면 그 선한 눈빛을 띄우시며 하나님을 찬양하는 분들을 지휘하고 계시겠지요. 선생님은 교단에서뿐만 아니라 교회에서도 그 아름다운 소리만을 내게 하시니 얼마나 행복하십니까?

지난번 성탄절 즈음에 꽃보다 아름다운 관악단을 대거 대동하시고 불쌍한 우리 장애인들을 위문하신 일은 어떤 일보다 값지고 아름다웠습니다. 악기 하나하나를 소리 내어 보며 설명하시고, 나아가 장애인까지 불러보게 한 것은 교육자나 할 수 있는 일이었습니다. 열등감 속에 남의 눈치만 보며 살던 장애인에게 자긍심을 심어주는 일이었습니다. 그뿐만 아니라 1년 내내 먹을 수 있는 간식거리까지 주신 일은 두고두고 고마워할 일입니다. 선생님의 그 고마운 뜻을 기려 부족한 저도 살을 베는 심정으로 투명하고 정직하며 검소한 자세로 직무에 임하겠습니다. 고맙습니다.

하시는 일에 항상 신의 은총이 있기를 바랍니다.

2011년 구정을 맞이해서,
전라북도장애인부모회장 박동록 배

고마우신 후배(송성권)님께

작년 세모 때는 툰드라에서나 느낄 수 있는 추위였는데 금년에는 상당한 따뜻함을 느낄 수 있는 겨울 추위입니다. 후배님의 훈훈한 체온이 와 닿은 탓이 아닐까요?

지난번 후배님 주선으로 박진구 목사님을 모시고 장애인 송년 예배를 할 때는 장애인 출생에 하느님의 뜻이 무엇인가를 배울 수 있었고, 우리 기관에 대해서도 알릴 기회가 되어 값진 시간이었습니다. 후배님 감사합니다. 이 말밖에는 할 수 있는 말이 없습니다. 후배님의 우리 기관에 대한 배려는 인생을 정리하면서나 살아갈 나이에 생의 의욕이 샘솟게 하며, 내 주위에 대한 감사함으로 마음을 충만하게 합니다. 빈약한 재정에 항상 어떻게 하면 장애인들에게 빵 하나라도 더 먹일 수 있을까, 따뜻한 잠자리를 마련할 수 있을까, 직원들 봉급은 제대로 마련할 수 있을까, 차량 연료비는 너무 많이 들지 않는 것인가 등 수 없는 걱정거리가 신경을 자극하는데 후배님의 배려는 훌륭한 안정제가 됩니다. 나아가 회의적인 나의 신앙심에 세척제가 되기도 합니다. 이 고마움은 후배님의 진심 어린 마음으로 이루어졌지만 모든 근원은 안디옥 교인들의 신앙심과 목사님을 비롯한 모든 교직자의 훌륭한 운영 방침으로 이루어진 것으로 생각하고 한 푼이라도 값지게 쓰겠습니다. 감사합니다.

2012년 1월 17일,
(사)전라북도장애인부모회장 박동록 드림

(사)전라북도장애인부모회의 비전

(사)전라북도장애인부모회는 전주시 삼천동에 소재한 장애인 복지 시설로서 주·단기 보호, 야간 보호, 재활, 자립작업 사업을 하고 있으며, 산하에는 복지법인 한마음어린이집을 비롯해 전주, 남원, 익산, 정읍시에 각각 지회가 있다. 이들 모두 지적 장애인 보호 시설 기관이다.

〈조침문〉의 바느질 도구들이 자기 신세타령하는 우화적인 내용과 같을지 모르겠지만, 보호자에게 가장 힘든 장애인은 지적 장애인이라고 생각한다. 왜냐하면 지적 장애인은 장애 정도에 따라 다르겠지만, 1, 2급은 대부분 신체장애까지 겸해 있어 평생을 돌봐야 하고 뜻하지 않은 돌발 사고도 종종 있다. 이런 장애인들이 정부로부터 도움을 받을 수 있는 한도는 얼마 전까지는 특수학교의 고등부 과정까지였다. 고등부 과정까지 마친 장애인들이 더 갈 곳이 없어지자 어려운 형편에도 부모들이 십시일반 돈을 모아 전세를 얻고 서로 봉사하며 계 형태로 1985년에 만들어져 오늘에 이른 것이 본 부모회다. 따라서 25년이라는 유구한 역사를 지닌 본 부모회는 장애인 자녀의 보호를 위해 만들어진 자생 기관으로서 우리나라 지적 장애인 보호 시설의 메카라고 할 수 있다. 현재 보호받고 있는 장애인 수는 지회까지 합쳐 170여 명에 이른다.

오늘날 이렇게 크고, 견실하게 성장할 수 있었던 것은 관계 기관의 도움이나 여러 기부자의 도움도 있었지만, 특히 초창기 설립자들의 투철한 주인의식과 봉사 정신이 있었기 때문이다. 현재에도 그분들은 이사직을 맡으면서 경영 주체가 되어, 매월 얼마씩이나마 기부하고 있다. 이러한 구조적인 특성으로 말미암아 시설의 운영은 투명하게 경영되고, 선생님들 역시 안정되고 보람된 직장으로 생각하고, 장애인들 각각 특성에 알맞게 보호·지도하고 있다. 앞으로의 계획은 시설을 더욱 확충해 부모들의 사후에도 그동안 잘 돌보아주었던 선생님들한테 마음 놓고 맡길 수 있는 복지 시설로 만드는 것이다.

장애인에 대한 인식 변화와 권리 증진을 위한 노력도 부모회의 몫이다. 그동안 끊임없는 노력으로 장애인에 대한 편견이 불식되고 인권신장, 권리보장, 평생교육, 소득증대, 자아실현 등 다방면에 걸쳐 개선되었지만, 더욱더 노력해야 한다. 장애인의 최종 목표인 자립 생활을 할 수 있을 때까지 우리는 노력해야 한다.

전주시 지회는 임예정 회장님의 따뜻한 사랑과 헌신적인 봉사 정신으로 모범적으로 운영되고 있다. 회장님은 어려운 여건 속에서도 여러 학교에 산재한 장애 학생(주로 다운증후군)들을 직접 차량을 운행하시며 보호하고 있다. 그뿐만 아니라 금암동 주변에 있는 장애인을 모아 주간 보호까지 할 계획이다. 회장님의 헌신적인 봉사 정신에 머리 숙인다.

회장님이 지향하는 목표에 행운이 있기를 바란다.

사단법인 전라북도장애인부모회가 한국장애인부모회 산하로 합칠 수 없는 이유

1. 사단법인 전북장애인부모회는 산하에 4개의 지부와 복지법인이 있어 우리 마음대로 할 수 있는 일이 아니다.
2. 지금 최상으로 장애인이 보호받고 있는데 합칠 경우 보호받고 있는 장애인이 정서적으로 매우 불안해진다.
3. 27명의 직원이 자기 직장에 대한 불안을 가지고 있다.
4. 한국장애인 산하로 가면 모든 일을 허락 내지 보고해야 하기 때문에 하지 않아도 될 잡무만 많아지고 교육과정의 창조성, 업무의 능률성이 떨어진다.
5. 재산 형성에는 도움이 되지 않고 회비만 한국장애인중앙회에 납부해야 한다.
6. 기관의 역사만 보더라도 1985년에 만들어진 사단 전라북도장애인부모회가 1986년에 만들어진 한국장애인부모회보다 1년이나 앞섰다.
7. 사단법인 전라북도장애인부모회 1개 지회가 한국장애인 전북지회보다 규모가 크고 양 법인(사단법인, 복지법인)과 지회를 합칠 경우 한국장애인부모회 중앙회보다 규모나 가치 면에서 뒤지지 않는다고 생각한다.

8. 한국장애인부모회로 들어가 재산을 한 번 빼앗겨 본 경험으로 인해 강한 불신이 있는데 다시 한국장애인 산하로 들어가는 것은 어려운 일이다.
9. 합의 방법은 꼭 합치는 것만이 아니다. 한국장애인 전북지회 쪽에 남아 있는 분이 조성했다는 돈을 주고받으며 서로를 위하면서 각각 장애인을 잘 돌보는 방법도 있다.
10. 수없는 일반 단위학교가 서로 발전적으로 경쟁하며 독자적으로 잘 운영하고 있지 않은가? 우리와 같은 기관(장애인 보호 기관)이 전주시에는 7곳, 전라북도에는 17곳이 있지 않은가? 전라북도에 있는 자림원이나 동암재단은 한국장애인 쪽보다. 규모나 재산면에서 몇 배 크다. 그런 큰 재단도 우리 사단법인 전라북장애인부모회를 그 역사성으로 인해 장애인 보호 시설의 메카라 하며 그 정체성을 인정하고 있다. 이런 우리가 상처를 입힌 한국장애인 쪽에 가야 할 이유가 없다.
11. 그런데 왜 한국장애인 산하로 들어가 합쳐야 하는가? 우리들의 원류였던 1985년에 만들어진 사단 전라북도장애인부모회로 합쳐 우리 재단명을 쓰거나 아니면 새 법인을 만들자.
12. 한국장애인 전북지회 쪽에도 장애인을 돌볼 수 있는 시설이 있는데, 1심대로 하나밖에 없는 우리 시설을 가져간다면 지회 쪽은 두 개, 우리는 한 개도 없다. 그렇게 된다면 우리가 돌보는 장애인들은 어디로 가야 하는가? 가져간다 해도 건물밖에 가져갈 수 없어

지회 쪽 사람들이 어디 한 발 내디딜 곳조차 없다. 그런 건물 가져가 무엇에 쓰려고 계속 재판만 해야 하는가?

13. 10여 년의 세월 동안 각자 이질적으로 발전했고 안정적이어서 기관 운영에도 합치는 것이 도움이 되지 않는다는 것을 잘 알고 있지 않은가? 이제 재판소는 그만 드나들고 불쌍한 장애인을 돌보는 데에 에너지를 쏟기 바란다.

이 글은 재판 중 고등법원 판사에게 쓴 글이다.

02. 신뢰의 언덕

2020年 3月

기독교인을 중심으로 많은 사람이 믿음, 사랑, 소망 중 사랑이 제일이라고 한다. 문장 운율상 믿음, 사랑, 소망 순으로 배열되는데, 둘째로 배열된 사랑을 제일이라고 한다. 원수까지 사랑하라는 예수님의 산상수훈의 영향 때문이라는 생각이 든다.

원수를 사랑하라는 예수의 말은 필부로서는 실천하기 어려운 말이다. 가족 간에도 신뢰를 잃으면 사랑하기 힘든데 하물며 원수를 어떻게 사랑하는가? 작은 잘못은 그냥 용서하고, 사랑하는 마음을 항상 지니고 살라는 가르침으로 이해할 수밖에.

부모님이 살아 계시고 형제가 무고한 것은 가화만사성의 다른 표현으로 그만큼 행복의 뿌리는 가족 관계에서 비롯된다. 하늘을 우러르고 땅을 굽어보아 부끄럼 없다는 것은 부끄럼 없는 처신을 해야 사회 공동체에서 원만하고 긴밀한 관계를 유지할 수 있음을 의미한다. 로버트 월딩어의 연구나 맹자의 말은 건강한 인간관계를 유지해야 건강하고 행복하게 오래 살 수 있음을 말하리라. 그런데 그 인간관계를 유지하려면 믿음과 사랑이 전제되어야 한다. 사랑 또한 믿음이 없으면 깨지고 만다. 사랑은 믿음에서 자라니까. 사회에 나아가 부끄럽고 몹쓸 짓을 하고, 그것을 덮기 위해 부모, 형제를 속이면 가족 간에 화목은 깨지고 만다. 가족들의 마음에 상처를 입혀 행복은커녕 고통만 주게 된다. 아무리 사랑하는 자식과 형제라도 그런 관계가 지속된다면 사랑과 믿음은 사라진다. 그래도 그런 가족을 사랑한다면 그것은 사랑이 아니고 연민이고 집착이다.

국제간에도 신뢰가 무너지면 외교 관계는 무너질 수밖에 없다. 그 본보기를 북한과의 비핵화 노력 관계에서 잘 보아왔다. 몇 년 동안 트럼프와 문재인은 북한의 비핵화를 위해 노력했으나 불가능한 일로 결론지어진 것이 요즘이다. 그 원인으로 트럼프가 제안한 리비아식 핵해법이 지목됐다. '선 비핵화 후 보상'이란 리비아식 핵해법을 북한의 김정은은 신뢰하지 않은 것이다.

거꾸로 신뢰를 얻어 강한 국가를 만든 역사도 있다. 중국 춘추전국시대 기원전 781년 황하 유역의 강국 제나라가 소국인 노나라와의 전쟁에서 이겨 노나라의 영토를 할양받기 위한 강화의식을 거행하였을 때, 제나라 왕이 앉은 자리에 노나라 장수 조말이 갑자기 나타나 비수로 위협하며 영토를 빼앗지 않겠다고 약속하라고 위협했다. 위기를 모면하려고 약속했으나 부당한 약속이었다. 그러나 약속은 약속인지라 지켰다. 그 후 2년의 세월이 흐르는 동안 남쪽 양쯔강 유역에 있던 초나라가 강성해지면서 북진해 올라오기 시작했다. 북방의 제후들은 일대일로 초와 싸우는 것은 승산이 없다고 판단해 군사 동맹을 맺어 공동으로 대처하기 위해 견(甄)에서 만났다. 여기서 동맹군의 총사령관을 뽑아야 했는데, 2년 전에 억울하게 당한 약속을 깨끗이 지켜준 환공을 신뢰해 그를 추대했다. 이로써 환공은 춘추시대 5대 실력자로 불리는 춘추오패의 제일인자가 되었다.

우리는 1997년에 IMF의 위기를 잊지 말아야 한다. 국가 부도를 막기 위해 많은 기업이 무너지고, 수많은 사람이 실직하고, 가정이 파괴되고, 자살하는 사람도 많았다. 이는 국가 간 신뢰를 잃지 않기 위해 온 국민이 출혈을 불사한 것이다.

자가용 시대가 되면서 거리의 원근을 불문하고 명불허전 맛집을 찾아다니며 식도락을 즐기는 사람들이 많다. 명불허전의 뜻은 영어 브랜드(Brand)와 같은 말로서, 명성이 널리 알려진 데는 그럴 만한 실력이나 사실이 있다는 뜻이다. 즉 신뢰가 있다는 것이다. 또 '돈을 잃으면 일부분을 잃고, 명예를 잃으면 반을 잃으며, 건강을 잃으면 모두를 잃는다'는 말의 '명예'는 믿음의 다른 표현이다. 믿음을 잃으면 목숨만 살아 있을 뿐 사회적인 인간관계를 모두 잃는다는 뜻이다.

믿음이란 모든 인간관계의 언덕이다. 모든 사회생활의 바탕이 된다. 교우, 이성, 채권, 약속, 무역, 여행, 언행일치, 외교, 심지어 교통 법규 등 우리의 모든 생활은 믿음과 연결 고리가 있다. 운동화 한 켤레 사는 것도 브랜드 제품이냐 아니냐에 따라 값이 달라진다.

집사람을 돕기 위해 자주 설거지를 한다. 서투른 설거지로 신뢰를 잃었는지 내가 할 수 있는 집 고치기를 하려 하자 하지 못하게 한다. 나는 집사람에게 서투른 설거지 솜씨 때문에 미적 감각까지 없는 사람이 되었다. 신뢰도 잃었다.

교통 법규 위반으로 범칙금 고지서가 날아들었다. 부주의로

기한 날짜에 범칙금을 내지 못했다. 그런 것도 신용도에 영향을 미친다고 한다. 또 신뢰를 잃었다. 신뢰는 인간관계를 유지하는 언덕이다.

그 언덕에 사랑의 꽃이며 열매가 달릴지니.

03. 청소가 즐겁다

2019年 晩秋

습관은 제2의 천성이라는 말을 자주 한다. 무슨 일에 습관을 들이면 타고난 성품처럼 굳어져 고치기 힘드니 행동을 개선하도록 노력하라는 말이다. 이 경우의 습관은 버릇과 동의어로 부정적인 습관을 가리킨다. 천성의 사전적 의미는 '어떤 사람이나 사물이 본래부터 가지고 있는 품성'이다. 이 말을 바꿔 표현하면 '부모로부터 물려받은 유전자'라고도 할 수 있다. 청소와 관련한 나의 체험과 듣고 본 이야기를 떠올려 본다.

우리 조부님은 증조부님이 45세 때 태어나셨다. 19세기 때 태어나셨으니 그때 평균 나이로 일찍이 조실부모하셨다. 부모가 없으니 숙부 집에서 자랐고, 먹고살기에 힘들던 때 숙부 집에서 살자니 집 안의 청소 같은 궂은일을 많이 하셨을 것이다.

일제강점기 때 곡창지대 지주 대부분이 섬나라 인간들이었다. 그래서 결혼하고 독립해서도 그 집에서 논밭이나 갈고 마당쇠 같은 일도 하셨을 것이란 생각이 든다.

내가 청소를 즐겁게 하는 것이 습관인지 천성인지 모르겠다. 시골 출신인 나는 어렸을 때부터 집 마당을 곧잘 쓸었다. 해 질 무렵 마당을 쓸고 나면 적은 노력으로 얻은 성취감과 노을빛에 젖은 분위기가 마냥 좋았다. 누나들이 두 분이 있어도 마루며 방 청소를 내가 하는 때가 많았다. 아버지 담배 재떨이 비우는 것도 내 몫이었다.

이런 습관은 직장에 나가서도 그대로 이어졌다. 나는 교단에 서 있던 40여 년 동안 주로 인문계 고등학교에서 봉직했다. 내가 일했던 학교의 담임들은 아침 7시부터 밤 10시까지 자율학습을 지도하기 위해 학생들과 같이 교실에 있어야 했다. 이때도 학생들의 자율학습에 방해되지 않도록 주의하며 교실 이곳저곳을 담임인 내가 자주 청소했다. 그 모습을 자주 보셨던 교장 선생님이 하루는 제나라 경공과 공자님의 문답에 나오는 글의 풀이를 부탁했다. 임금은 임금답고(君君), 신하는 신하답고(臣臣), 아버지는 아버지답고(父父), 자식은 자식다워야(子子) 나라가 부강해진다는 글이었다. 풀이를 들으시는 모습으로 보아 글의 내용을 몰라서 물으시는 것 같지는 않았다. 교장 선생님이 가신 뒤 '왜 그리 하셨을까'를 곰곰 생각했다. 아마도 스승은 스승답게(師師)란 말을 덧붙이고 싶으셨던 것 같다. "3학년 담임은 청소보다 대학 진로 지도가 더 중요한 것이 아니냐"는 말씀을 간접적으로 하신 것이다. 뭔가 머쓱해진 느낌이었다.

정년을 맞이한 뒤 복지재단 대표이사로 근무할 때도 청소하는 습관이 도졌다. 어느 날 복지재단 건물을 청소하고 있는데, 장애인을 돌보시는 선생님이 "왜 회장님이 청소하십니까?"라고 질문을 했다. 내 대답은 간단했다.

"선생님들은 장애인들을 돌봐야지요."

대답은 그렇게 했으나 청소보다 더 중요한 일을 놓치지는 않았는가 하고 자문해보았다.

집에서는 어떠한가. 아들이나 딸 집에서도 설거지는 내 몫이다. 직장을 다니는 아들 내외나 딸 내외에게는 휴식을 주기 위함이고, 나도 혈당을 낮추기 위해 운동 겸 하는 것이었다. 내 청소 습관이 바탕에 깔려 있는 것도 있다.

어느 날 집사람의 배려로 사돈 사이의 친목을 도모하기 위해 며느리 어머님과 아들네 식구, 그리고 딸의 시어머님과 딸

네 식구 등 대식구가 펜션을 얻어 합숙한 일이 있었는데, 이때도 예외는 아니었다. 내가 한참 설거지를 하고 있는데 설거지할 일이 너무 많은지 사위가 와서 거들었다. 그 모습이 불편했는지 사돈댁이 보시고 "왜 남자들이 설거지하시나요?"라고 물었다. 약간은 꾸짖는 듯한 말투에 짜증스러움이 묻어 있었다. 딸 넷에 겨우 얻은 아들의 청소하는 모습이, 가부장적 관습이 깊은 순천 지방 사람의 정서로는 이해가 되지 않았던 것이다.

나와 같은 습관이 있는 젊은이도 있었다. 내가 이사로 있는 회사에서 입사 지망생들의 면접을 본 일이 있는데, 한 지망생 지원서의 특기가 '청소'였다. 나와 같은 사람도 또 있구나 생각하고 지원서의 가족 관계를 보니 92세 조모와 아버지만 있고 어머니는 없었다.

"청소가 특기인 이유가 있습니까?"

"농촌에 살고 계시는 아버지가 논이며 밭일을 하고 집에 오시면, 옷이며 집 안이 모두 먼지투성입니다. 그 뒷일을 모두 처리하다 보니 청소하는 일이 특기처럼 되었습니다."

"청소한 후 느낀 기분은 어떠했습니까?"

뻔한 대답이 나올 줄 알면서도 묻지 않을 수 없었다.

"적은 노력으로 얻는 성취감과 청결함 뒤에 오는 상쾌함입니다."

미소를 머금은 낯빛이 차분하고도 밝았다.

"즐거이 하는 청소와 끌려서 하는 하이칼라 직을 선택하라면 어느 일을 택하겠습니까?"

"청소입니다."

요즘 방송에 많이 떠도는 '모든 사람이 용이 될 필요는 없다. 개구리가 되었든 미꾸리가 되었든 행복하기만 하면 된다'는 말이 그럴듯하다. 젊은이들의 가치관이 제대로 형성되는 것 같아 반가웠다.

얼마 전 대학 동기생 몇 명과 함께 길섶 마을의 화산자율중학교를 방문한 일이 있었다. 자율중학교가 있다는 말도 처음 들었고, 요즈음 면 단위 산골 마을은 학생이 모자라 폐교되는 곳이 많은데 12학급에 300명이 넘는 재학생이 있다는 것도 호기심을 자극했다, 학생이 모자라기는커녕 전국에서 모여드는 학생으로 경쟁률이 매우 높았고, 진학 상황과 교육과정 운영 등 모든 것이 상상 밖으로 특이하고 훌륭했다. 그 모든 결실은 심 이사장의 노력으로 이루어졌다.

그분이 달필로 써준 글귀 하나를 되새겨 본다.

'새벽닭이 울면 일어나 항상 빗자루를 들고 청소한다(鷄鳴而

起 常以帚掃)'

여덟 살 때 어머님이 생활철학으로 말씀하신 것을 평생 가슴에 안고 실천하다 보니 85세가 된 지금에도 새벽에 일어나 학교 앞뒤를 돌며 쓴다고 하신다.

집사람이 내 정년을 앞두고, 정년 후 삼식이가 되면 스트레스를 받지 않을까 염려했다고 한다. 그런데 집에서 청소며 설거지를 해주니 더욱 편해졌다고 한다. 식사 준비를 한 사람이 또 설거지까지 하는 것을, 같이 사는 사람으로서 옆에서 보고만 있는 것은 페미니스트가 아닐지라도 뭔가 지나친 짓거리란 생각이 든다.

자식에게 줄 수 있는 가장 큰 선물은 저희 부모가 건강하고 화목하게 사는 것이다. 내게는 건강에 도움이 되고, 집사람에게는 집안일할 거리가 줄어드는 것이니 오늘도 일을 돕기 위해 음식물 쓰레기를 들고 부끄러움 없이 아파트 승강기에 오른다.

《행복문학》2021년 봄호(18호)
2021.03.01 작가상 수상작

04.

2020年 秋

가장 큰 선물

요즈음 자전거 라이딩하는 사람들이 부쩍 늘었다. 코로나19로 인해 거리 두기를 하면서 혼자 할 수 있는 운동으로 자전거 타기가 적합한 탓이다. 어린이들이 있는 집은 어린이 수만큼 자전거가 있다. 1960년대는 한 동네에 몇몇 부자들에게나 자전거가 있었다. 그래서 자전거 있는 것이 부러움의 대상이었던 때도 있었다. 그때와 비교하면 격세지감을 느낀다. 1970년대는 산업화로 생활이 나아지던 시기다. 그래서 학생이나 직장인이나 자전거는 등하교 또는 출퇴근을 위한 중요한 교통수단 중 하나로 자리매김했다. 1990년대 자가용 시대로 접어들면서 승용차는 부의 상징이 되고 자전거는 퇴물의 느낌이 들었다.

30여 년이 지난 지금 자가용도 더는 부의 상징이 아니다. 거기다 주차난, 교통체증, 운행 중 사고, 환경오염, 경제적인 부담 등 여러 부정적인 요인이 발생하면서 차보다 자전거를 즐겨 타는 사람이 많아지고 있다. 매우 긍정적인 변화다.

그 변화에 선도적인 역할을 하는 그룹이 고령자들이다. 운전 능력 저하에서 오는 두려움, 운전에 대한 싫증이 그 원인이다. 지난날 자전거에 대한 향수라는 감성적인 면도 작용한 것 같다. 여기에 결정적인 역할을 한 것은 지방자치단체별로 환경 개선, 교통난 해소, 국민의 건강 유지를 위해 적극적으로 자전거 길을 잘 닦아 놓았기 때문이다. 지금은 지방뿐만 아니라 4대강이 자전거길로 연결되어 4대강을 누비는 열성 동호인들이 많다.

라이딩은 유산소 운동으로 건강에도 으뜸이지만, 시원한 바람을 가르며 가로수 사이를 달리면서 흠뻑 마시는 상쾌함과 즐거움도 빼놓을 수 없다. 즐거우니 반복해서 타고 반복해서 타니 건강에도 도움이 된다. 건강만을 위한 운동은 금방 싫증 나므로 지속성이 없어 그만두기 마련이다.

라이딩의 매력은 객창감이다. 사계절이 뚜렷한 우리나라 아름다운 금수강산에서 1년 열두 달, 날마다 변하는 자연의 변화를 오관으로 느낄 수 있다. 2월의 매서운 추위를 느꼈다 하면 매화 향기가 코에 스며들고, 목련꽃의 청초함이 가시기도 전에 화려한 벚꽃 비가 내린다. 이어 군락지에서만 볼 수 있었던 이팝나무가 언제 심었는지 가로수가 되어 도로에 흰 쌀을 아낌없이 흩뿌린다. 강물 위에는 5월인데도 철새인 오리 떼가 물살을 가르며 춤을 추고 있다. 추운 곳으로 가야 하는 때도 잊고, 여기저기 乙, 乙乙, 乙乙乙 자(오리 떼)다. 고려 시대 문신 정지상이 일곱 살 때 대동강 물 위에서 놀고 있는 오리 떼를 보고 지었다는 '어느 누가 흰 붓을 가지고 乙 자를 강물에 썼는고(何人將白筆 乙字寫江波)'의 시구가 떠오른다. 6월의 녹음 속에서 '뜸북~, 뜸북~, 뜸북새~' 울음소리 듣노라면 어느새 논에는 모내기가 끝나, 온 들이 초록으로 덮여 있다. 가을에 코스모스 길을 달리노라면, 달리는 내가 코스모스인지 하늘대는 코스모스가 나인지 무아지경에 이르러 장자의 호접지몽(胡蝶之夢) 고사를 연상하게 한다.

라이딩은 혼자 하는 것보다 가능한 동호인끼리 해야 한다. 대부분의 운동 경기는 경기이므로 경쟁이 심할수록 긴장감도 크고, 스트레스도 많이 받는다. 해서 잠을 설칠 수 있고 그로 인해 건강을 해칠 수도 있다. 그런데 동호인들이 즐기는 라이딩은 경쟁보다 협동과 배려가 필요하다. 앞서가는 사람은 그날 컨디션이 좋지 않아 처지는 사람을 배려해 속도를 조절하며 달려야 한다. 또 달리다 펑크가 나면 서로 협동해 주부를 교체해야 한다. 그러므로 회원 중 고장 난 자전거를 응급처치할 수 있는 회원이 있어야 하고, 간단한 장비도 꼭 가지고 다녀야 한다. 도심과 멀리 떨어진 곳에서 자전거가 고장 날 경우를 대처하기 위해서다.

동호인 모임의 라이딩은 어느 정도 제약이 따른다. 우선 자전거를 탈 수 있는 능력은 필수적이고, 체력, 안정된 가정, 약간의 경비, 순응할 수 있는 인성 등이 있어야 한다. 자전거도 동호인 구성원들의 흐름에 알맞게 성능이 비슷해야 한다.

혹자는 라이딩은 무릎에 무리를 주고 전립선에 좋지 않다는 선입감을 가지고 있으나 그렇지 않다. 무릎 건강을 위해 재활운동으로 자전거 타기를 권하지 않는가. 전립선도 30분 정도 라이딩을 하고 쉬므로 괜찮다.

재전주 신바람 동호인 모임의 라이딩
첫 번째 여인이 집사람

필자는 재전주 '신바람 자전거 동호인' 모임에 속해 있다. 우리 동호인의 즐거움은 자연의 변화를 보고 느끼는 즐거움 못지않게 오가는 대화다. 쉬는 시간에 세상 돌아가는 이야기, 독후감 이야기, 가족사 이야기, 기지(機智)가 있는 농을 하며 웃으면서 많은 교양과 정신적 안정을 준다.

라이딩은 많은 열량이 소모되므로 중간중간 물도 마셔야 하고 영양분도 보충해줘야 한다. 물은 각자가 자기 마실 물을 준비하나 음식은 여성 회원들이 번갈아 가며 가져온다. 번갈아 가지고 오기 때문에 음식도 다양하다. 이 다양한 음식을 에너지를 소비한 후 먹으므로 정말 꿀맛이다. 그 꿀맛 못지않게 건강에 도움을 주는 것은 고마움으로 생기는 정분이다.

우리 동호인은 60세 이상의 그룹이라 속도는 평균 시속 20킬로미터 내외며, 하루의 라이딩 거리는 50~70킬로미터이고, 총 소요시간은 중식 시간과 쉬는 시간을 합쳐 7~8시간 정도다. 라이딩을 많이 한 회원은 10만 킬로미터 이상의 누적 보유자도 있다.

길에서 달리는 운동이므로 가끔 안전사고도 난다. 그러므로 리더는 항상 그 점을 고려해 앞서 달린다. 그래도 안전사고는 전혀 없을 수 없다. 그때는 회원 모두가 하나가 되어 사고를 처리한다. 지금은 어디나 자전거길이 잘 되어 있어 마음 놓고 달릴 수 있다.

내가 라이딩을 시작한 것은 7년 전이다. 고희의 나이였는데, 직장을 접으면서 집사람의 삼식이 수고를 덜어주는 방법은 취미 생활이 같아야 함을 깨달았다. 그래서 하모니카학원을 같이 다녔고, 집사람의 동호인 모임이었던 재전주 '신바람 자전거 동호인' 모임에도 가입했다. 집사람은 이미 5년의 경력이 있었다.

그런데 4년 전 어느 날, 공동 라이딩을 끝내고 귀가 도중 집사람이 차도에서 인도로 오르다가 오른쪽 팔목이 골절되었다. 본인의 부주의가 첫째지만 도로도 잘못 만들어졌다. 수술로 1년 동안은 라이딩을 하지 못했다. 다시 라이딩을 시작하고 몇 개월 후, 이번에는 태안반도에 친구들과 여행하다가 노상에서 넘어져 다른 왼쪽 팔목마저 골절되었다. 골밀도가 약해져 가는 고희가 된 여자의 팔목으로 있을 수 있는 일이다. 왼쪽 팔목은 수술하지 않고 몇 개월 후 완치되었다. 그리고 두 번의 팔목 부상으로 인한 트라우마로 라이딩을 포기하고 걷기 운동으로 몸 관리를 바꾸었다. 어쩔 수 없는 일이다. 자연의 섭리에 순응해야겠지만 슬펐다. 해서 집사람에게 기능은 반복하면 유지되고, 팔목은 부러지면 다시 수술하면 되므로 라이딩을 계속하자고 설득했다. 활력 없는 인생보다 도전적인 취미 생활로 젊게 살자는 내 말에 동의해 라이딩을 다시 했고, 지금은 라이딩하는 날을 남편인 나보다 더 기다린다.

노년에 자식들에게 줄 수 있는 가장 큰 선물은 건강하게 사는 모습이라는 생각이 들어 오늘도 자전거 페달을 힘 있게 밟는다.

《행복문학》2021년 봄호(18호)
2021.03.01 작가상 수상작

05. 포도주 빚기 60돌

포도주에 관한 가장 오래된 이야기는《구약성서》에 있다. 노아가 대홍수가 끝나고 육지를 발견한 후 처음으로 포도를 재배해 포도주를 마셨는데 너무 과음한 나머지 알몸으로 발견되었다는 이야기다.

성서에 다른 이야기도 있다. 아내를 잃은 아브라함의 조카 롯이라는 노인에게는 딸만 둘이 있었는데, 소돔이 부족의 모든 여인을 살해했다고 믿고, 대가 끊길 것을 염려한 두 딸이 부족을 보전하기 위해 노부에게 포도주를 마시게 하고 이틀 동안이나 동굴에서 나오지 않았다. 아마도 포도주가 최음제로 사용된 최초의 기록인 듯하다. 나체의 두 딸이 반나체의 아버지를 양쪽에서 껴안은 내용을 담은 17세기의 거장 루벤스의 그림은 세계적인 명화로 꼽힌다.

이탈리아 폼페이에서는 1500년 전 화산 폭발로 묻힌 로마인들이 마셨던 포도주병을 볼 수 있다.

내가 포도주에 관심을 둔 것은 1959년 누나가 포도밭을 경작하는 자형님에게 시집가면서부터다. 누나 집에 갈 때마다 자연히 포도를 먹었고, 대학교 여름방학 때는 김제는 물론 군산이나 전주까지도 버스를 타고 다니며 포도를 내다 팔았다. 이때부터 포도주도 담갔다. 이때 만든 포도주는 포도와 설탕과 소주를 한꺼번에 버무려 놓고 일정 기간이 지나면 마신 것으로 발효과정이 없었다. 그러므로 이것은 포도주가 아니라 포도, 설탕, 소주를 섞어 짠 즙이라 함이 마땅하다.

제대로 포도주 빚는 법을 배운 것은 1974년 김제농고 병설 중앙중학교에 근무하면서부터다. 쉬는 시간에 옆에 있는 식품공학과에서 포도주 담는 것을 보고 배워 오늘에 이르렀으니 내 포도주 담는 기술도 환갑이 된 것 같다. 이쯤 되면 포도주 빚는 명인이라 할 수 있지 않을까.

포도주는 빚는 법도 중요하나 보관법이 더 중요하다. '고주(古酒)는 명주(名酒)'라 해서 장기 보관하기 위해 처음에는 옹기병에 넣어 땅속에 묻었다가 지금은 오크통에 넣어 보관한다. 내가 장기 보관한 또 다른 이유는 자식들이 결혼 후 귀한 바깥사돈과 가끔 한 잔씩 하려 함이었다. 그런데 인생사 마음대로 되지 않는다고 아들딸 모두 안사돈만 계시는 집 자식과 결혼했다. 그러나 들어온 자식들이 우리 부부가 낳은 자식보다 훌륭하니 서운함은 없다.

이 장인이 빚은 포도주를 자식들이 선물로 자주 사용한다. 내 포도주 맛을 본 사람 대부분은 체면 불고하고 또 요구한다. 그때의 기쁨은 빼앗기는 슬픔보다 크다. 지금은 친절한 집의 포도주를 담아 주기도 한다.

그러면 포도주는 어떻게 마셔야 할까? 술잔은 차야 맛이라는데, 포도주만은 투명한 유리잔에 반쯤 따라 마신다. 그 이유는 조정래의 장편소설 《정글만리》에 답이 있다.

"먼저 투명한 유리잔에 반쯤 담긴 포도주 색깔을 눈으로 감상하고, 마시는 사람들과 건배하면서 '쨍' 하고 잔 부딪치는 소리를 귀로 듣고, 잔 속의 술을 일곱 번 흔들면서 코로 냄새를 맡고, 최종적으로 입으로 마시면서 향기에 취한다."

이목구비의 감각, 즉 시각, 청각, 후각, 미각을 동원해 마음껏, 그리고 느슨하게 정취를 느끼면서 마신다는 내용이다. 청포도가 익어가는 계절, 포도주 빚는 질문이 더러 있어 참고하시라고 이 글을 써 보았다. 다음은 포도주를 담는 방법이다.

포도주 담는 방법

① 포도는 캠벨 포도가 좋다. 추석 전후 10여 일에 사야 싼값에 살 수 있다. 잘 익고 햇볕을 많이 받았으며 깨끗하고 싱싱한 포도일수록 좋다. 바라 포도가 싸고 좋다.

② 요즘 포도는 종이로 싸기 때문에 씻지 않아도 되지만, 기분이 언짢으면 바구니에다 논 채로 물을 뿌려 대충 씻는다. 씻을 때 포도 껍질에 묻은 하얀 분까지 씻으면 절대 안 된다. 하얀 분이 이스트균이기 때문이다. 씻은 후 물기가 마르면 그릇에 적당히 넣고 한 알도 없이 터뜨려야 한다. 터뜨린 포도를 항아리에 70퍼센트 정도 넣는다. 많이 넣으면 발효될 때 넘쳐흐른다. 보관 장소는 괼 것을 고려해 따뜻한 곳에 놓는다. 이때 설탕은 포도 1관에 200그램 정도 넣고 섞는다. 많이 넣으면 이스트균이 죽는다. 항아리에 넣은 포도는 항아리 위에 창호지로 덮고 항아리 뚜껑으로 덮는다. 발효의 불안을 없애기 위해 이스트균을 사서 넣기도 한다.

③ 항아리에 넣은 포도는 2, 3일이 지나면 발효되기 시작한다. 마치 우리나라 토속주인 동동주가 발효되듯 뜨겁게 솟구치며 발효된다. 그때부터 하루에 한 번씩 저어 준다. 이때 터뜨리지 못한 포도가 위로 뜨는데, 그것마저 모두 터뜨려야 한다. 저어 주는 이유는 산소 공급을 하며 더불어 초파리가 생겼는가를 확인하기 위해서다. 초파

리가 항아리에 있는 채 뚜껑을 닫아두면 절대 안 된다. 그 초파리가 술을 시게 만든다.

④ 발효되기 시작한 포도는 5일 정도 괸 후 멈춘다. 그때 상황은 아래는 포도 씨, 가운데는 포도 액, 위에는 포도 껍질의 상태다. 그런 상황에서 포도 껍질을 확인한다. 아직 포도 섬유질이 더러 남아 있기도 한데, 6, 7일 후엔 모든 게 분리된다. 이때 포도 껍질을 제거한다. 포도 껍질을 제거하는 방법은 소쿠리에 모두 건져 넣고 하룻밤 지내는 것이다. 그렇게 하면 포도 액만 추출할 수 있다. 씨 부분이 있는 곳은 탄산가스 찌꺼기(카바이트) 등으로 지저분하니 적당히 포도액만 추출한다. 여기까지가 1차 발효다. 이 모든 과정은 7~10일이 걸린다.

⑤ 포도액을 유리병이나 생수통에 넣고 2차 발효를 한다. 이때 생수통 한 통에 소주 1.8리터 한 병 정도 넣는다. 이물질이 들어가 변질되지 않게 하기 위해서다. 설탕도 개인의 취향에 따라 적당히 넣는다. 설탕을 넣음으로써 포도주의 도수도 오른다. 유리병에 넣고 병을 꽉 막으면 큰일이다. 나중에 병뚜껑을 열면 폭발한다. 이것이 샴페인이다. 샴페인은 잘못 담근 포도주다. 이걸 막기 위해 숨통을 터놓아야 한다. 탄산가스가 나가기 위해서다. 창호지로 막고 바늘구멍 정도의 구멍을 낸다. 이런 상황에서 1개월 정도 지나면 발효가 다 된다.

⑥ 발효가 다 된 포도주 밑에는 찌꺼기가 병 밑에 상당히 깔려 있다. 이것을 제거하기 위해 높은 곳에 놓고 호스로 분리한다. 어떤 사람은 맑은 술을 얻기 위해 이 방법을 두 번 반복하는 사람도 있다. 이때 다시 자기 기호에 맞게 설탕을 적당히 더 넣고, 소주도 더 넣고 싶으면 넣는다. 대개 20리터에 소주 1.8리터 한 병 더 넣으면 좋다.

⑦ 이제 포도주가 다 되었다. 다 된 포도주는 적당한 그릇에 넣고 온도 변화에 영향을 받지 않도록 땅속에 묻는다. 더 좋은 보관 방법은 오크통에 넣는 것이다. 100리터 짜리 오크통 한 개가 50만 원 정도이다. 지하에 보관하는 것이 가장 좋으나 우리 집의 경우에는 별수 없이 베란다에 보관했다. 포도주는 적어도 6개월이 지난 후에야 마셔야 한다.

《행복문학》2021년 봄호(18호)
2021.03.01 작가상 수상작

06. 산이 좋아 산에서 사노라네

2020年 2月

카톡방에 한 친구로부터 거안실업 실장이 되었다는 문자가 왔다. 이 친구 저 친구한테서 이 어려운 시기에 무엇을 하는 회사인지는 모르겠지만 축하한다는 답신이 오는가 하면, 어떤 친구는 한턱 사라는 답신도 한다.

알고 보니 거실과 안방의 첫 자를 합성하여 회사 이름을 만들고, 실장이라는 직책까지 붙여 말한 것이다. 코로나로 거실과 안방에서만 빙빙 도는 가련한 신세를 은유적으로 표현한 것이다. 지금 이렇게 온 세상 많은 사람이 거리 두기를 위해 집에 스스로를 가두고, 지난날의 범사를 그리워하면서 살고 있다.

이 위기 상황을 어떻게 하면 생산적으로, 지혜롭게 극복할 수 있을까? 나는 어려움을 당할 때마다 종교의 비현실적인 것에 의지하기보다 프랑스의 실존주의 철학자 샤르트르의 말(인간의 행동은 순간순간 변화하므로 구체적 진리나 논리적 명제에 국한되지 말고, 주체적으로 자유로운 선택과 결단으로 책임지며 성실히 살아가는 것이 불안과 절망을 극복하는 길이다)을 더 따른다. 하여 그의 말을 되새기면서 길가의 매화를 보니 심한 겨울 추위 속에서도 매화의 꽃눈이 뜨려 함을 보았다. 그 꽃눈으로 2월의 시작임을 알았고. 그 꽃눈으로 내가 해야 할 일을 찾았다.

어머님이 소천하시고 불효를 참회하며 산소 앞에 심은 매화의 가지치기와 시비를 해야겠다는 계획을 세웠다.

이튿날 전지가위, 낫, 톱, 삽, 괭이 등의 농기구와 물, 빵 그리고 김밥 두 줄 등 먹을거리를 챙겨 30킬로미터 떨어진 밭으로 가니 74그루의 매화나무가 '왜 인제 오냐'며 불그스레한 눈빛으로 쳐다들 본다. 조금 늦은 감이 있다는 생각이 들었다.

휴대전화에 내려 받은 음악을 틀어 놓고 한 나무, 한 나무 가지치기를 시작했다. 작년 6월에 매실만 따가고, 몰인정하게 나 몰라라 팽개쳤던 나무들이 제멋대로 자라 수많은 형제를 껴안고 있었다. 그것도 모자라 칡넝쿨까지 기생하고 있는 나무도 있었다. 나무 꼭대기까지 올라간 칡은 가능한 뿌리 위까지 제거하고, 자른 자리에 뿌리까지 죽는다는 근사미 농약을 발라 주었다. 중앙에 있는 가지는 통풍이 잘되도록 모두 제거하고, 열매를 맺게 할 가지만 욕심 부리지 않고 적당히 남겨 놓았다. 가지치기도 하나의 예술이다. 지식(Know)과 방법(How)을 알아야 한다. 자전거 라이딩 하며 여기저기서 보고 배운 노하우다.

가지치기하면서 매화나무 이름이 어떻게 명명되었는지 궁금해 하고 있는데, 친구로부터 안부 전화가 왔다. 매화 가지치기를 한다고 답하니, 때맞춰 매화에 대한 여러 가지 정보를 카톡으로 보내 주었다. 꽃을 강조하면 매화나무고, 열매를 강조하면 매실나무란다. 누가 이름 지었는지 치우치지 않은 명명이다. 이의를 달 수 없었다. 덧붙여 꽃 위로 눈이 내리면 설중매, 달 밝은 밤에 보면 월매, 옥같이 곱다 하여 옥매, 향기를 강조하면 매향, 이른 봄에 매화를 찾아 나서는 것을 심매 또는 탐매라고도 한단다. 이처럼 옛날에 매화나무는 문인묵화(文人墨畫)의 소재로 자주 쓰였지만, 어디서나 볼 수 있는 나무는 아니었다.

지금처럼 어디서나 볼 수 있게 된 계기는 1999년 MBC 창사특집 〈허준〉 때문이다. 나라에서 돌림병을 막지 못하여 쩔

쩔매고 있을 때, 매실 액기스로 치료했다는 한 백성의 제보를 받은 허준이 매실 액기스를 얻어 전염병을 물리친 것이 방영된 후, 여기저기서 많은 사람이 매실나무를 심었다. 그때 심어졌던 나무들이 지금은 가지치기도 안 된 상태로 자라고 있다. 사람의 손길이 닿지 않으니 열매가 열려도 따 먹는 사람도 없어 나무에 매달리다 땅에 떨어지는 푸대접을 받는다. 그 푸대접을 받는 이유가 있다. 열매 따기가 힘들고, 저장성이 약해 상품으로 가치가 낮아 돈이 되지 않기 때문이다.

가지치기를 마친 후 이번에는 거름 뿌리기다. 닭똥과 멥겨를 섞어 발효한 유기질 거름이다. 1포대 무게가 20킬로그램쯤이다. 53포대를 등에 지고, 20도쯤 경사진 곳을 오르내리며 800여 평에 골고루 뿌렸다. 산수가 가까운 나이에 벅찼다.

다음은 뿌린 거름 위에 차광막을 깔았다. 차광막이 없으면 온 밭이 잡풀로 덮친다. 차광막 까는 것은 많은 인내와 노력이 필요하다. 먼저 잡목의 그루터기를 제거하고, 밭을 고른 뒤 깔아야 한다. 차광막과 차광막 사이를 잇는 것은 가능한 흙보다 돌덩이가 좋다. 흙으로 덮어 이으면 그 흙 위에서 잡풀이 자란다.

처음 2일간은 집사람의 도움을 받으며 했으나 힘들어하는 집사람의 모습이 더욱 힘들게 하여 혼자 했다. 일체유심조라

했던가. 코로나의 위협에서 벗어나 따스한 봄볕 속에서 음악 소리 들으며 청정한 바람 흠뻑 마시면서 느긋이 즐기는 노동! 세상에 부러울 것이 없었다. 마냥 행복했다. 며칠이 흘렀는지 꽃눈이 하나둘씩 터지며 꽃을 피운다. 하얀 매화와 벚꽃은 크기나 색깔이 구분하기 어려울 정도로 비슷하나 매화는 일부분 초록빛을 띄운다. 맑은 호숫물이 멀리서 보면 초록빛으로 보이는 것처럼.

벚꽃은 작은 가지 끝에 다닥다닥 붙어 꽃사태를 이루며 찬란해보이다가도 곧 져버리고 말지만, 매화는 쭉 뻗고 가시 돋은 가지에 듬성듬성 피지만 오래 간다. 선비의 기개 같다. 하여 4군자 속에 드나 보다.

매일 꽃송이가 많아진다. 꿀벌들이 모이기 시작한다. 윙윙, 웅웅, 잉잉, 왱왱……. 바이올린 소린가, 첼로 소린가, 플룻 소린가. 내가 좋아하는 클라리넷 소리 같다. 아니, 모두를 합친 교향악 소리다. 자세히 듣기 위해 휴대전화 음악을 껐다. 꽃동산에서 교향악 소리를 듣노라니 내 밭 옆에서 새로 주인이 된 김영랑 사장님의 산에서 포크레인 작업을 하시던 분이 "식사하러 갑시다" 하며 다정한 인사말을 한다.

"김밥 가지고 왔어요."

대답을 하면서 돈도 되지 않는 일에 노인네가 쓸데없이 날마다 고생을 사서 한다고 비웃을 것 같다는 생각이 들었다. 그러나 나무를 심은 목적은 돈이 아니고 불효를 참회하는 마음에서 였고, 무농약으로 가꾼 열매로 매실 액기스를 담아 어머님 제사 때 형제들에게 또는 지인들에게 주는 재미도 이만저만이 아니다.

스스로 위로하면서 계속 일을 하는데, 이번엔 여동생에게서 전화가 온다.

"오빠! 새로 산 밭에 컨테이너 두 개가 있는데 좋은 것으로 가져가시오."

반가웠다. 형제 모임 때, 아파트에 농기구를 들여놓고 30킬로미터 거리를 오가며 일하는 것이 매우 거추장스러워 하나 사고 싶다고 몇 번 말한 것을 기억하고 있었던지 반가운 말을 한다. 그런데 옮기는 것이 문제다. 마침 콘크리트 회사 사장으로 있는 매제에게 부탁하니 쉽게 승낙하고 며칠 지나 옮겨주었다.

그런데 이번엔 그 큰 쇳덩어리를 자리 잡아 놓는 것이 문제였다. 마침 시인 영랑 사장님이 일 감독차 오셨다. 염치불구하고 부탁하니 모란꽃보다 더 예쁜 미소를 머금고 쾌히 승낙하신다.

김 사장님과의 인연은 작년 봄 전화로부터다. 산을 사면서 전 산주로부터 내 전화번호를 알고 먼저 인사차 전화하면서 자기 이름이 김영랑이라 하셨다. 그의 이름은 1930년대 우리 문단의 대표적인 순수시인 김영랑이 떠올라 곧 머릿속에 각인되었다. 이름보다 굵직한 그의 목소리를 더 잊을 수 없었다. 만나 보니 듬직한 체구에 바람에 휘날리는 새치머리가 더욱 매력적이었다. 작년 긴 장마로 같이 쓰던 길이 무너졌을 때, 건설업을 하는 분이라 그런지 앞장서 해결하셨고, 올해 신년 인사도 먼저 하셨다.

사장님의 부탁과 포클레인 기사님의 의지로 자리 잡았던 컨테이너를 며칠 지나 비뚤어졌다며 다시 잘 놓아 주신다. 그뿐만 아니라 가시덤불로 뒤덮인 일부의 산을 정리하시고, 증조부님의 묏자리가 자기 산의 일부인데도 양보하고 수로까지 만들어 주셨다.

잘 만난 이웃은 사촌보다 낫고, 나무는 큰 나무 덕을 못 받아도 사람은 큰사람의 덕을 본다는 속담이 있는데, 나에게 알맞은 속담 같다. 노년에 이런 인연도 나의 복이다.

산일을 마치고 샤워 후 저녁의 감식은 먹어본 사람만이 그 맛을 느낄 수 있다. 저녁 잠자리 또한 꿀잠이다. 이런 일을 계속하다 보니 몸은 더 단련되고, 어느 사이 산인이 되어 있다.

소월의 '산(꽃)이 좋아 산에서 사노라네'라는 시구를 나도 모르게 흥얼거린다.

2021년 5월 5일
매촌 박동록/수필가

5장

이처럼 고마운

01. 내 인생의 언덕이었던 친구들

1959년 3월. 6·25 내전의 상처가 아직 가시지 않은 상황이라 나라 전체가 생산은 없고, 소비만 있어 정치, 경제, 사회, 문화, 산업 등 모든 분야가 열악할 때, 지금 산수 안팎의 친구들 60여명이 남성중학교 야간부에 입학했다.

학령이 같으면 나이나 성적은 물론 가정 형편까지 동질적인 면이 많은데, 우리 반 친구들은 이질적인 면이 많았다.

우선 그때는 중학교도 남학교, 여학교로 구분하여 모집하였으나 우리 반은 남녀공학이었다. 나이도 친구끼리 4살이 차이 나는 경우도 있었다. 학력 차이도 심했고, 가정 형편도 주경야독해야 하는 어려운 친구가 있는가 하면, 부잣집 문제아도 있었다.

오후 6시가 가까우면 노란색 모표를 단 주간 학생들은 한참 하교를 하는데, 우리는 주간과 같은 모양의 하얀색 모표를 달고, 주간 학생들의 눈을 피해 열등의식을 가슴에 품고 등교하였다. 별빛이 노란색인가, 하얀색인가, 노란색의 모표를 달은 주간 학생들은 명문임을 자랑하고 의기양양하였지만, 하얀 모표를 달은 우리는 왜 죄인처럼 기가 죽었어야 했는가. 학교에 불명예스러운 일이 있으면 야간 학생의 탓으로 돌리는 일도 있었다.

수업은 25평의 교실에, 4개의 30W 백열등이 켜진 곳에서 이루어졌다. 낮에는 직장에서 일하고, 저녁도 거른, 탈진한 상태에서 5시간을 버티며 수업하였다. 그 당시 전력이 지금 같지 않아서 걸핏하면 단전되어 촛불을 켜야 했고, 그 과정에서 수업의 흐름이 끊이는 것은 당연했다.

하루 5시간 교육과정 편제로 예체능 과목이 밀리는 것은 어쩔 수 없는 것이었다. 하여 3년간 미술은 한 시간도 배운 기억이 없고, 체육은 별빛 하늘을 쳐다보며 국민체조를 하는 것뿐이고, 음악은 3년 동안 음악선생이 아닌 영어 선생님(고 박환배)에게서 '메기의 추억'과 '백합화'를 화음 악기도 없는 상태에서 배운 것이 전부였다. 이런 조건에서 또래 집단에서 배울 수 있는 사회성을 제대로 터득할 수 있었겠는가.

세월이 흘러 졸업을 하면서 어떤 친구는 남성고등학교로, 주경야독했던 친구들은 야간고등학교로 그대로 진학했다. 고등학교 3년 과정도 중학교 때와 별반 다름없이 마쳤다. 성인이 되면서 대학에도 몇몇 진학하였지만, 대부분 생활전선으로 뛰어들었다. 때는 1965년 2월이다.

졸업과 동시에 두율이가 앞장서 동창생 중에서도 가까운 친구(강선모, 방규석, 강충원, 황두율, 김학풍, 유상옥, 최춘길, 이명연, 강창균, 고형기, 정성일 ,박동록)끼리 남성 재단 이름을 따서 '화성회'를 조직했다.

고인이 된 강선모가 나이가 많아 회장이 되었고, 첫 모임 행사로 지금 회장인 방규석 씨의 결혼에 참여하기도 했다.

때가 입대 적령기라 군 입대를 하면서 모임이 소강상태로 유지되다가, 각자가 점점 자립 기반을 닦고, 결혼을 하면서 활성화되어 박복영, 이공환, 고 김경곤 씨가 추가로 회원이 되었다. 그렇게 주경야독하며 학연으로 맺어진 친구들과의 모임은 결혼한 후부터는 부부 모임이 되었다.

나로서는 고맙고 잊을 수 없는 사건이 있다. 1970년 1월 1일, 아버님의 상여를 친구들이 5킬로미터쯤 메고 간 일이다.

60년 동안 동고동락하면서 수많은 애경사의 슬픔과 기쁨을 같이 나누며, 국내 여행은 물론 해외여행도 수차례 같이하며 의지하면서 살았던 친구들!

부모, 형제에게도 할 수 없는 말을 할 수 있는 대상이 친구란다. 우리는 서로 의지하면서 그렇게 살았고, 앞으로도 그렇게 살 것이다. 모두가 서로의 언덕이다.

친구들이여! 앞으로 여생을 살면서 자학하지 말자.

영화 '국제시장' 주인공 덕수를 자칭하며 사는 우리는, 덕수처럼 형제들의 기둥이었고, 모두들 자식의 훌륭한 아버지가 아닌가.

야간 학교에 다닌 것도 부끄럽게 생각하지 말자. 내가 2002년도부터 4년 동안 전주고등학교에서 방송통신고등학교 학생을 담임한 일이 있었는데, 우리보다 20년 늦은 학생이 초등학교 때 점심시간에 물만 먹었다는 이야기를 들었다. 그들이 50세가 넘어서 고등학교 졸업장을 받기 위해 방통고의 문을 두드리는 것도 보았다.

또 인생 3대 비극의 하나가 젊어서 출세하는 것이란다. 우리의 주경야독은 비극을 피하게 하였고, 지금처럼 우리를 단단하게 만들었다. 그러니 청춘의 주경야독은 숨길 일이 아니고 인생의 훈장이다.

학창시절의 고생을 고맙게 여기고 더 당당하게, 더 즐기며, 건강하게 여생을 보내자.

02. 내게는 언제나 강하신 아버지께

아버지의 눈

아버지의 눈동자는 달빛을 닮았다.

목조차 가누기 힘들던 어린 시절
어부바의 품내 속에서
기다리다 그를 기다리다 잠이 드는 건
넝쿨 꽃 사이 피어선 그믐달의
뿌듯한 눈웃음 때문이리라.

그렇게 그는
달에만 산다는 토선(兎仙)의 전설을 담아
은은히 바라 비추었더랬다.
물론 한때는
흩날리던 토선의 털안개 거두어져

구덩이 자욱 난 그의 맨얼굴을 곰보라 비웃으며
애섧은 그의 눈빛을 외면하기도 했더랬다.

물론 한때에는
휘양 찬란 네온사인의
포르노 춤사위에 눈이 멀어
염려스러운 그의 눈빛을 외면하기도 했더랬다.

하지만
나 홀로 올라서야 할
어두운 산에 들어섰을 무렵
산등성이 겨우내 밤하늘과 구분 짓는 미약한 그의 눈빛이
등대처럼 비추고 있음을 알았다.

아버지의 눈이 떠 있음을.

생신 선물과 편지를 미숙한 시 한 편으로 대신합니다.
나름대로 꾸미지 않고 진솔하게 쓰려고
여러 날 고심했으니 기쁘게 받아 주세요.
제가 아버지를 얼마나 존경하고 자랑스러워하는지 아시죠.

아들 대선 씀

발왕산

03. 아버지는 우리 가족 모두입니다

요즘은 생활에 여유가 많이 생겼어요.

마음도 편하고 운전도 재미있어 하루하루가 무료할 만큼 편안하답니다. 제 생활에 여유가 생겨서인지 부모님이 많이 생각납니다.

몸은 건강하신지, 고민은 없으신지. 엄마, 아빠 두 분 모두 생활에 넉넉함이 있어 보이긴 하지만 왠지 저를 쓸쓸하게 하더군요. 축 처져 있는 아빠. 그리고 그런 아빠를 걱정하시는 엄마. 그래서인지 늘 전주에 갔다 다시 올라올 때면 제 마음이 천근만근 무거워집니다. 그리고 가장 아빠의 힘이 되어줄 수 있는 자식으로서 아무것도 도와드리지 못하는 죄책감에 시달리곤 합니다.

전주에 갔다 오면 일주일 정도 후유증에 저도 힘들어하죠. 저번 봄 그리고 여름날, 아버지 딸도 많이 나름대로 힘들었습니다. 과중한 업무, 부대끼는 인간관계 등등. 말할 수 없이 지치고 하루하루가 고통스러웠습니다. 사표도 생각해보고(사람이 모두 그러하듯 지금 생각하면 우습지만), 한때 우울증으로 인해 주위 사람들을 걱정시키기도 하고 힘들어하며 부모님도 많이 그리워했습니다. 함께 지내면서 부모님께 위로받고도 싶었고, 저보다 더 고달픈 인생을 꿋꿋이 극복해내신 부모님을 존경하며 애달파하기도 했습니다.
그리고 그 이후에는 아무리 힘들어도 어떠한 허무함이나 고독은 느끼지 않고 마지막까지 인생을 열정을 가지고 살기로 굳게 결심했습니다. 그 이유는 물론 나 자신을 사랑하기 때문이기도 하고, 무엇보다 나를 사랑하는 이들을 위해서입니다. 나를 아끼고, 사랑하는 이가 많지 않고 단 하나뿐이라 하더라도 그 사람을 위해 자신을 소중하게 생각하고 행복하게 살기로 했습니다.

너무나도 처져 있는 아버지!
오랫동안 강한 집념과 성실함으로 인생을 살아오신 만큼 인생에 대한 허무함도 크실 것으로 생각합니다. 제가 태어나서 처음 허무함이라는 걸 배운 건 처음으로 큰 시험이라는 걸 본 날! 고등학교 연합고사입니다. 그때는 지난 3년 동안 공부한 것을 단 몇 시간 동안 평가받는다는 사실이 너무나 허무하게만 느껴졌습니다. 그 평가가 있기에 지금의 내가 있을 수 있다는 사실도 모르고요.
아버지의 그동안 삶의 대가는 우리 가족 모두입니다. 아버지가 열심히 사셨기에 지금의 행복한 우리 가정이 있는 거고요. 아버지는 현재 행복하고 밝게 사실 의무가 있습니다. 그 이유는 아버지를 사랑하는 우리 가족이 있기 때문입니다. 우울해 보이는 아버지를 보면 우리 가족은 더 우울해집니다. 제가 인생을 살면서 힘들어하면 부모님이 가슴 아파하시듯 대선이와 저 또한 그렇습니다. 전 부모님이 특별히 편찮은 곳이 없어서 언제나 마음속으로 안도의 숨을 내쉽니다.

자식들을 위해서라도 건강 잘 챙기시고 항상 밝고 여유 있게 사세요. 제 인생의 나침반이신 부모님을 항상 서울 이곳에서도 그리워합니다. 하루에도 몇 번씩. 아버지가 돌아가신 할머니를 하루하루 그리워하듯이.

아버지, 꼭 건강하시고 밝은 마음으로 사세요. 당부 드립니다.

2004년 12월 겨울
사랑하는 딸

04. 나의 고향 제남리

내 고향 제남리는
남향받이 언덕에
둥지 튼,
앞벌이
남으로 남으로
부채살처럼 펴진 곳.

지평선 멀리멀리
우뚝 솟은 모악산
동서로 굽이굽이
팔을 벌리고

오뉴월엔
뜸북새 우는
푸른 바다를

시월엔
황금빛 벌판을
품는 산, 모악산을

모든 것을 포용하고
모든 것을 사랑하는 산, 모악산을
바라볼 수 있는 곳

실개천이
마을 속을 휘돌아 가고
접동새 울음소리 들을 수 있는 곳

각 성(姓)들이 모여모여
손자부터 할미까지
도란도란 사랑을 나누는 곳
꿈엔들 잊힐리야
나의 조상이 묻힌 곳
나의 고향, 제남리.

2018년 12월 초순
조부님 묘를 정리하며 본 고향 땅

05. 우산

툭 툭툭 툭툭

학교에 가려고 하는데

비가 내린다.

항상

집에서 웅크리고 있던 우산이

이번엔

손 다리 쭉~ ! 펴고

비로부터 날 막아준다.

위기가 닥칠 때 구해주는

영웅 같다.

2019년 1월 10일

광교초등학교 5학년 박시은

06. 신발

학교랑 학원까지 다녀오자
신발이 엉망이 되었다
신발이 없었다면
발도 엉망이 되었을 텐데.

비가 와 생긴 물웅덩이
질퍽질퍽한 진흙
그리고 학교 운동장의 모래까지
막아준
나의 발을 보호해 준 신발
신발이 고맙다.

발도 신발한테 고마운지
신발을 닦으라고 나를
신발 쪽으로 걸어가게 한다.

2019년 1월 10일,
광교초등학교 5학년 박시은

07. 하모니카

도레미~
할아버지 폼이 들어난 고요한 소리

중천에 반들은 뜨고
나무 한 그루 옆에 앉아 있는
듬직한 할아버지와 귀여운 아기 하모니카

솔라시~
꿈속에서도 하모니를 이루는
할아버지의 하모니카 소리

2019년 1월 10일,
벌말초등학교 6학년 조은결

08. 행복한 하루

2020年 2月

내가 사는 아파트 옆 상가에 집사람 이름의 자그마한 가게가 있다. 25년 전 시골에서 농사를 짓던 처제가 농사를 지을수록 빚만 늘어나자 처제를 돕기 위해 우리 부부가 산 점포였다. 20여 년간 장사했으며, 빚이 정리되자 처제는 고향으로 귀향했다. 그 자리엔 다른 세입자가 들어왔다. 인형 뽑기방이다. 사행심을 조장하는 것은 아닐까, 월세 낼 돈은 벌 수 있을까 염려되어 가게 내놓기를 망설였다. 그런 내 마음을 알았는지 교육청의 허가도 받을 수 있으며 목도 좋고 월세가 저렴해 그러니 임대하기를 간청했다.

인형 뽑기방은 뽑아간 인형만큼만 수시로 상자 안에 집어넣고 돈만 거두어가면 되는 업종이다. 따라서 주인이 가게 안에 상주할 필요가 없다. 그런 장사 특성으로 한 사람이 여러 곳에 가게를 벌여 놓는다. 개업한 뒤 몇 달 동안은 월세가 약속한 날짜에 꼬박꼬박 들어오더니 언젠가부터 월세도 들어오지 않고 만날 수도 없었다. 유행을 타는 업종이라서 그런지 사양길에 접어들어 월세도 벌지 못하는 것 같았다. 형편이나 알고 싶어서 간단한 문자를 보냈다.

'집안에 무슨 일이 있어요?'

'장사도 안 되고 며칠 전 아버님이 별세하셨습니다. 월세는 보증금에서 제하세요.'

'상심이 컸겠네요.'

더 할 말이 없었다. 보증금이 소진되자 스스로 가게를 그만두었다. 빌렸던 가게를 돌려주려면 원상 복귀하고 정리 정돈해 돌려주는 것이 상례다. 생활이 어려웠던지 원상 복귀는커녕 다른 곳에서 철수한 물품까지 빈터에 가져다 놓고 말없이 가버렸다. 서운했지만 그의 어려운 생활 때문이라고 묵인했다. 듣자니 공사장에서 하루 노동으로 돈벌이를 해서 먹고 산다는데. 젊은 사람이 먹고살기 위해 업종을 가리지 않고 노력하며 힘들게 사는 모습이 오히려 측은했다.

몇 달 동안 새로운 세입자가 없어서 가게에 무관심하게 지내다가 새 세입자가 나타나 가게를 청소하러 갔다. 10평쯤 만들어 놓은 창고에 쓰레기와 재활용품이 가득하다. 나간 사람 보고 다시 치우러 오라 할 수도 없어서 내 손으로 할 수밖에 없었다. 몇 시간 동안 쓰레기는 쓰레기대로, 재활용할 수 있는 것은 종류별로 분류해 놓았다. 자기 일이라 쉬지 않고 욕심을 부려 몇 시간 동안 일을 했더니 지쳐 쉴 수밖에 없었다. 일한 뒤에 오는 나른한 피로감을 따뜻한 양지쪽에서 즐기며 다음 일을 생각했다. 몹쓸 쓰레기는 쓰레기 종량제 봉투에 넣어 버리고, 재활용품은 폐품을 수집하는 분께 넘기면 간단하겠다고 생각하고 주위를 살피니 가까운 곳에서 폐품을 수집하는 부인이 있어 불렀다.

"여기 재활용품이 많이 있으니 가져다 파세요."

먼저 수집한 재활용품을 손수레에 싣고 오는 모습이, 걸음은 부자연스러웠으나 얼굴은 횡재를 만난 기쁨으로 가득했다. 가까이 와서 보니 한 손밖에 쓸 수 없는 장애가 있는 분이었다. 60세쯤 되어 보인다. 저런 몸으로 어떻게 짐을 싣고, 수레를 끌 것인가. 그런데도 욕심을 부리며 폐품을 넘치게 실으려 한다. 짐을 실어도 끌고 갈 수가 없다. 자기가 할 수 없음을 알자 내게 도움을 청한다.

집에 아들이 있느냐고 묻자 날품을 팔러 먼 곳에 갔다고 한다. 대답하는 목소리가 미덥지가 않다. 가난이 죄인가. 그녀가 죄인이라면, 가난한 그녀나 가난에 무관심했던 나나 둘 다 죄인이 아닌가. 이 일을 어쩌나. 한참 동안 해결 방안을 찾아봐도 묘안이 떠오르지 않는다. 장애의 몸으로 몇 푼 벌자고 갑자기 나타난 횡재에 저렇게 좋아하는 모습을 보니 건강한 다른 수집가에게 넘기라 할 수도 없었다.

피로감에 폐품 가격만큼 몇천 원 주고 싶은 생각도 들었다. 그러나 돈을 준들 이 물건을 어떻게 처리한단 말인가. 생각이 이에 미치자 내가 모두 처리할 수밖에 없는 일이었다. 쉽게 마치려던 일이 더 커졌음에 자조하다가 생각해보니 원인을 제공한 사람은 나였다. 그러면 즐거운 마음으로 내가 해야지. 봉사가 뭐 별일인가. 이런 일이 봉사지.

두 팔을 걷은 나는 모든 짐을 싣고 고무 밧줄로 단단히 조이면서 매었다. 도로에 한 가지라도 빠뜨리면 교통사고를 불러올 것이 아닌가. 다음은 팔 곳까지 옮겨야 한다. 1킬로미터쯤 떨어진 곳에 폐품 수집소가 있다. 도로가 다 그렇듯 차도 옆에 인도가 있고, 수레만이 다닐 수 있는 길은 없다. 인도는 아예 차나 수레가 다닐 수 없도록 중간중간에 돌을 세워 놓았다. 도로교통법상 수레의 길은 차도다. 차도로 가자니 위험하고, 인도로 가자니 장애물이 너무 많았다. 방법은 차도와 인도를 상황에 따라 적절히 선택하며 갈 수밖에 없었다. 거리 감각이 있어야 하고 장애물을 가늠할 지혜가 필요했다. 다행히 50여 년 전 대학 다닐 때, 여름 방학이 되면 과수원을 하는 누나 집에서 손수레를 끌었던 경험이 약간의 자신감을 주었다. 희수의 나이에도 평소 운동을 많이 하고 건강해서 무리 없이 수레를 끌었다. 차도로 가다 인도로 가기를 반복하며 가는데, 수레 주인이 돕는다고 바짝 붙어 편한 손으로 밀어주며 이리요 저리요 하면서 길 안내를 한다. 미안한 마음이 얼굴에 역력히 나타난다. 편안한 마음을 갖도록 말을 걸었다.

"아주머니 같은 분은 기초생활보장 수급자로서 정부에서 보조가 없습니까?"

"받아요."

"그 돈으로 살 수 없습니까?"

"그 돈 받아 집세, 아파트 관리비, 전기세, 수도세, 가스비 등을 내면 모자랍니다."

"얼마를 받는데요?"

"……"

자존심 상할 수 있는 질문일 것 같아 조심스럽게 물었는데 대답이 없다. 미안했다.

"그래서 이 어려운 일을 하시는군요."

또 말이 없다. 분위기를 살리기 위해 농을 걸었다.

"일은 내가 다 하다시피 했으니 팔아서 반은 저를 주어야 합니다."

농담으로 알았는지 굳었던 입이 빙그레 열린다. 수레를 끌다가 같은 아파트에 사는 아는 분을 만났다. 그냥 갈 수 없어서 인사를 하니 절은 받지 않고 눈을 뻥 뜨고 어이없다는 듯 쳐다보기만 한다. 사연을 이야기하지 않았다. 짐을 무사히 옮겨 주고 귀가하면서 보람 있는 하루 생활을 만들어 준 그 부인에게 감사했다. 부인은 가벼운 발걸음으로 길모퉁이로 사라져 갔다. 저녁식사 때 집사람에게 하루 있었던 일을 말하니 잘했다고 칭찬을 들었다. 행복했다. 함께 마시는 커피 맛도 꿀맛이었다.

2020년 《마중문학》 등단 작품

09. 오해와 진실 사이

박소진/수필가

사춘기가 시작된 중학생 큰딸 은결이와 초등학생 둘째 은슬이는 아침부터 무척이나 분주하다. 각자 자기 햄스터 집들을 청소하느라 추운 날씨에도 창문을 활짝 열고 입에는 마스크까지 써가며 톱밥을 갈고 화장실 모래도 갈며 쳇바퀴도 씻어준다.

둘째가 아빠를 몇 달 동안 졸라 부천까지 가서 분양받은 아기 골든 햄스터와 다람쥐 색깔인 정글리안 햄스터다. 기쁨에 들뜬 아이들은 '몽이'라고 이름 짓다가, 더 좋은 이름이 있다며 '후추'라고도 하며 수다를 떤다.

사람의 집처럼 모든 것을 갖춘 개집만큼이나 큰, 햄스터의 집들은 냄새가 나서 싫기는 하지만 코로나로 심심한 애들에게는 큰 위안이 되어 아무래도 잘 사준 것 같다는 생각이 든다.

스스로 책임지고 잘 키우는 조건으로 사준 것이니, 그 약속을 지키기 위해 본인들 방은 치우지도 않으면서도 일요일 아침부터 열심히 청소하는 모습이 예쁘고 대견하다.

청소는 열심히 하기는 했으나, 청소가 다 끝나고도 여기저기 방바닥에 톱밥이 남아 있어 내 일거리가 더 많아졌지만, 이 정도만이라도 대단하다고 생각되어 나 혼자 조용히 마무리했다.

시간이 흐르고, 밤 10시쯤 안방 화장실에서 샤워하고 있을 때 외출했던 아빠가 들어왔는지 거실 화장실에서 갑자기 '버럭' 하는 소리가 들린다.

"이게 뭐야! 내가 분명히 햄스터 관리 제대로 하라고 했잖아!"

큰애를 추궁했으나 큰애는 본인과는 무관한 일이라 했는지, 다시 둘째 방문을 두드리는 소리가 들린다.

난 무슨 영문인지 궁금하고 걱정되었지만, 하던 샤워를 마저 할 수밖에 없었다.

"문 열어! 너 또 잠갔니? 안 열면 햄스터 다 버릴 거야!"

그래도 문이 안 열리는지 아빠는 더 목소리가 커지며 "문 열어! 문 열어!"를 반복하며 계속 문을 두드리는 소리가 한밤중의 정적을 깬다.

나는 대충 씻은 후 후다닥 애들 방을 향해 나갔다.

큰애는 방에서 아예 꼼짝도 하지 않고, 둘째는 겁을 먹은 표정이다. 아빠는 아무런 영문도 모르면서, 놀고 있는 햄스터들이 들어 있는 개집만 한 햄스터 집 두 개와 사료와 간식거리, 그리고 심지어 물병까지 들고 현관 쪽으로 가져간다. 버린다며.

어른인 내가 봐도 당장이라도 모두 버릴 것 같아 나마저도 가슴이 두근거린다. 두근거리는 가슴을 진정하기를 애쓰며 문이 활짝 열려 있는 화장실 하수구 쪽을 살피니 톱밥이 널려져 있는 게 그제야 보인다.

아~ 낮에 미처 확인하지 못한 것이다.

하수구가 막힌다면서 씩씩거리는 아빠의 숨결이 고요한 밤을 흥분 상태로 분위기를 변하게 하고. 감정이 식을 줄 모른다. 좁은 집과 전세살이만 하다 넓은 우리 새집에 입주한 지 1년밖에 안 되어 집에 대한 애착이 많은 것은 알겠지만 도가 지나치다는 생각이 든다. 평소에 아이들한테 친구처럼 거리감이 없고 자상하고 다정한 아빠였기에 더욱 그렇다.

난 차분하게

"밤 10시나 되었는데 너무 목소리가 큰 것 같아요. 그리고 낮에 애들이 열심히 1시간 넘게 청소했어요. 아이들이 하수구가 막힌다는 개념을 모르는 것은 당연한 거고, 어찌 어른들 마음에 쏙 들게 청소를 할 수가 있겠어요. 애들에게 하수구에 톱밥을 버리면 막힌다는 것을 설명해 주면 되는 건데, 한밤중에 왜 이리 윽박지르시나요."

라고 말했다. 아빠는 내 말이 맞는지 듣고만 있다. 옆에서 셋째인 아들 은율이가 아빠의 감정을 식히려는지 "아빠! 이렇게 큰소리치는 것 처음 보네" 하며 응석을 부린다.

사랑하는 햄스터가 버려질까 봐 슬픈 건지, 다그치는 아빠가 무서워서인지, 방 안에서 고개를 들지 못하고 있는 둘째에게 "방문을 두드리면 빨리 열어줘야지, 너도 잘못했다"라고 말하며 둘째 얼굴을 쳐다보니, 이제 막 자고서 일어난 얼굴이다.

"너 혹시 자고 있었니?"

고개를 끄덕인다.

"그런데 왜 아빠한테 아무 말도 안 하고 있었어?"

"……"

난 머리를 쓰다듬으며 말했다.

"억울하지 않니? 아빠 자고 있어서 문 두드리는 거 못 들었어요, 그리고 낮에 청소 열심히 했어요, 거기에 버리면 하수구

막히는 것을 몰랐어요, 라고 말하면 되지 않아."

둘째는 말 대신 갑자기 눈물보가 터진다. 엄마가 억울한 본인 심정을 잘 설명해 주었는지 한참을 울어댄다.

둘째를 안아주며

"어른이라고 이기는 게 아니고, 또 힘이 세다고 이기는 게 아니다. 참말, 옳은 말이 이기는 거란다. 앞으로는 상대방의 눈을 마주 보고, 잘못 알고 있는 사실을 하나하나 명확하게 얘기해줘. 무서워하지 말고."

라고 말했다. 둘째는 눈물을 닦고 고개를 끄덕인다.

너무 속상하고 마음이 아프다. 어른이 가지고 있는 힘과 큰 목소리로 아이를 제압하지 않았는가. 생각해보니 이 세상 많은 곳에서 그러한 일이 벌어지는 것 같다. 권위와 힘으로 진실과 약자를 누르고 있다. 참말에는 관심도 없다. 그들은 힘에 취해서 본인들 말이 옳다고 굳게 믿고, 참말을 말하는 힘없는 자의 말은 듣지 않고 있다. 나약한 아이의 말은 한마디도 귀 기울이지 않고, 윽박지르는 아빠처럼.

아이를 달랜 후 아이의 억울함을 대변하기 위해 한마디 해주고 싶었으나, 약간 취기가 있어 보여 꾹 참고, 하고 싶은 말을 잠시 미루어 본다.

내일 아침 맑은 정신일 때 아이에게 사과하도록 해봐야겠다.

아니구나! 내일은 또 남편 생일이구나! 아침에는 따뜻한 미역국 끓여 주고 좀 더 참아 저녁에 생일파티 하면서 기분 좋게 둘째 딸과 사과의 장을 열어 봐야겠다. 어른이라도 잘못했으면 잘못을 시인하고 사과할 줄 아는 내 남편이므로.

다음 날, 코로나로 인해 집에서 생일파티를 하는데 하얀 눈보라가 달빛 속에서 너울너울 춤춘다.

아빠에게 주는 가족들의 선물 중 오늘은 유난히도 둘째의 선물이 돋보인다.

"은슬아! 어제 아빠의 화낸 목소리로 많이 놀랐지?"

환한 웃음을 머금은 아빠의 정다운 목소리에 세 자녀(조은결, 조은슬, 조은율) 조은 아이들이 아빠보다 더 환하게웃었다.

2021.03《행복문학》에서
신인문학상 수상하며 등단한 작품

10. 딸의 편지

2020年 2月 25日

아빠, 세상에서 전 아버지를 가장 사랑해요.

그 감정의 깊이를 굳이 표현하자면, 제 자식들에 대한 사랑보다 더 크다고 했을 때 조금이라도 체감하실까요. 어릴 때 상처받을 때 항상 어루만져주셔서 감사해요. 아빠에 대한 사랑을 느끼지 못한다면 힘든 시기를 이겨내기 힘들었을 거예요.

아빠의 사랑과 위로와 희생은 절 강하고 명철하고 깨끗한 사람으로 성장하게 해주었어요. 많은 것을 스스로 이루어 내시고 이제는 끊임없이 진리를 찾는 아빠의 훌륭한 가치관을 전 너무나 존경해요.

앞으로도 더 풍부한 최고의 지식을 쌓아야 할 것들이 많기에 건강한 정신과 몸을 가지셔야 해요. 장성한 자식에게 모든 의무를 다하셨으니, 물질적 유산은 내려놓으시고 아빠의 행복하신 모습을 보고 제가 행복해질 수 있도록 해주세요.

많은 연단을 극복하여 강한 신념으로 인생을 사시느라 고생 많으셨으나, 그로 인한 상처들이 찌꺼기처럼 남아 있어도 누구 하나 헤아려주지 못했다는 생각에 마음이 아파요. 그로 인한 고독함이 할머니에 대한 그리움과 죄책감으로 밀려오는 건 아닌가도 싶고.

이 딸이 조금이라도 아빠의 인생을 헤아리고 아픔을 이해하려 노력하고 있으니, 힘내세요. 아빠를 사랑하는 만큼 아빠의 가치관을 닮고 바르게 살아가려 노력하고 있어요.

전 아빠 편이라는 것. 절 항상 믿어주시고, 아버지가 항상 제 편이셨던 것처럼.

사랑합니다♡

11. 그리움

시인 박종권

서학동 어드매쯤
딸이 사준 쑥색 앙고라 쉐타 하나
어설피 걸쳐 입고
졸음 오는 햇살
송판때기 끝으로 넘실거리는
아파트 마루바닥
홀로 빙빙 돌고 계십니다
누구 어디 사는지
얼른 기억해 내지 못하는
누구 그립고 그리워
허공으로 구슬 같은 눈물 뿌리시는
오, 어머니
나의 어머니
지금, 홀로 빙빙 돌고 계십니다

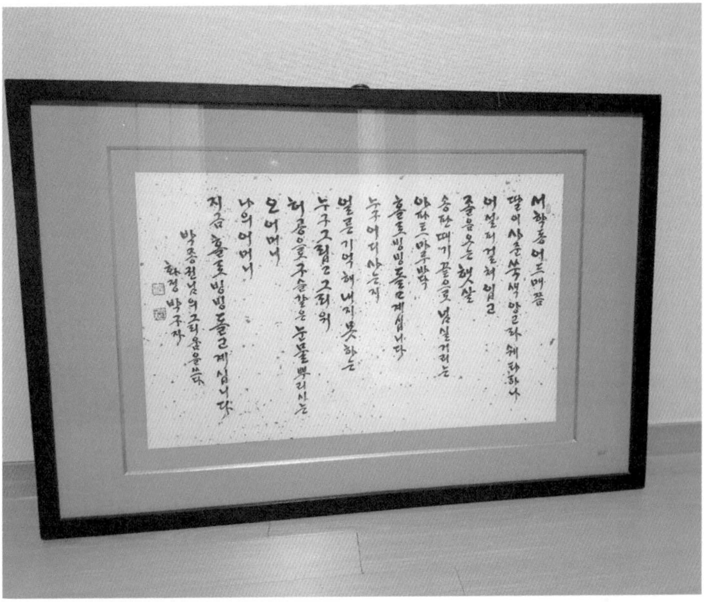
서학동 어드매쯤
딸이 사준 쑥색 앙고라 쉐타 하나
어설피 걸쳐 입고
졸음 오는 햇살
송판 때기 끝으로 넘실거리는
아파트 마루 바닥
홀로 빙빙 돌고 계십니다
누구 어디 사는지
얼른 기억해 내지 못하는
누구 그립고 그리워
허공으로 주술 같은 눈물 뿌리시는
오 어머니
나의 어머니
지금 홀로 빙빙 돌고 계십니다
박종권님의 그리움을 쓰다
화정 박구자

12. 귀향

시인 박종권

언젠가 나도
차례가 되면
먼 길 떠나야 하리
꽃 피는 봄이든
낙엽 지는 가을이든
긴 비 쓸쓸히 나리는 어느 날이든
당신이
『이제 그만 오라』 부르시면
내가 노래하던
사랑과 이별의 악보
치열히 살아가며 쏟던
꽃 같은 눈물
별과 구름과 바람 곁에 다 두고
새벽별 지기도 전
어머니 떠난 것처럼
나도
먼 길을 떠나야 하리